Yannick Haenel

Jan Karski

Gallimard

Cet ouvrage a été précédemment publié dans la collection
«L'Infini» aux Éditions Gallimard.

NOTE

Les paroles que prononce Jan Karski au chapitre 1ᵉʳ proviennent de son entretien avec Claude Lanzmann, dans *Shoah*.

Le chapitre 2 est un résumé du livre de Jan Karski, *Story of a Secret State* (Houghton Mifflin, Boston, 1944), traduit en français en 1948 sous le titre *Histoire d'un État secret,* puis réédité en 2004 aux éditions Point de mire, collection « Histoire », sous le même titre *Mon témoignage devant le monde* (nouvelle édition aux éditions Robert Laffont, en 2010, par Céline Gervais-Francelle).

Le chapitre 3 est une fiction. Il s'appuie sur certains éléments de la vie de Jan Karski, que je dois entre autres à la lecture de *Karski, How One Man Tried to Stop the Holocaust* de E. Thomas Wood et Stanislas M. Jankowski (John Wiley & Sons, New York, 1994). Mais les scènes, les phrases et les pensées que je prête à Jan Karski relèvent de l'invention.

Qui témoigne pour le témoin ?

PAUL CELAN

1

C'est dans *Shoah* de Claude Lanzmann. Vers la fin du film, un homme essaye de parler, mais n'y arrive pas. Il a la soixantaine et s'exprime en anglais ; il est grand, maigre, et porte un élégant costume gris-bleu. Le premier mot qu'il prononce est : « *Now* » (Maintenant). Il dit : « Je retourne trente-cinq ans en arrière », puis tout de suite il panique, reprend son souffle, ses mains s'agitent : « Non, je ne retourne pas... non... non... » Il sanglote, se cache le visage, brusquement se lève et sort du champ. La place est vide, on ne voit plus que des rayonnages de livres, un divan, des plantes. L'homme a disparu. La caméra le cherche. Tandis qu'il revient à sa place, son nom apparaît à l'écran : « JAN KARSKI (USA). » Et puis, au moment où il s'assied : « Ancien courrier du gouvernement polonais en exil. » Ses yeux sont très bleus, baignés de larmes, sa bouche est humide. « Je suis prêt », dit-il. Il commence à parler au passé, au passé simple même — comme dans un livre : « Au milieu de l'année 1942, je décidai de reprendre ma mission d'agent entre la Résistance polonaise et le gouvernement polonais en exil, à Londres. » Cette manière de commencer le récit le protège de l'émotion : on se croirait au début de Dante, mais aussi dans un roman d'espionnage. Il explique que les leaders juifs, à Varsovie, ont été avertis de son départ pour Londres, et qu'une rencontre a été organisée « hors du ghetto », dit-il. On comprend tout de suite que c'est de ça qu'il va parler : du ghetto de Varsovie. Il dit qu'ils étaient deux : l'un responsable du Bund, c'est-à-dire du Parti socialiste juif, l'autre responsable sioniste. Il ne dit pas les noms, il ne dit pas où a lieu la rencontre. Ses phrases sont courtes, directes, entourées de silence. Il dit qu'il n'était pas préparé à cette rencontre. Qu'à l'époque il était très isolé par son travail en Pologne. Qu'il était peu informé. Chacune de ses paroles garde trace de cet empêchement qu'il a eu au début, lorsqu'il est sorti du champ. On dirait même qu'elles sont fidèles à l'impossibilité de parler. Jan Karski ne peut pas occuper cette place de témoin à laquelle on l'assigne, et pourtant il l'occupe, qu'il le veuille ou non. Sa parole s'est brisée d'entrée de jeu parce que, précisément, ce qu'il a à dire ne peut se dire qu'*à travers une parole brisée*. De nouveau, Jan Karski dit : « *Now* » (Maintenant) : « Maintenant, comment vous raconter ? » Pour se persuader qu'il est bien vivant, qu'il est hors d'atteinte, il rectifie à nouveau sa première phrase : « Je ne reviens pas en arrière. » C'est une phrase qu'il va répéter souvent pendant l'entretien : « Je ne retourne pas à mes souvenirs. Je suis ici. Même maintenant je ne veux pas... » Il voudrait se prémunir contre ses propres paroles, contre ce qu'elles vont révéler. Il ne veut pas que ses paroles l'exposent une fois de plus à l'objet de son récit ; il ne veut pas revivre ça. C'est pourquoi il insiste tant sur la distance : « Je n'en étais pas, dira-t-il. Je n'appartenais pas à cela. » Jan Karski dit que les deux hommes lui décrivent « ce qui arrivait aux Juifs ». Il répète qu'il n'était pas au courant. Ils lui expliquent, dit-il, qu'Hitler est en train d'exterminer le peuple juif tout entier. Il s'agit non seulement des Juifs polonais, mais des Juifs de toute l'Europe. Les Alliés combattent pour l'humanité, lui disent-ils : mais ils ne doivent pas oublier que les Juifs vont être totalement exterminés en Pologne. La bouche de Jan Karski grimace, ses mains semblent implorer, comme si à cet instant il s'identifiait aux deux leaders juifs, comme si, en parlant, il prenait leur place. Il les décrit arpentant la pièce : « Ils se brisaient. » Il dit qu'« à plusieurs reprises, au cours de la conversation, ils ne se maîtrisèrent plus ». Exactement comme lui, Jan Karski, face à la caméra de Claude Lanzmann. Mais en 1942, on lui parlait ; il demeurait immobile sur une chaise : il ne posait pas de questions, ne faisait qu'écouter. Trente-cinq ans plus tard, c'est lui qui parle : il répète ce que les deux leaders juifs lui ont dit. Ils avaient perçu son ignorance, dit-il, et après qu'il eut accepté d'emporter leurs messages, ils ont commencé à l'informer sur leur situation. Claude Lanzmann lui demande alors s'il savait que la plupart des Juifs de Varsovie avaient

15

déjà été tués. Jan Karski dit qu'il savait : « Je savais, mais je n'avais rien vu. » Il dit qu'aucun récit ne lui en avait été fait : « Je n'avais jamais été là-bas, dit-il. Les statistiques, c'est une chose... Des centaines de milliers de Polonais aussi avaient été tués, de Russes, de Serbes, de Grecs, nous savions cela. C'était statistique ! » Qui savait ? Et jusqu'où ? « On » savait — mais qui est ce « on » ? Jan Karski « savait » sans savoir — c'est-à-dire qu'il ne savait rien. Car sans doute ne sait-on rien tant qu'on n'a pas vu, et c'est précisément ce que va raconter Jan Karski. Car les deux émissaires l'invitent à voir de ses propres yeux ce qui se passe dans le ghetto de Varsovie, ils lui proposent d'organiser pour lui une visite. Le leader du Bund lui demande de « faire un rapport oral » aux Alliés. « Je suis certain, dit-il à Jan Karski, que vous serez plus convaincant si vous êtes à même de leur dire : "Je l'ai vu de mes yeux." » À plusieurs reprises, la caméra s'approche du visage de Jan Karski. Sa bouche parle, on entend sa voix, mais ce sont ses yeux qui savent. Le témoin, est-ce celui qui parle ? C'est d'abord celui qui a vu. Les yeux exorbités de Jan Karski, en gros plan, dans *Shoah*, vous regardent à travers le temps. Ils ont vu, et maintenant c'est vous qu'ils regardent. Claude Lanzmann demande si les deux hommes insistaient sur le caractère absolument unique de ce qui était en train d'arriver aux Juifs. Oui, dit Jan Karski, selon eux, le problème juif était sans précédent, et ne pouvait être comparé au problème polonais, au problème russe, à aucun autre : « La situation juive n'a pas de précédent dans l'Histoire », voilà ce que lui ont dit les deux hommes. Et ainsi sont-ils arrivés à la conclusion que la réaction des Alliés doit, elle aussi, être sans précédent : « Si les Alliés ne prennent pas des mesures sans précédent, indépendantes de la stratégie militaire, les Juifs seront totalement exterminés. » On comprend que les deux hommes veulent obtenir de Jan Karski qu'il avertisse les Alliés. Qu'il soit leur émissaire. Qu'il témoigne, à Londres, du sort des Juifs. Ainsi Jan Karski déclare-t-il, avec cette solennité livresque en laquelle il voit peut-être une protection : « Alors ils me délivrèrent leurs messages. » Dans son anglais d'émigrant polonais, dans son anglais international, Jan Karski dit exactement : « *Then they gave me messages.* » Les sous-titres traduisent par : « Alors ils me délivrèrent leurs messages. » On dirait une phrase de l'Ancien Testament : les anges viennent dire à celui qu'ils ont choisi ce qu'il doit entendre, afin que lui-même le fasse savoir. Lorsqu'il prononce cette phrase, Jan Karski devient le messager. « *Then they gave me messages* » : on entend bien le pluriel — il y a différents messages : « Pour les gouvernements alliés d'abord », « Pour le gouvernement polonais », « Pour le président de la République polonaise », « Pour les responsables juifs du monde entier », « Pour de grandes personnalités politiques et intellectuelles ». Approchez le plus de gens possible, disent-ils à Jan Karski, autant que vous pourrez. Jan Karski ne recourt plus seulement au discours indirect, il se met à transmettre directement les paroles des deux hommes, comme si c'était eux qui parlaient par sa bouche. Il ne s'exprime plus au passé, il révèle le message — il le transmet à Claude Lanzmann. En parlant il s'anime, sa main droite se lève, ses yeux sont baissés, parfois il les ferme, il se concentre. Réciter le message, sans doute l'a-t-il fait des dizaines de fois, trente-cinq ans ont passé, il a déjà témoigné, ce sont des paroles qu'il a prononcées mille fois, qui ont tourné dans sa tête, et pourtant les voici, prononcées par Jan Karski comme elles sont sorties de la bouche des deux hommes au milieu de l'année 1942, prononcées au présent, directement, comme si c'était eux, les deux hommes, qui parlaient, et que lui, Jan Karski, s'effaçait. C'est justement à partir de là qu'on ne voit plus le visage de Jan Karski à l'écran. À partir du moment où il annonce qu'il va réciter le message, des images de la statue de la Liberté apparaissent. Les mots « NEW YORK » s'affichent à l'écran. On entend la voix de Jan Karski dire : « Le message : on ne peut pas permettre à Hitler de poursuivre l'extermination. Chaque jour compte. Les Alliés n'ont pas le droit de considérer cette guerre du seul point de vue militaire. Ils vont gagner la guerre, en agissant ainsi. Mais pour nous, à quoi bon la victoire ? Nous ne survivrons pas à cette guerre ! » Peut-être le réalisateur de *Shoah* désire-t-il qu'on entende le message sans que notre attention soit détournée par la personne qui le transmet ; qu'on entende le message tel qu'il a été prononcé à l'origine, comme si c'étaient les deux leaders juifs de Varsovie qui nous le confiaient, car Jan Karski délivre le message à Claude Lanzmann, c'est-à-dire au monde, comme il l'a délivré en 1942 au monde, c'est-à-dire aux Alliés : il le délivre comme doit le faire un messager, c'est-à-dire en s'effaçant derrière le message, en le faisant entendre à la voie directe, au présent, comme s'il sortait de la bouche des deux leaders juifs de Varsovie. Alors, tandis que Jan Karski répète le message qu'au nom du ghetto les deux hommes lui ont demandé de transmettre au monde, tandis qu'il le répète trente-cinq ans plus tard, inlassablement, avec une émotion qui semble intacte, Claude Lanzmann choisit de montrer à l'écran la figure de ce monde auquel Jan Karski a parlé, auquel il parle et parlera encore, la figure même du monde libre, son emblème : la statue de la Liberté. Claude Lanzmann veut-il ainsi *saluer la liberté* de Jan Karski ? Ou au contraire, en jouant sur l'écart entre la voix et l'image, souligner tristement la différence entre l'Europe meurtrie dont parle Jan Karski, et le symbole éclatant de la « Liberté éclairant le monde » ? Entre la souffrance des Juifs d'Europe qui s'exprime à travers la voix de Jan Karski, et ce que l'Amérique a fait réellement pour sauver les Juifs d'Europe ? Impossible de le savoir, mais à mesure que les phrases de Jan Karski se déploient, la caméra recule, un zoom arrière fait diminuer lentement la statue, au point que la « Liberté éclairant le monde » n'est plus à la fin qu'une figurine dérisoire perdue au milieu de l'eau ; et de loin on se demande même si, comme dans *L'Amérique* de Kafka, elle ne brandit pas une épée plutôt qu'un flambeau. La voix

de Jan Karski continue de prononcer le message :
« Nous avons contribué à l'Humanité. Nous sommes
humains. Ce qui arrive à notre peuple est sans
exemple dans l'Histoire. » Elle mêle à ce message
destiné au monde les suppliques que les deux leaders
juifs lui ont adressées afin qu'il accepte d'en être le
porteur : « Peut-être ébranlera-t-on la conscience du
monde ? Bien sûr, nous n'avons pas de pays. Pas de
gouvernement. Aucune voix dans les Conseils des
Nations. C'est pourquoi nous avons recours à des
gens comme vous. Allez-vous le faire ? Remplirez-
vous votre mission ? » Plusieurs fois, Jan Karski
répète, avec une voix brisée : « Comprenez-vous ?
Comprenez-vous ? » (« *Do you understand ?* ») sans
qu'on sache s'il répète une question que lui posent à
l'époque les deux hommes, ou si c'est lui qui la pose
à Claude Lanzmann. Car à travers la voix de Jan
Karski répétant ce qu'on lui demandait il y a trente-
cinq ans, c'est comme si les phrases s'adressaient à
nous qui regardons *Shoah* : « Allez-vous le faire ? »
Les phrases de Jan Karski viennent de loin ; elles
semblent perdues dans le temps, vouées à une répétition désespérée. Car la « conscience du monde »,
comme il dit, a-t-elle vraiment été « ébranlée » ? Les
deux hommes qui en 1942 disent à Jan Karski :
« Peut-être ébranlera-t-on la conscience du monde »
n'ont plus que ça, ils se raccrochent à cet espoir.
Mais est-il possible d'ébranler la « conscience du
monde » ? Et ce qu'on appelle le monde a-t-il encore
une conscience ? En a-t-il jamais eu ? À ce moment
du film, en écoutant la voix de Jan Karski, on sait

que non. Soixante ans après la libération des camps d'extermination d'Europe centrale, on sait qu'il est impossible d'ébranler la conscience du monde, que rien jamais ne l'ébranlera parce que la conscience du monde n'existe pas, le monde n'a pas de conscience, et sans doute l'idée même de « monde » n'existe-t-elle plus. « Nous voulons, dit-il, une déclaration officielle des nations alliées stipulant qu'au-delà de leur stratégie militaire qui vise à assurer la victoire, l'extermination des Juifs forme un chapitre à part. » Et bien sûr, en entendant la voix de Jan Karski réciter la demande des leaders juifs du ghetto de Varsovie, comme elle l'a récitée, il y a trente-cinq ans, à Londres et en Amérique, nous savons qu'il n'y a pas eu de déclaration officielle concernant l'extermination des Juifs. « Que les nations alliées annoncent sans détour, publiquement, que ce problème est leur, qu'elles l'intègrent à leur stratégie globale dans cette guerre. Pas seulement vaincre l'Allemagne, mais aussi sauver ce qui reste du peuple juif. » Bien sûr, nous savons que les nations alliées n'ont rien annoncé, qu'elles n'ont rien intégré, et qu'elles n'ont pas sauvé ce qui restait du peuple juif en 1942, ni en 1943, ni en 1944. « Cette déclaration publiée, que les Alliés bombardent l'Allemagne. » Pourquoi, demandent les deux leaders juifs par la bouche de Jan Karski, les Alliés ne lanceraient-ils pas des millions de tracts qui apprennent aux Allemands ce que leur gouvernement fait aux Juifs ? Si après cela, la nation allemande ne montre pas qu'elle tente de changer la politique de son gouvernement, elle sera tenue pour responsable des crimes commis, disent-ils. En l'absence de tels signes, certains objectifs en Allemagne seront bombardés, détruits, en représailles des crimes perpétrés contre les Juifs. Qu'on fasse savoir aux Allemands, disent-ils, avant et après ces bombardements, qu'ils ont lieu et auront lieu parce que les Juifs sont exterminés en Pologne. « Ils peuvent le faire ! disent-ils. Oui, ils le peuvent ! » La voix de Jan Karski est si suppliante qu'on ne sait s'il s'identifie aux supplications qui lui ont été faites ce jour-là, lorsqu'il a accepté de devenir le messager des Juifs du ghetto de Varsovie, ou s'il déplore aujourd'hui, en redisant la supplique, qu'elle n'ait pas été entendue. On ne voit toujours pas le visage de Jan Karski. La caméra de Claude Lanzmann filme New York depuis les fenêtres d'un appartement. C'est l'appartement depuis lequel il filmait la statue de la Liberté : un zoom arrière, et l'on découvre un bureau, avec des papiers, un téléphone, des plantes, une chaise. Peut-être est-ce le bureau de Jan Karski, car sur l'écran, au début de l'entretien, il y avait écrit : « JAN KARSKI (USA). » À un moment, il a dit : « Pendant vingt-six ans, j'ai été professeur, je n'ai jamais parlé du problème juif à mes étudiants. » Jan Karski est polonais, il s'exprime en anglais, il a enseigné dans une université américaine, peut-être à New York, ici, non loin de ce bureau, qui peut-être est le sien. Claude Lanzmann filme à travers les vitres du bureau les tours de New York ; on voit les Twin Towers, puis le pont de Brooklyn. Le drapeau américain apparaît ; le mot « WASHINGTON » s'affiche à l'écran. On voit la Maison-Blanche, puis on tourne autour du Capitole, filmé depuis une voiture. Là encore, le contraste entre les phrases terribles prononcées par Jan Karski et l'image d'impassibilité monumentale de la démocratie américaine suggère une distance, un malentendu, un dialogue de sourds. Qui a entendu ce message ? Qui l'a vraiment écouté ? Est-il possible que rien n'ait été fait ? Jan Karski ne le dit pas. Brusquement les mots « LA RUHR » apparaissent dans la grisaille et la fumée des usines. Ce ne sont plus les jardins et les fontaines de l'administration américaine, mais la sidérurgie allemande, les réseaux ferroviaires, routiers, toute une brutalité de hauts-fourneaux, de cheminées, de flammes, et le nom « THYSSEN » sur une passerelle, puis au fronton d'une usine. La voix de Jan Karski prononce le deuxième message. Le premier était pour les nations alliées. Le deuxième est pour le gouvernement polonais en exil à Londres. Le message dit que quelque chose va arriver ; que les Juifs, dans le ghetto de Varsovie, en parlent, particulièrement les jeunes. Ils veulent combattre. Ils parlent d'une déclaration de guerre contre le IIIᵉ Reich : « Une guerre unique dans l'Histoire, dit le message. Jamais pareille guerre n'a existé. Ils veulent mourir les armes à la main. Nous ne pouvons pas leur refuser cette mort. » Jan Karski fait remarquer, tout en récitant le message, qu'il ignorait alors, en 1942, qu'une « Organisation juive de combat » avait été créée ; il précise que les deux hommes ne lui en ont rien dit. Le message est destiné à celui qu'ils appellent le « commandant en chef », c'est-à-dire le chef du gouvernement polonais à Londres, le général Sikorski. Le but est d'obtenir du général Sikorski que des armes soient données aux Juifs : « Quelque chose va se passer, répètent les deux hommes à travers la voix de Jan Karski. Les Juifs vont se battre. Il leur faut des armes. Nous avons contacté le chef de l'"armée de l'intérieur", la Résistance clandestine polonaise. Notre demande a été repoussée. On ne peut pas leur refuser des armes si elles existent et nous savons que vous en avez. » Troisième message, à l'intention des leaders juifs du monde entier : « Dites-leur ceci : ils sont des leaders juifs. Leur peuple se meurt. Il n'y aura plus de Juifs. Alors, à quoi bon des leaders ! Qu'ils fassent le siège des ministères à Londres ou ailleurs, qu'ils exigent des actes. Qu'ils manifestent dans la rue. Qu'ils se laissent mourir de faim, de soif. Qu'ils meurent. Au vu et au su de toute l'humanité ! » Et là, ils répètent : « Cela ébranlera peut-être la conscience du monde ! » À l'instant où Jan Karski a commencé à prononcer le troisième message, on a vu apparaître à l'écran les mots : « AUSCHWITZ-BIRKENAU ». Un arbre aux branches mortes, de la terre grisâtre mêlée d'herbes, un tas de mauvaise terre contre un muret de pierres. La caméra s'avance : ce n'est pas de la terre, ce sont des cuillères, un amoncellement de cuillères et de fourchettes. Puis un tas de chaussures. Puis des brosses à dents, des gamelles, des bols, des espèces de fils ou de cheveux emmêlés. Jan Karski vient de dire, à la place des deux leaders juifs : « Nous deux allons mourir aussi. Nous ne cherchons pas à fuir, nous restons ici. » Il récite le troisième message tandis que défilent les images des objets entassés à Auschwitz-Birkenau ; et à la fin, c'est en hurlant qu'il dit : « Cela ébranlera peut-être la conscience du monde ! » Le visage de Jan Karski réapparaît à l'écran. L'allure est toujours aussi distinguée, mais la fatigue creuse ses traits. Ses yeux sont baissés. Long silence. Claude Lanzmann filme ce silence. Lui non plus ne dit rien. Jan Karski reprend la parole : il confie à Claude Lanzmann qu'entre les deux leaders juifs, il se sentait plus proche du socialiste — le bundiste : « À cause de son allure, sans doute, dit-il. Il ressemblait à un aristocrate polonais. Droiture, noblesse des gestes, dignité. » C'est exactement le portrait de Jan Karski lui-même. Car, depuis le début, ce qui saute aux yeux, chez cet homme, c'est la distinction — une distinction blessée. Le temps s'inscrit dans les gestes de Jan Karski sans les éteindre ; au contraire, les épreuves qu'il a traversées se lisent dans l'impeccable nervosité de ses mains. Une force immense crépite dans son regard clair : quelque chose de l'intelligence froide, la détermination de l'homme habitué à se taire et à vivre dans le secret. Une radicalité d'« agent de la Résistance » que tempère quelque chose d'humide. Car le défi coïncide chez lui avec la bête traquée. Il est capable de larmes, et même de s'effondrer comme au début de l'entretien, mais sa sensibilité est noble : il ne verse pas dans les bons sentiments. Il raconte que c'est cet homme, le bundiste, celui avec lequel il se sentait des affinités, qui a eu l'idée d'organiser pour lui une « visite dans le ghetto ». Cet homme appelle Jan Karski « Monsieur Witold ». On peut supposer que c'est le nom sous lequel il est connu, à cette époque, dans la Résistance polonaise : « Monsieur Witold, je connais l'Ouest. Vous allez négocier avec les Anglais, leur faire un rapport oral. Je suis certain que vous serez plus convaincant si vous êtes à même de leur dire : "Je l'ai vu de mes yeux." » Il lui demande s'il accepte d'aller dans le ghetto, et l'assure qu'il veillera lui-même sur sa sécurité. De nouveau, Jan Karski se tait. Apparaissent à l'écran, en même temps que le nom de « VARSOVIE », des images de la ville. Elle semble morte — une ville fantôme. Est-ce que c'était là, le ghetto ? Il n'y a rien. On est en pleine ville, au centre de Varsovie, et pourtant, ce sont des rues qui semblent rasées. Les immeubles paraissent vides, figés, déserts. La voix de Jan Karski reprend son récit tandis que la caméra filme lentement ces terrains vagues, ces façades en ruine, ces maisons abandonnées : « Quelques jours plus tard, nous reprîmes contact. À cette époque, le ghetto de Varsovie n'avait plus les limites qui étaient les siennes jusqu'en juillet 1942. » La caméra s'approche d'une maison, il y a une plaque : « 40, UL. NOWOLIPKI. » *Ul.* est le diminutif de *Ulica* et veut dire « rue » en polonais. On entend Jan Karski dire : « Il y avait un immeuble... L'arrière faisait partie intégrante du mur d'enceinte. Sa façade se trouvait donc du côté aryen. Sous le bâtiment, un tunnel : nous passâmes sans la moindre difficulté. » Il raconte que le leader du Bund, « l'aristocrate polonais » comme il l'appelle, s'est métamorphosé : « Il est brisé, courbé comme un Juif du ghetto, comme si, toujours, il avait vécu là. » À l'image, on découvre un passage entre deux immeubles. La caméra s'y engage. Le tunnel débouche sur une cour intérieure étroite, sombre, avec une entrée de cave. Il y a une ouverture qui mène à un grand terrain vague, rempli de mauvaises herbes rousses, et bordé de vieux bâtiments, de barres d'immeubles et de murs de briques. Puis Jan Karski réapparaît à l'écran, très calme, il parle de son guide : « Nous allâmes par les rues. Il était à ma gauche. Nous ne parlions pas beaucoup... » À partir d'ici, on entre dans le cœur du récit de Jan Karski. Tout ce qui vient d'être dit n'était qu'un préambule. Le véritable message à transmettre n'est pas l'appel au secours international qu'on lui a fait apprendre par cœur, ni les revendications des Juifs du ghetto pour obtenir des armes : ce qui constitue le véritable message n'est pas formulé, on ne lui a pas donné les mots à apprendre par cœur, il n'y aura pas de mots, ce sera à lui de les inventer pour dire ce qu'il a vu. On se souvient des hésitations de Jan Karski au début de l'entretien, son impossibilité à franchir la ligne de la mémoire, comme s'il y avait une frontière entre la vie présente et cet horrible passé vers lequel il ne parvenait pas à retourner : « Non, je ne retourne pas... non... non... » Dès les premiers mots de l'entretien, il restait bloqué : il ne voulait pas retourner, même par le langage, à l'intérieur du ghetto ; il n'avait plus de mots ; il restait sur le seuil. « Là-bas », disait-il pour désigner le ghetto : « Aucun récit ne

27

m'avait été fait. Je n'avais jamais été là-bas... »
Ainsi, arrivé au moment d'entrer dans ce lieu où le
langage, pour Jan Karski, s'est pétrifié, il prévient
Claude Lanzmann : « Bon, alors ? Vous voulez que
je raconte ? » Cette question ne s'adresse pas vraiment à Claude Lanzmann. Elle permet à Jan Karski
d'obtenir un répit, de se préparer, peut-être aussi de
ménager un effet. Il dit : « *Well* » (Bien). Le moment
est venu : il doit s'acquitter de sa tâche. On voit qu'il
préférerait ne pas le faire. Il est tout proche à nouveau de trébucher, sa main se lève pour cacher son
visage, il avale sa salive, sa gorge se noue, on pense
qu'il va craquer, mais brusquement il se jette dans le
récit : « *Naked bodies on the street !* » (« Des corps
nus dans la rue ! ») La phrase est sortie comme un
spasme. Pas de verbe, une vision brute. Pas non
plus de description des lieux. On est précipités
directement dans le ghetto, attrapés par ces corps.
Claude Lanzmann l'interrompt tout de suite : « Des
cadavres ? » Jan Karski, sans même le regarder,
répond : « Des cadavres. » Il poursuit le récit, les
yeux fixés sur le vide, presque exorbités, comme s'il
revoyait des images, et ne voulait pas les perdre. Il
raconte qu'il demande à son guide pourquoi ces corps
nus sont ici, dans la rue. Le guide répond : « Ils ont un
problème : quand un Juif meurt et si la famille veut
une sépulture, elle doit payer une taxe. Alors on jette
les morts dans la rue. » Claude Lanzmann demande :
« Ils ne peuvent pas payer ? » Non, répond Jan
Karski, ils n'en ont pas les moyens. Il précise, c'est
le guide qui le lui dit, que le moindre haillon compte,

ainsi gardent-ils les vêtements pour les vivants. « *Women, with their babies...* » : la phrase a bondi hors de la bouche de Jan Karski, comme un nouveau spasme. « Des femmes, avec leurs bébés, elles les allaitent en public, mais elles n'ont pas... pas de seins... c'est plat. » Jan Karski dit ce qui arrive, ce qu'il voit, instantanément : « Ces bébés aux yeux fous, qui vous regardent », dit-il. Des cadavres, des femmes maigres, des bébés fous, c'est le ghetto. C'est ce que Jan Karski a vu tout de suite. C'est ce qu'il dit. Maintenant il parle au présent, il n'y a plus de distance avec ce qu'il décrit. Il ne voulait pas retourner en arrière mais, sans le vouloir, il est retourné en arrière, il est « là-bas », dans le ghetto. En évoquant les bébés aux yeux fous, il porte ses mains à son front. Il est sur le point de s'effondrer. Claude Lanzmann le fait revenir, il lui pose une question, une question formulée d'une manière étrange, et que Jan Karski ne comprend pas : « *Did it look like a complete strange world ? — What ?* » Claude Lanzmann reformule la question, mais il est impossible de savoir s'il dit, en anglais : « *Another world ?* » ou « *Was it a world ?* » Les sous-titres traduisent par : « Un autre monde ? » Jan Karski rectifie : « Ce n'était pas un monde. » Il ajoute : « Ce n'était pas l'humanité. » Un long silence, Jan Karski ne bouge plus, les « yeux fous » ce sont les siens maintenant. Il reprend brutalement sa description : « *Street full. Full* » (Les rues pleines. Pleines). Il dit que chacun, dans la rue, troque ses maigres richesses, chacun veut vendre ce qu'il a : « Trois oignons, dit-

29

il. Deux oignons. Quelques biscuits. Chacun vend. Chacun mendie. Les pleurs. La faim. » Les phrases de Jan Karski n'ont plus de souffle. Elles sont minuscules, un mot, deux mots, pas plus. Tout à l'heure, il récitait avec une lenteur articulée les longues tirades que les deux hommes lui avaient dictées. Maintenant, le langage n'a plus de vie, il ne cherche plus à convaincre ni à expliquer, il ne pourra secourir personne. De pauvres visions s'accrochent à de pauvres mots : oignons, biscuits, yeux, seins. Ces mots-là ne sauvent pas : Jan Karski revoit son passage dans le ghetto, mais les enfants qu'il a vus, « ces horribles enfants, dit-il, des enfants qui courent, tout seuls, d'autres auprès de leurs mères, assis », ils sont morts. Jan Karski répète : « Ce n'était pas l'humanité. » Il essaye de dire ce que c'était, il cherche ses mots : « C'était une sorte... une sorte... d'enfer. » Le mot semble pauvre, lui aussi : « enfer », un mot presque convenu, qui semble venir là, faute de mieux, parce que Jan Karski n'en trouve pas d'autre et parce que, s'il ne dit rien, si aucun mot ne vient à son secours, il sera coincé là, dans cette absence de mot, il étouffera. Jan Karski s'est remis à raconter, les phrases s'allongent, elles sont au passé : « Maintenant, dit-il, dans cette partie du ghetto, dans le ghetto central, passaient des officiers allemands. Leur service terminé, les officiers de la Gestapo coupaient à travers le ghetto. » Puis tout de suite, la vision revient, et avec elle le présent, un présent de terreur, Jan Karski grimace, sa bouche se tord lorsqu'il dit : « Alors, les Allemands en uniforme, ils s'avancent...

Silence ! Tous, figés de peur à leur passage. Plus un mouvement, plus un mot. Rien. Les Allemands : mépris ! » Et là, pour donner à entendre ce mépris qui habitait les Allemands regardant les Juifs du ghetto, Jan Karski, pendant deux phrases, se met à leur place, il dit, comme s'il était l'un d'eux : « À l'évidence, les voilà ces sales sous-hommes ! Ce ne sont pas des êtres humains. » Puis soudain c'est la panique. Jan Karski dit que les Juifs s'enfuient de la rue où il se trouve. Lui et son guide bondissent dans une maison. Le guide murmure : « La porte ! Ouvrez la porte ! Ouvrez ! » Ils entrent tous deux, une femme leur ouvre, ils se ruent vers les fenêtres. Le guide dit à la femme : « N'aie pas peur, nous sommes juifs ! » Il pousse Karski vers la fenêtre : « Regardez ! Regardez ! » La vision clignote, elle surgit par saccades. Jan Karski décrit ainsi les Allemands : « Deux garçons. Agréables visages. Jeunesses hitlériennes. En uniforme. » Dans les phrases de Jan Karski, les deux garçons allemands sont saisis au passé, les Juifs au présent. « Ils marchaient, dit Jan Karski. À chacun de leurs pas, les Juifs disparaissent, fuient. Ils bavardaient. » Tout à coup, dit Karski, l'un d'eux porte la main à sa poche, sans réfléchir. Jan Karski fait le geste de dégainer, son visage est très pâle. Il fait mine de tirer, d'une manière presque enfantine. Il dit : « Coups de feu ! Bruit de verre brisé. Hurlements », comme des indications scéniques. En même temps, il mime les bruits, et les reproduit, maladroitement, avec sa bouche. Son visage est devenu blanc. Il tremble. Il dit que le jeune Allemand congratule celui qui a tiré, puis qu'ils repartent. « J'étais pétrifié », dit Jan Karski. Et en prononçant ces mots, pétrifié, il l'est encore. Ce que redoutait Jan Karski au début de l'entretien, c'était ça : cette immobilité dans la terreur qu'il a connue ce jour d'automne 1942, dans le ghetto de Varsovie, au contact de la mort. Il ne voulait pas revivre ça, et il le revit une fois de plus. À ce moment précis, en écoutant Jan Karski, on n'a plus du tout l'impression qu'une voix sort d'un corps ; au contraire, c'est le corps de Jan Karski qui sort de sa voix, parce que sa voix semble le révéler à lui-même ; il est enfin celui qu'il n'arrivait pas à rejoindre au début de l'entretien : non pas quelqu'un d'autre, mais ce personnage en lui qui s'accorde au secret même de la parole : le témoin. Est-ce la souffrance qui fait le témoin ? Plutôt la parole, l'usage de la parole. Car au cours de l'entretien, au fur et à mesure qu'il parlait, quelque chose s'est rejoint dans la parole de Jan Karski, ce point de détresse à partir duquel une vérité trouve son propre langage et où le langage trouve sa vérité, où les mots ne sont plus un vêtement, mais le corps lui-même, avec lequel ils coïncident. Alors Jan Karski dit que la femme juive le prend dans ses bras. Il sanglote en racontant cela, il dit qu'elle a sans doute compris qu'il n'était pas juif : « Partez, partez, lui dit-elle, ce n'est pas pour vous. Partez. » Il reprend son récit avec ce passé simple auquel il a recours lorsqu'il veut éloigner la vision : « Nous quittâmes la maison. Nous quittâmes le ghetto. » On repense à cette manière qu'il avait eue de raconter tout à l'heure son entrée dans le ghetto : « Nous passâmes sans la moindre difficulté. » Ainsi boucle-t-il son séjour en « enfer », comme il dit. Le récit n'est pourtant pas fini ; le guide dit à Jan Karski : « Vous n'avez pas tout vu. Voulez-vous revenir ? J'irai avec vous. Je veux que vous voyiez tout. » Jan Karski accepte. Le récit de sa deuxième visite, il le fait tout de suite, il ne s'arrête pas — il enchaîne. Il est allé deux fois dans le ghetto, mais dans sa mémoire, les deux visites forment une seule séquence, un noyau d'émotions. Il raconte, avec les yeux mouillés : « Le jour suivant, nous retournâmes. Même immeuble, même chemin. » Il dit que, cette fois, il était moins sous le choc, et qu'il était sensible à d'autres choses, comme la puanteur : « *Stink* », dit-il. Il répète le mot plusieurs fois, il dit qu'on suffoquait. Ses phrases sont minuscules, elles se réduisent à un seul mot : « Agitation. Tension. Folie. » Une larme coule le long de sa joue. « C'était place Muranowski », précise-t-il. Jan Karski remarque des enfants qui jouent avec des chiffons. Le guide lui dit : « Ils jouent, vous voyez. La vie continue. » Jan Karski dit qu'ils ne jouent pas, ils font semblant de jouer. Claude Lanzmann demande s'il y avait des arbres : « Rachitiques », répond Jan Karski. Il raconte que son guide et lui ont marché une heure environ, sans parler à personne. De temps en temps le guide l'arrête : « Regardez ce Juif ! » Un homme est debout, immobile, dans la rue. Jan Karski se fige pour nous le faire voir, il prend une pose de stupeur, bouche ouverte, yeux écarquillés : un homme « pétrifié », comme il disait tout à l'heure. Mort ? Non, le guide dit qu'il est vivant. « Monsieur Witold, rappelez-vous ! Il est en train de mourir. Il est mourant. Regardez-le ! Dites-leur là-bas ! Vous avez vu. N'oubliez pas ! » Ils continuent à marcher, pendant une heure peut-être. Parfois, le guide lui désigne un homme, une femme, en lui demandant de se souvenir. Il insiste : « Souvenez-vous, souvenez-vous. » Plusieurs fois, Jan Karski demande : « Que leur arrive-t-il ? » et le guide, chaque fois, répond qu'ils meurent. Jan Karski ne décrit plus rien, son récit se délite, comme si le désert était en train de croître à l'intérieur de ses paroles. Il dit qu'ils marchent, et qu'il n'en pouvait plus. Une limite semble atteinte : « Sortez-moi d'ici », demande-t-il. Il ne termine plus ses phrases, il balbutie : « J'étais malade. Je ne... Même maintenant, je ne veux pas... » De nouveau, il cherche à se soustraire à ce qu'il a vu : « Je comprends ce que vous faites. Je suis ici. Je ne retourne pas à mes souvenirs. » Car ce qui arrive aux hommes et aux femmes croisés dans le ghetto est aussi impossible à supporter qu'impossible à comprendre : « On me disait qu'ils étaient des êtres humains. Mais ils ne ressemblaient pas à des êtres humains. » C'est sur cette aporie que le témoignage de Jan Karski s'achève. L'opposition des vivants et des morts ne suffit pas à rendre compte de ce qu'il a vu, il n'y a pas de mots pour dire ça. C'est pourquoi Jan Karski répète ce qu'il a déjà dit à Claude Lanzmann : « Ce n'était pas un monde. Ce n'était pas l'humanité. » Des êtres humains qui n'ont plus l'air vivants et qui ne sont pas morts, qu'est-ce que c'est ? La parole de Jan Karski ne peut pas aller plus loin, et pourtant, dit-il, il a fait son rapport, il a dit ce qu'il a vu. À la fin, Jan Karski ne s'exprime plus qu'avec des phrases négatives : « Je n'en étais pas. Je n'appartenais pas à cela. Je n'avais rien vu de tel. Personne n'avait jamais écrit sur une pareille réalité. Je n'avais vu aucune pièce, aucun film ! » Le guide et lui sortent du ghetto, ils s'étreignent, se disent mutuellement bonne chance. Les dernières paroles de Jan Karski sont : « Je ne l'ai jamais revu. » Avec la même brusquerie qu'il a eue pour demander à son guide qu'on le sorte du ghetto, il s'arrête de parler. Sa poitrine se soulève, il souffle longuement, comme après un effort. Il est épuisé, les yeux dans le vide. Un tic nerveux apparaît au coin de sa bouche.

2

Jan Karski raconte son expérience de la guerre
dans *Story of a Secret State* (*Histoire d'un État
secret*), paru aux États-Unis en novembre 1944, et
traduit plus tard en français sous le titre : *Mon témoignage devant le monde*.

Le livre commence le 23 août 1939. Jan Karski
revient d'une réception organisée par l'ambassade
du Portugal à Varsovie. Il a vingt-cinq ans. Il vient
de passer trois ans dans ce qu'il appelle les « grandes
bibliothèques d'Europe », en Allemagne, en Suisse,
en Angleterre. La mort de son père l'a rappelé à Varsovie, où il essaye de finir sa thèse. Il est insouciant,
parle plusieurs langues, traîne un peu — l'avenir lui
appartient.

Au milieu de la nuit, on frappe à sa porte. Un poli-
cier lui tend une fiche rouge. C'est un ordre de
mobilisation. Jan Karski doit quitter Varsovie dans
les quatre heures, et rejoindre son régiment qui est
cantonné à Oświęcim, juste à la frontière avec l'Allemagne. Oświęcim est le nom polonais d'Aus-

chwitz : c'est sur l'emplacement de cette caserne où Jan Karski est envoyé que sera créé, neuf mois plus tard, le camp de concentration d'Auschwitz-I. Comme il a fait, il y a quelques années, son service à l'École d'aspirants de l'artillerie, le voici sous-lieutenant dans l'artillerie montée (c'est-à-dire dans la cavalerie). Il ne prend pas très au sérieux cette mobilisation : il n'y voit qu'une occasion ironique de « parade militaire ». Mais Jan Karski est un « cavalier passionné », aussi se réjouit-il d'aller galoper en uniforme dans les plaines de haute Silésie.

Si Jan Karski n'est pas franchement sensible à la gravité de la situation, il rapporte néanmoins une rumeur selon laquelle la France et l'Angleterre empêcheraient la Pologne de se mobiliser, sous prétexte qu'il ne faut pas provoquer Hitler, alors que les nazis, eux, se préparent ouvertement à envahir la Pologne. Ainsi la fiche rouge est-elle un « ordre secret de mobilisation », il n'y aura pas d'affichage.

Le train pour Oświęcim est bondé, il grouille de jeunes gens, comme Jan Karski, qui vont rejoindre leur affectation ; et à chaque arrêt, des wagons sont ajoutés pour recevoir de nouveaux contingents. Arrivé à la caserne d'Oświęcim où il se joint aux officiers de réserve qui, comme lui, attendent les ordres, Jan Karski adhère à l'optimisme général. Le conflit à venir lui semble une mascarade : « L'Allemagne était faible, et Hitler bluffait », écrit-il ; la Pologne allait corriger une fois pour toutes celui que ses camarades appellent le « burlesque petit fanatique ».

Mais au matin du 1er septembre, à l'aube, alors que la division d'artillerie dort, les avions de la Luftwaffe, qui ont réussi à percer les lignes sans être repérés, bombardent toute la région. Des centaines de panzers traversent la frontière, et détruisent à coups d'obus le moindre obstacle : en trois heures, la région est anéantie.

Jan Karski et ses camarades sont consternés : « Il s'avéra évident que nous n'étions pas en état d'opposer une résistance sérieuse », écrit-il. L'ordre de retraite est donné. Canons, vivres et munitions doivent être dirigés vers Cracovie. Tandis qu'ils avancent dans les rues d'Oświęcim en direction de la gare, des coups de feu éclatent : depuis certaines fenêtres, on leur tire dessus. Ce sont des citoyens polonais descendants d'Allemands — les *Volksdeutsch* —, qui vivent hors du Reich, et ont immédiatement pris parti pour les nazis, dont ils constituent en quelque sorte, partout en Pologne, la « cinquième colonne ». Ordre est donné de ne pas riposter, afin de ne pas retarder la retraite.

À la gare, le temps de réparer la voie endommagée par les bombardements, ils embarquent enfin vers l'est, en direction de Cracovie. Le train est attaqué par l'aviation allemande. Plus de la moitié des wagons sont touchés ; la plupart de leurs occupants sont morts, ou blessés. Le wagon de Jan Karski reste indemne. C'est la première manifestation de la chance de cet homme, une chance qui va se révéler stupéfiante — celle du trompe-la-mort.

Les survivants abandonnent ce qui reste du train,

et dans le désordre, dans la panique et l'ahurisse-
ment, poursuivent à pied leur route vers l'est. « Nous
n'étions plus une armée », note Jan Karski. Des centaines de milliers de réfugiés et de soldats perdus se
croisent alors sur les routes de Pologne. Ils avancent
lentement. Cela dure deux semaines. Jan Karski et
ses camarades, qui n'ont pas tiré un seul coup de
feu, ont encore le désir de combattre. Ils espèrent
rencontrer dans leur marche quelque « ligne de résistance », à laquelle se joindre. Mais il n'y a pas de
résistance, il n'y a qu'un immense désastre : les
avions et la DCA polonais sont neutralisés ; les
Allemands occupent déjà Poznań, Łódź, Kielce,
Cracovie. « Ruines fumantes et abandonnées des
villes, des villages et des gares », écrit Jan Karski.

La troupe marche depuis quinze jours à travers
ces ruines, lorsqu'on annonce que les Russes ont
franchi la frontière. L'information proviendrait d'un
civil qui a un poste de radio. « Nous auraient-ils
déclaré la guerre eux aussi ? » demande Jan Karski.
Il semble qu'un message soit diffusé sur les ondes
polonaises — un message en russe, en polonais et en
ukrainien —, qui demande au peuple polonais de ne
pas considérer les soldats russes comme des ennemis, mais au contraire comme des protecteurs. Jan
Karski semble douter d'une telle protection. Il se
demande où l'on en est du pacte entre les Allemands
et les Soviétiques. Est-il encore en vigueur ? Les
glissements éventuels d'une telle alliance demeurent
secrets ; mais désormais, pour Jan Karski, une chose

est sûre : quel que soit le glissement, il sera toujours défavorable à la Pologne.

Commence une scène étonnante, qui a lieu trois kilomètres avant Tarnopol, une ville de Pologne orientale située au sud-est du pays, tout en bas de la carte, dans le coin entre la Tchécoslovaquie et l'URSS. Jan Karski prend soin de noter la date : c'est le 18 septembre. La scène se passe sur la route, les Polonais sont à pied. Grand vacarme. Une voix sort d'un haut-parleur. Personne ne comprend le sens des paroles. Un virage empêche d'en saisir la provenance. On presse le pas, certains même se mettent à courir. Au sortir du virage, on perçoit confusément, sur la route, une file de camions militaires et de tanks. Un camarade de Jan Karski reconnaît de loin, sur un véhicule, la faucille et le marteau. « Les Russes ! Les Russes ! » crie-t-il. Les paroles du haut-parleur sont plus nettes maintenant. C'est du polonais. « Quelqu'un, écrit Jan Karski, parlait en polonais avec ces intonations chantantes des Russes quand ils parlent notre langue. » La voix, qui est celle du commandant des Soviétiques, invite les Polonais à se joindre à eux. Très vite, la voix s'impatiente : « Est-ce que vous êtes avec nous, oui ou non ? Nous sommes des Slaves comme vous, pas des Allemands. » Le commandant demande à parler à un officier. Grande confusion parmi les Polonais, qui sont hostiles aux Russes. Un capitaine se décide ; il se dirige vers les chars soviétiques en agitant un mouchoir blanc au-dessus de sa tête. Un officier de l'Armée rouge s'avance à sa rencontre. Les deux hommes se saluent, leurs paroles semblent amicales. Ils se dirigent vers le tank d'où venait la voix du commandant, puis on les perd de vue.

Jan Karski décrit l'attente des Polonais, en proie à ce qu'il nomme une « déroute émotionnelle ». Le *Blitzkrieg* les a complètement désorientés ; ils ne supportent plus leur errance. Certains sont au bord de la crise de nerfs ; les autres sont prostrés dans l'hébétude.

Au bout d'un quart d'heure, une voix forte, assurée, se fait entendre à travers le haut-parleur. C'est celle de l'officier polonais. Il annonce solennellement qu'il n'y a plus de haut commandement ni de gouvernement polonais ; et qu'il faut s'unir aux forces soviétiques : « Le commandant Plaskov exige, dit-il, que nous rejoignions immédiatement son détachement après lui avoir remis nos armes. » Puis il termine son discours par ces mots : « À mort l'Allemagne ! Vivent la Pologne et l'Union soviétique ! »

Silence total. Jan Karski et ses camarades sont stupéfaits. Quelqu'un se met à sangloter, il crie : « Frères ! C'est le quatrième partage de la Pologne. Dieu ait pitié de moi ! » Puis un coup de revolver claque.

L'homme, un sous-officier, s'est suicidé ; la balle lui a traversé le cerveau ; personne ne connaissait son nom.

C'est maintenant le désordre dans les rangs polonais. Chacun s'indigne, gesticule ; les officiers courent d'un soldat à l'autre, afin de convaincre chacun de se calmer, et de déposer les armes. Protestations, bousculades sont vite rabrouées par le haut-parleur qui rappelle tout le monde à l'ordre : « Soldats et officiers polonais ! Déposez vos armes devant la chaumière blanche, sous les mélèzes, sur le côté gauche de la route. » La voix se fait plus dure encore : « Toute tentative pour conserver des armes sera considérée comme une trahison. »

La chaumière blanche brille au soleil. Les Polonais remarquent de chaque côté de la maison, émergeant des arbres, une rangée de mitraillettes braquées sur eux. Comme le note sobrement Jan Karski : « La situation ne laissait aucun doute. »

Les plus gradés s'avancent sur la route, et lancent leurs revolvers contre la porte de la chaumière. Ils sont imités par tous les officiers, sous les yeux incrédules des soldats. Quand vient le tour de Jan Karski, la vue du tas de revolvers le saisit, comme un symbole absurde. Il lance à regret le sien, en pensant qu'il n'a même pas eu l'occasion de s'en servir. Les soldats se dépouillent eux aussi de leurs armes. À peine le dernier soldat a-t-il déposé son arme que deux pelotons de Soviétiques sautent des camions, et se déploient de chaque côté de la route, les mitraillettes braquées sur les Polonais. Le haut-parleur ordonne à ceux-ci de s'aligner. Des chars prennent position, les tourelles pivotent, les canons sont tournés dans la direction de la colonne qui, au pas de marche, s'ébranle maintenant vers Tarnopol. Jan Karski écrit : « Nous étions prisonniers de l'Armée rouge. »

La colonne traverse Tarnopol en silence, sous les

regards attristés de la population qui est sortie dans la rue. Jan Karski a honte. Il pense à s'évader. Un de ses camarades, quatre rangs devant lui, profite de l'inattention des gardiens pour se glisser hors de l'alignement, et sauter dans la foule, qui l'absorbe aussitôt. Jan Karski cherche une occasion favorable pour s'échapper lui aussi, mais les gardiens le tiennent à l'œil. Il n'arrive toujours pas à croire qu'il vit réellement cette débâcle : « Le grondement des chars, écrit-il, l'éclat des canons de fusil au clair de lune, les efforts pour essayer de scruter les ténèbres, tout contribuait à me faire croire que je participais à un jeu étrange. » Lorsqu'il aperçoit la station de chemin de fer, il réalise enfin que la Pologne a été écrasée, que ce « jeu étrange » s'appelle la guerre, et que ses camarades et lui vont être déportés.

Jan Karski est ému par le visage des habitants de Tarnopol. Il a conscience que l'armée polonaise a déçu les attentes du peuple. Dans un élan soudain de culpabilité, voici que, tout en regardant droit devant lui, il jette discrètement dans la foule, en guise d'offrande, la bourse dans laquelle il serrait son argent, ses papiers, ainsi que la montre en or que son père lui avait donnée. Il lui reste, dit-il, un peu d'argent cousu dans ses vêtements, ses papiers les plus importants, et une petite médaille en or de Notre-Dame d'Ostrobrama, qu'on associe en Pologne à l'insurrection patriotique.

Les hommes s'entassent dans la gare ; ils se couchent sur les bancs, sur les marches, et s'endorment à même le sol.

Un long train de marchandises arrive dans la matinée. Les gardes russes poussent les soldats dans les wagons. Au centre de chaque wagon, il y a un petit poêle de fonte, et quelques kilos de charbon. Une livre de poisson séché et une livre et demie de pain sont distribuées à chaque prisonnier. Avant de monter, on leur a ordonné de remplir tous les récipients disponibles aux robinets d'eau de la gare.

Le voyage dure quatre jours et quatre nuits. Chaque jour, le train s'arrête une demi-heure, pendant laquelle on donne à chacun sa portion de pain noir et de poisson séché. Les portes des wagons s'ouvrent, chacun se dégourdit les jambes. Dès le deuxième jour, on est en Russie. Sur le quai de la gare, de petits groupes de Russes observent les prisonniers avec curiosité ; ils leur offrent parfois de l'eau, et des cigarettes. Lors d'une halte, un camarade de Jan Karski qui parle russe entre en contact avec une femme qui lui offre une gamelle d'eau. Celle-ci traite alors les Polonais d'« aristocrates fascistes » : « Chez nous, en Russie, vous apprendrez à travailler, dit-elle. Vous serez assez forts pour travailler, mais trop faibles pour opprimer le pauvre. »

Ils descendent des wagons, et alignés par huit, marchent plusieurs heures dans la boue, jusqu'à une vaste clairière, où les murs d'un ancien monastère sont transformés en baraquements. Jan Karski l'ignore, mais on est en Ukraine, au sud-est de Kiev, et ce camp — l'un des huit spécialement créés pour les prisonniers polonais — est celui de Kozielszyna.

Tout de suite, des instructions sont données à travers un haut-parleur : elles visent à séparer les simples soldats des officiers, puis à distinguer, parmi les officiers, ceux qui, dans le civil, étaient policiers, magistrats, avocats, hauts fonctionnaires. Le haut-parleur les désigne comme « ceux qui ont opprimé en Pologne les communistes et les classes laborieuses ». On les relègue à part, dans des cabanes en bois ; et c'est eux, comme tous les officiers, comme l'ensemble de l'élite polonaise, qui seront rassemblés quelques mois plus tard dans le camp de Starobielsk, pour être secrètement exécutés sur ordre de Beria, le chef de la police, et enfouis dans les fosses communes de Katyn. Les Soviétiques s'arrangeront longtemps pour faire endosser aux Allemands la responsabilité de ce massacre. Avec ces 25 000 assassinats, c'est toute l'intelligentsia polonaise, et toute possibilité d'avenir pour la Pologne, qui est consciencieusement anéantie.

Jan Karski et tous les officiers sont astreints à un travail pénible. Ils n'ont qu'une obsession : s'évader. Sortir du camp ne semble pas très difficile, mais parvenir ensuite à monter dans un train relève de l'impossible. Et puis la perspective d'avoir à évoluer dans un pays froid et hostile, dont on ne connaît pas la langue, décourage les plus audacieux. Ils apprennent qu'un échange de prisonniers se prépare entre l'Allemagne et la Russie : les Allemands vont renvoyer en Russie tous les Ukrainiens et les Biélorusses, tandis que les Russes laisseront repartir pour l'Allemagne tous les Polonais « descendant d'Allemands », ainsi que tous les Polonais qui sont nés sur les territoires incorporés au IIIe Reich. Cet échange ne concernera que les simples soldats. Jan Karski ne peut donc espérer en bénéficier. Mais il vient de Łódź, son extrait de naissance peut le prouver — et Łódź fait partie des territoires annexés. Un soldat qui ne bénéficie pas de l'offre des Allemands accepte d'échanger son uniforme contre celui de Jan Karski.

Voici donc Karski dans le bureau du camp, il demande à être sur la liste des volontaires pour aller en Allemagne. « Soldat Kozielewski, ancien ouvrier, né à Łódź », ainsi se présente-t-il. (Kozielewski est le vrai nom de Karski.) Le lendemain, il monte dans un train, et refait à l'envers, avec deux mille soldats désireux d'être échangés, le chemin qu'il avait emprunté six semaines plus tôt.

L'échange a lieu près de Przemyśl, une ville située sur la nouvelle frontière entre la Russie et l'Allemagne, telle que la fixe le pacte Ribbentrop-Molotov, grâce auquel les deux puissances se partagent la Pologne. C'est un matin de novembre, à l'aube, dans un champ. Un vent glacial transperce les haillons des prisonniers. L'attente dure cinq heures. La plupart finissent par s'asseoir dans la boue. Pour se protéger du froid, ils se couvrent le corps de roseaux liés avec des bouts de ficelle. Les gardiens russes se mettent à parler avec les prisonniers ; ils s'étonnent qu'on leur préfère les Allemands ; ils pensent que c'est par ignorance, ou par folie. Ils ne cessent de répéter : « *U nas vsjo haracho, germantsam huze budiat* » (« Chez nous, tout est bien ; avec les Allemands, ce sera pire »). Jan Karski ne se fait pas d'illusions. Il est heureux de quitter le camp soviétique, mais il craint les Allemands. Dans son esprit, il s'évade pour rejoindre l'armée polonaise : il est convaincu que certains détachements sont encore au combat.

Des officiers allemands arrivent en voiture. Ils inspectent les prisonniers en ricanant. Puis il faut marcher quelques kilomètres vers un pont, sur le San, un affluent de la Vistule. De l'autre côté du pont, les prisonniers russes apparaissent, gardés par des Allemands. Au moment de se croiser, sur le pont, un Ukrainien se moque des Polonais : « Regardez ces fous-là ! dit-il. Ils ne savent pas encore où on les conduit. »

Voici donc les Polonais sous contrôle allemand. On leur assure qu'ils seront bien traités, et qu'on leur donnera du travail. De nouveau le train, de nouveau soixante par wagon. Le pain noir, les bidons d'eau. Le voyage dure quarante-huit heures. Les camarades de Jan Karski pensent que les conditions de vie seront peut-être difficiles, mais ils sont persuadés qu'ils seront libres. Comme l'écrit Jan Karski : « La pensée que nous serions libres nous avait empêchés de chercher à nous évader. »

Ils sortent du train à Radom, une ville de l'ouest de la Pologne. On les fait mettre en rang avec rudesse, on les conduit jusqu'au camp avec brutalité. Là, d'immenses barbelés ceinturent les lieux. Le camp semble effrayant à Jan Karski. Les Allemands donnent l'assurance aux Polonais qu'ils seront bientôt relâchés ; ils affirment aussi qu'en attendant, quiconque essaierait de s'évader serait fusillé sur-le-champ. Jan Karski comprend qu'on leur ment : jamais on ne les laissera sortir d'ici, il est urgent de s'évader.

Les jours qui suivent sont un choc pour Karski. « Pour la première fois, écrit-il, je rencontrai la brutalité et l'inhumanité. » Ce qu'il voit au camp de Radom lui semble « hors de proportion » avec tout ce qu'il a pu vivre jusqu'ici. Sa conception du monde s'en trouve bouleversée. Pas de soins médicaux, presque rien à manger. Brutalité des gardes, cruauté permanente. Pas une seule journée sans qu'on reçoive un coup de pied dans le ventre ou un coup de poing dans la figure. Pas une seule journée sans qu'un homme soit criblé de balles pour avoir soi-disant essayé de franchir les barbelés. Jan Karski découvre que la mort n'a rien d'exceptionnel. Et même qu'elle est peu de chose. Il découvre surtout que le pire n'est pas la violence, mais la gratuité de cette violence. Celle qui a cours ici ne lui semble motivée par rien, ni par le désir de faire respecter la discipline, ni par la volonté d'asservir ou d'humilier. Jan Karski pense qu'elle appartient à ce qu'il nomme un « code » — un « code d'une sauvagerie inouïe », dit-il, auquel les gardiens du camp se conforment sans même en avoir conscience.

Jan Karski touche ici à quelque chose de vertigineux : il comprend que *le mal est sans raison*.

Dans l'enfer du camp, un miracle : chaque jour, quelqu'un jette par-dessus les barbelés des paquets qui contiennent du pain et des fruits, parfois des morceaux de lard, et même de l'argent. Chacun se presse pour trouver dans les buissons ce trésor. Jan Karski est rapide, il met souvent la main dessus. Mais surtout, il établit le contact avec le mystérieux bienfaiteur : avec un bout de crayon, il griffonne un message et réclame des vêtements civils pour s'évader. Il court fouiller le buisson le lendemain, trouve un paquet de provisions, accompagné d'un mot : « Je ne peux pas apporter de vêtements parce que je serai vu. Vous allez quitter le camp dans quelques jours pour le travail obligatoire. Essayez de vous évader quand vous serez en route. »

Effectivement, quelques jours plus tard, les Polonais sont conduits, sans explication, à la gare. Impossible de s'enfuir pendant le trajet. Ils sont entassés dans des wagons à bestiaux, de quinze mètres de long, trois mètres de large, et deux mètres de haut, avec pour seule source de lumière quatre petites fenêtres placées à hauteur des yeux. On les avertit que « celui qui créera du désordre ou souillera le wagon sera abattu ». On verrouille le wagon avec une barre de fer. Le train démarre lentement.

Jan Karski s'est fait trois amis, ils sont avec lui dans le wagon. Comme lui, ils veulent à tout prix s'évader. Ils décident d'attendre la nuit. Leur idée : sauter en marche. Le moyen : passer par la fenêtre. Jan Karski se souvient d'un tour de son enfance : trois hommes en portent un quatrième à bout de bras ; en lui donnant de l'élan, ils le font passer, la tête la première, à travers l'ouverture.

Le problème, c'est qu'il faut obtenir l'aide des

autres soldats. Ils seront probablement punis à cause des évadés, aussi risquent-ils de s'opposer à cette tentative. Jan Karski, poussé par ses amis, se lève et improvise un discours solennel : « Citoyens polonais, j'ai quelque chose à vous dire. Je ne suis pas un soldat, mais un officier. Avec ces trois hommes, je vais sauter du train, non pour nous mettre à l'abri, mais parce que nous désirons rejoindre l'armée polonaise. Les Allemands disent qu'ils ont balayé notre armée : ils mentent. Nous savons que notre armée se bat encore courageusement. Voulez-vous faire votre devoir de soldats, vous évader avec moi et continuer la lutte pour l'amour de votre pays ? »

Les soldats ne sont pas convaincus du tout. Certains regardent Jan Karski comme s'il était fou, d'autres ricanent. Non seulement ils ne veulent pas s'évader, et pensent que les Allemands vont les traiter correctement, leur donner du travail et du pain, mais ils s'opposent carrément à ce que Karski et ses amis s'enfuient, car cela les mettrait en danger.

Jan Karski ne se laisse pas démonter, il les menace : « Nous n'avons pas l'intention, dit-il, de passer notre vie comme esclaves des Allemands. Que diront vos familles, vos amis, quand ils apprendront que vous avez aidé vos ennemis ? »

Huit soldats décident alors de se joindre à eux. Quelques autres acceptent de les aider à se glisser par la fenêtre.

C'est la nuit maintenant, le train roule moins vite, ils en profitent. Un des amis de Karski s'avance : un homme le prend par les épaules, un autre par les genoux, un troisième par les pieds. On ajuste sa tête dans l'ouverture de la fenêtre, et on le pousse dehors. Quatre soldats réussissent ainsi à s'extirper du wagon. On entend des coups de feu, puis un projecteur balaye le train. Jan Karski craint que les Allemands ne stoppent le convoi. Quatre nouveaux soldats passent par la fenêtre. Là encore, des coups de feu crépitent. Une balle atteint l'un des soldats, on l'entend gémir de douleur. C'est au tour de Jan Karski : on le fait passer par l'ouverture, il tombe dans le vide, trébuche, sa tête frappe le sol. Il entend de nouvelles rafales, se relève et court se mettre à l'abri derrière un arbre. Les tirs s'arrêtent, le train disparaît.

Jan Karski raconte qu'il attend à peu près une demi-heure. Il espère retrouver ses camarades, il regrette de ne pas avoir convenu d'un rendez-vous avec ses trois amis. Quelqu'un se faufile sous les arbres. C'est un jeune soldat, l'un de ceux qui étaient dans le wagon. Il a dix-huit ans, il tremble de peur. Jan Karski le rassure : ils ont échappé aux Allemands, ils ne seront pas poursuivis. Jan Karski veut rejoindre Varsovie, le jeune homme aussi. Il faut se procurer des vêtements civils, un abri, de quoi manger.

Ils sont dans une forêt, c'est la nuit, il pleut. Au bout de trois heures de marche à tâtons, ils aperçoivent un village. Un peu de lumière filtre sous la porte d'une maison. Jan Karski tente sa chance, il frappe. Un vieux paysan ouvre. Jan Karski lui demande s'il est oui ou non polonais. Le vieux répond qu'il est polonais. Karski lui demande alors s'il aime son pays. Oui, dit le vieux, je l'aime. Croit-il en Dieu ? Il y croit. Jan Karski révèle donc que le jeune homme et lui sont des combattants polonais, et qu'ils viennent d'échapper aux Allemands. Avec cette même solennité un peu loufoque dont il a usé dans le wagon pour s'adresser aux soldats, Jan Karski déclare qu'ils vont rejoindre tous les deux l'armée pour « sauver la Pologne » : « Nous ne sommes pas encore battus, dit-il. Vous pourrez nous venir en aide et nous donner des vêtements civils. Si vous refusez et essayez de nous livrer aux Allemands, Dieu vous punira. »

Le vieux paysan semble amusé par le discours de Karski ; il dit qu'il ne les livrera pas.

Sa femme leur sert du lait chaud, avec deux tranches de pain noir. Puis on leur offre un grand lit, avec une couverture. C'est le premier matelas qu'ils ont depuis des semaines, ils dorment jusqu'à midi. À leur réveil, le vieux leur donne deux pantalons et deux vieux vestons en guenilles, et sa femme, une nouvelle tasse de lait avec deux pains noirs. Karski et le jeune homme laissent leurs uniformes en échange ; et des zlotys, que le paysan refuse.

Au moment du départ, celui-ci leur apprend qu'il n'y a plus d'armée polonaise. Il y a des soldats, beaucoup de soldats, mais il n'y a plus d'armée. Ce n'est pas un mensonge des Allemands. On l'a entendu à la radio, on l'a lu dans les journaux. Varsovie s'est défendue pendant plusieurs semaines, mais elle a dû se rendre. Tout le monde sait qu'il n'y a plus de Pologne, et que les Allemands ont pris la moitié du pays, et les Russes l'autre moitié.

Jan Karski demande au paysan s'il a des nouvelles des Alliés : la France et l'Angleterre sont-elles déjà à notre secours ? Le paysan répond qu'il ne sait rien des Alliés, il sait seulement que personne n'a aidé la Pologne.

Le jeune homme se remet à trembler, il pleure, il est désespéré. Jan Karski prend avec lui la route de Kielce, où il le laisse aux soins de la Croix-Rouge, et continue seul en direction de Varsovie.

Pendant les six jours qu'il passe sur les routes avant d'atteindre Varsovie, Jan Karski réfléchit aux événements qui se sont succédé depuis cette nuit d'août où on lui a remis, à lui comme à des milliers d'autres, le petit papier rouge. On est en novembre, un peu plus de deux mois se sont écoulés depuis la mobilisation. Il réalise qu'il n'a pas cessé, durant ces deux mois, de subir des chocs : bombardement, captivité, échange, internement, évasion. Il n'était pas préparé à cela, et sans doute rien n'y prépare jamais. C'est pourquoi il s'en est protégé en tenant des discours insensés sur l'armée polonaise qui, dans ses rêves, continuait de se battre, alors que tous, au fond, savaient que c'était fini. Car il ne s'agit pas seulement d'une guerre perdue, mais de la destruction de la Pologne. Dans l'histoire polonaise, chaque fois que les soldats sont vaincus sur un champ de bataille, le pays est anéanti : on se partage son territoire, on détruit sa culture. Jan Karski continue pourtant à croire qu'une résistance, même infime, même secrète, survit à Varsovie.

Partout, il ne rencontre que « d'immenses étendues dévastées par le *Blitzkrieg* ». Les routes sont encombrées par de longues colonnes de réfugiés qui fuient les villes détruites. Ils ont entassé leurs biens sur des charrettes, et avancent avec cette lenteur implacable des gens hypnotisés. Quand il n'en peut plus de marcher, Jan Karski obtient une place dans l'une de ces carrioles tirées par des chevaux. Il sait réparer les harnais, son aide est précieuse.

Lorsqu'il arrive à Varsovie, Jan Karski découvre une ville aux mains des nazis. La métropole, avec ses théâtres et ses cafés, n'existe plus. À sa place, rues noires, partout des tombes. Au cœur de la ville, une immense fosse commune a été creusée pour les soldats inconnus. Elle est couverte de fleurs et entourée de cierges. Une foule en deuil prie, agenouillée. Jan Karski apprend qu'on se relaie auprès de la fosse depuis l'aube jusqu'au couvre-feu, et que la veillée n'a pas cessé depuis le premier jour. Il ne s'agit plus seulement d'un hommage aux morts, mais d'un acte de résistance politique.

Jan Karski se recueille à côté de la fosse, puis se dirige vers l'appartement de sa sœur. Il trouve une femme brisée par le chagrin. Elle vient de perdre son mari, qui a été torturé par les nazis, puis fusillé. L'endroit est trop dangereux, il ne peut pas rester longtemps. Il se repose une nuit, puis au matin sa sœur lui donne des vêtements, de l'argent, des bijoux.

Jan Karski se met à errer dans une ville qu'il reconnaît à peine tant elle a souffert des bombardements. Il se souvient qu'un de ses meilleurs amis, que sa santé fragile a empêché d'être soldat, habite tout près. Il s'appelle Dziepaltowski. Avant guerre, c'était un violoniste solitaire, très pauvre, entièrement voué à son art, et dont Jan Karski admirait l'intégrité.

Dziepaltowski est heureux de revoir Jan Karski vivant et libre. Il semble étrangement serein, plein d'énergie. Alors que la Pologne vit une catastrophe, Dziepaltowski parle de l'avenir avec confiance : « Tous les Polonais, dit-il, ne sont pas résignés à leur sort. » Jan Karski ne voit pas de violon dans l'appartement. Son ami lui répond que pour le moment il y a mieux à faire. Puis il se renseigne sur la situation de Karski. A-t-il des papiers ? de l'argent ? Jan Karski lui raconte ses démêlés avec les Russes, et avec les Allemands. Dziepaltowski est catégorique : « Il te faut d'autres papiers. Aurais-tu le courage de vivre sous un faux nom ? » Il se lève, et griffonne quelques mots à son bureau. Jan Karski est troublé par le comportement très énergique de son ami, qu'il considérait comme un idéaliste un peu distrait. « Lis, mémorise, et détruis ce papier, lui dit-il. Tu vas porter un nouveau nom. Tu t'appelleras Kucharski. »

Dziepaltowski lui donne une adresse. C'est l'appartement d'une femme dont le mari est prisonnier de guerre. Il pourra se cacher chez elle. On peut faire confiance à cette femme ; mais il demande à Karski d'être prudent avec elle, d'être prudent avec tout le monde.

Aux questions que lui pose maintenant Jan Karski, dont la curiosité est en éveil, son ami coupe court. Il lui conseille de vendre une des bagues que sa sœur lui a données, et de se procurer quelques vivres : pain, jambon, alcool. De se reposer, de sortir le moins possible, et d'attendre. On lui apportera bientôt ses nouveaux papiers.

Jan Karski ne le sait pas encore, mais son initiation a commencé ; il vient d'entrer dans la Résistance polonaise.

À l'adresse que lui a donnée Dziepaltowski, il trouve une femme de trente-cinq ans, Mme Nowak, et son fils Zygmus, douze ans, tous les deux très silencieux. L'appartement est vaste. La chambre qu'occupe Jan Karski est agréable, une reproduction d'une Madone de Raphaël orne le mur.

Au bout de deux jours, un jeune homme lui apporte une enveloppe. Ce sont ses papiers. Il s'appelle donc Witold Kucharski. Il est né en 1915 à Luki, il n'a pas servi dans l'armée à cause d'une santé fragile, il est instituteur dans une école primaire.

Il y a un message de Dziepaltowski, qui lui indique l'adresse où il doit se rendre pour faire une photo d'identité. Il le prévient aussi qu'il ne pourra pas le voir avant deux ou trois semaines.

Jan Karski reste cloîtré dans l'appartement, allongé sur son lit, à lire et à fumer. Chercher un emploi est trop compliqué, trop dangereux. Avec les bagues et la montre de sa sœur, il peut tenir plusieurs mois. L'ordre nazi qui règne en ville le désespère, chaque jour la vie des Varsoviens empire. Pourtant, il reste persuadé que la guerre va bientôt finir, et que l'Angleterre et la France ne vont pas tarder à libérer la Pologne.

Au bout de quinze jours, Dziepaltowski lui rend visite, et lui annonce qu'il fait maintenant partie de la Résistance. Lui-même y joue un grand rôle. Jan Karski apprendra plus tard que c'est lui qui, à Varsovie, exécutait les sentences de mort sur les agents de la Gestapo. Et c'est lui qui, en juin 1940, reçoit l'ordre de liquider un certain Schneider, membre de la Gestapo ; il l'abat dans des toilettes publiques, avant d'être arrêté, torturé et fusillé.

Jan Karski décrit les chasses à l'homme organisées par les nazis dans les rues de Varsovie. Les rafles. Celles de juin 1940, où ils bloquent un pâté de maisons, arrêtent les passagers des tramways, les clients des magasins et des restaurants, et les embarquent dans des camions bâchés. Vingt mille personnes, dit-il, sont ainsi enlevées. La plupart sont envoyées au camp de concentration d'Auschwitz, qui vient d'être installé à trois cents kilomètres de la capitale.

Il décrit la terreur que les nazis font régner dans la ville par le biais des représailles collectives qu'ils infligent à la population dès qu'une action est tentée contre eux. La question fait l'objet dans le livre de longues analyses où Jan Karski, en exposant la responsabilité de la Résistance, manifeste un grand sens du scrupule. En décembre 1939, par exemple, un officier allemand en possession de renseignements sur la Résistance est abattu dans le hall d'un café de la ville. Les Allemands arrêtent aussitôt plus d'une centaine d'innocents qui habitent alentour, et les fusillent. C'est ainsi, comme l'explique Jan Karski, que les nazis espèrent contraindre la Résistance à renoncer à son action armée. Mais il n'est pas possible de céder à cet horrible chantage, et de laisser les Allemands réaliser en toute impunité leurs objectifs d'asservissement. « Malgré tant d'innocentes victimes, écrit Jan Karski, malgré la souffrance et le malheur de leurs familles, nous ne nous sommes pas laissé effrayer. Il n'était pas question que les nazis se sentent en sécurité en Pologne. »

Pour sa première mission, Jan Karski est chargé d'aller à Poznań, afin d'y rencontrer un membre de la Résistance. Celui-ci occupait avant guerre un poste important, et il s'agit d'examiner avec lui les moyens de gagner ses anciens subordonnés à la Résistance. Poznań fait partie des territoires qui ont été incorporés au Reich. Pour l'occasion, Jan Karski voyage sous un nom allemand. La fille de l'homme qu'il doit rencontrer joue le rôle de sa fiancée. Elle porte elle aussi un nom allemand, et a demandé à la Gestapo l'autorisation que son « fiancé » vienne la voir.

Poznań est l'une des plus vieilles cités de Pologne, historiquement considérée comme le berceau de l'indépendance. Aussi Jan Karski est-il accablé lorsqu'il découvre une ville entièrement colonisée par les Allemands, où les enseignes des boutiques, le nom des rues et les journaux qu'on vend sont allemands, où l'on n'entend plus du tout parler polonais, où partout flottent des bannières nazies et des portraits d'Hitler.

Sa « fiancée », Helena Siebert, est une jolie brune, très douce, dont le courage est réputé exemplaire. Elle lui explique qu'à Poznań, comme dans tous les territoires incorporés au Reich, la situation est complètement différente de celle qui prévaut à Varsovie et dans tout le *Generalgouvernement*. En effet, les seuls Polonais autorisés à rester à Poznań sont ceux qui se sont déclarés Allemands. Les autres sont chassés, ou vivent en proscrits. On leur interdit de circuler en auto ou en tramway. S'ils croisent un Allemand, ils doivent lui céder le trottoir. Dans ces conditions, on ne peut pas résister ici de la même manière qu'à Varsovie. Elle raconte que malgré sa haine des nazis, elle a adopté volontairement la nationalité allemande, afin de servir la Résistance de l'intérieur. Car il n'y a presque aucun patriote polonais ici, ils ont tous refusé d'être enregistrés comme Allemands, et ont quitté la région ; bientôt tous les Polonais auront été remplacés par des colons allemands, dont les nazis préparent la venue en vidant les maisons à leur intention.

Le père d'Helena, qui a refusé l'incorporation, vit caché à la campagne. Jan Karski et lui examinent la question de la Résistance ; il leur semble impossible à tous deux que celle-ci recrute des membres ici, à moins qu'ils ne soient transférés dans la province centrale, celle du *Generalgouvernement*. Jan Karski rentre à Varsovie, et transmet son rapport.

La deuxième mission sera beaucoup plus difficile. Il doit se rendre à Lwów, qui est sous contrôle soviétique, y exécuter un certain nombre d'ordres, puis tenter de gagner la France, afin d'y entrer en contact avec le gouvernement polonais, qui est alors installé à Paris, sous la direction du général Sikorski. Grâce aux émissaires qui circulent secrètement entre la Pologne et la France, un lien va se mettre à exister entre la Résistance polonaise et le gouvernement en exil.

Jan Karski est en train de devenir l'un de ces émissaires.

En Pologne, il n'existe pas de gouvernement de collaboration avec les Allemands, comme il en existera par exemple en France. Et, contrairement à la France où la Résistance va mettre du temps à s'organiser, plus encore à agir, la Pologne bascule immédiatement dans la Résistance.

Les partis politiques, coalisés face à la menace allemande, y sont tous représentés. Mais l'accord qui existe entre eux à Varsovie a été scellé à la faveur de la défense de la capitale en septembre 1939 ; et il n'existe pas forcément dans les autres villes. C'est pourquoi Jan Karski est chargé de créer à Lwów un accord analogue entre les partis, et de se rendre en France pour en informer le gouvernement en exil.

Il rencontre alors Borzecki, l'un des chefs de la Résistance, un homme d'une soixantaine d'années, sombre et méthodique, qui a eu des responsabilités dans plusieurs gouvernements de la Pologne — un de ces hommes qui, dans l'ombre, façonnent l'histoire politique d'un pays.

La maison est glaciale. Borzecki est en manteau, il propose du thé et des biscuits à Jan Karski, qui prend place dans un fauteuil. Borzecki reste debout ; il arpente la pièce, les mains croisées dans le dos. C'est quelqu'un qui pense que Dieu a placé les Polonais « au pire endroit du continent le plus troublé, entre des voisins rapaces et puissants ». La Pologne a, selon lui, pour destin d'être éternellement dépouillée, de reconquérir sa liberté, pour la perdre à nouveau.

Borzecki est extrêmement déterminé ; il fait savoir à Jan Karski que si ça tourne mal, il n'hésitera pas à se suicider. Il lui montre sa chevalière : lorsqu'on touche un petit ressort, le chaton de la bague se soulève, et l'on découvre une poudre blanche. Jan Karski remarque en riant que les Médicis et les Borgia utilisaient ce genre d'expédient, mais qu'il ne pensait pas voir cela à Varsovie, au XXe siècle. Borzecki répond que les temps changent, mais pas les hommes : il y a toujours les proies et les chasseurs.

La longue conversation que vont avoir Borzecki et Jan Karski porte sur l'organisation de la Résistance et sa signification politique. Cette conversation marque pour Jan Karski le début de sa *vie de messager*.

Borzecki transmet à Jan Karski un message pour Lwów, puis pour le gouvernement en France. Il lui faudra répéter ce message aussi exactement que possible. Il s'agit, en un sens, d'un acte de proclamation de la Résistance : il vise à fédérer les partis autour d'une action commune, et à convaincre le gouvernement polonais en exil de défendre cette action.

Le premier point concerne le refus catégorique de reconnaître toute espèce d'occupation. La présence d'un régime allemand en Pologne doit être combattue.

Le second point concerne la notion d'« État secret » — ou d'« État clandestin » — que Jan Karski utilisera souvent par la suite, et qui constituera non seulement le titre de son livre, mais aussi son objet. « L'État polonais continue d'exister ; seule sa forme a changé », dit Borzecki. À ses yeux, la Résistance est bien plus qu'une simple réaction organisée contre l'oppression, c'est une continuation de l'État. D'où le caractère légitime de son autorité, que le gouvernement en exil doit absolument reconnaître.

À un moment de la conversation, Borzecki affirme que la Résistance doit avoir une armée. Ainsi jette-t-il les bases de ce qui deviendra l'*Armia Krajowa* (l'armée de l'intérieur), dont les activités incessantes culmineront dans l'insurrection de Varsovie, d'août à octobre 1944.

Les partis politiques de la zone d'occupation allemande ont souscrit à ce plan, assure Borzecki ; Jan Karski doit ainsi obtenir que ceux de la zone soviétique en fassent autant. Jan Karski ne connaîtra que les grandes lignes du plan ; quelqu'un d'autre en transmettra les détails. Il n'est pas bon d'en savoir trop, dit Borzecki — c'est même très dangereux ; il ajoute que certains, comme lui, ploient sous le fardeau.

Une atmosphère de conspiration gagne la scène, tandis que Borzecki expose à Jan Karski le déroulement de son voyage. Il sera en possession d'un certificat d'une manufacture de Varsovie attestant qu'il va travailler dans l'une de ses succursales, à la frontière entre les zones d'occupation allemande et soviétique. Là, il entrera en contact avec un homme qui fait passer clandestinement des gens du côté soviétique. C'est un membre d'une organisation juive. Il s'occupe la plupart du temps de faire passer la frontière à des réfugiés juifs. Les nazis ont commencé en effet à prendre des mesures à leur encontre dans le *Generalgouvernement*, et ils sont de plus en plus nombreux à fuir. Jan Karski franchira donc la frontière avec eux, puis il rejoindra la gare la plus proche où il prendra le train pour Lwów. Là, il se fera reconnaître, à une certaine adresse, grâce à un mot de passe.

Au moment de se quitter, Borzecki informe Jan Karski que s'il est arrêté par les Allemands, la Résistance ne pourra rien pour lui. Si en revanche il est arrêté par les Soviétiques, ce sera plus facile.

Jan Karski raconte que Borzecki sera capturé quelques semaines plus tard par la Gestapo, sans avoir le temps d'avaler son poison. On lui brisera tous les os, les uns après les autres, mais il ne parlera pas. Les nazis le décapiteront à la hache.

En attendant son départ, Jan Karski essaye de s'habituer à sa nouvelle identité ; il s'entraîne à répondre à toutes les questions possibles, et à mettre au point ce qu'il appelle un « récit satisfaisant de son histoire personnelle ».

La mission commence plutôt bien. Pas de contrôles. En descendant du train, il se fait conduire en carriole au petit village situé sur la frontière germano-soviétique. Là, il frappe à la porte du guide. Celui-ci l'amène au lieu du rendez-vous. C'est dans une clairière, il y a un ruisseau et un moulin. Le groupe avec lequel il passera la frontière n'arrive que dans trois jours. Jan Karski mémorise les lieux, car il devra revenir tout seul, et être à l'heure : le départ s'effectuera à six heures pile. En attendant, il loge à l'auberge du village. Pendant trois jours, il essaye de passer inaperçu, il fait semblant d'être malade et reste dans sa chambre. Le jour du rendez-vous, il arrive à la clairière en avance. Les autres sont déjà là. Ce sont des familles, il y a des couples, des vieillards, des enfants. Il y a aussi deux femmes qui portent des bébés dans leurs bras. Ils ont énormément de bagages : des colis, des sacs, des mallettes. Quelques-uns ont même des couvertures et des oreillers.

Le guide annonce qu'il y a vingt kilomètres à parcourir à travers la forêt et les champs. Il fait nuit déjà, mais la pleine lune éclaire les visages. Le guide marche en tête, assez vite, sans regarder ni à droite ni à gauche ; les autres suivent en pataugeant dans les bourbiers, ils trébuchent, s'écorchent les mains et les genoux, s'égratignent le visage. Ils tombent, les bébés gémissent, tout le monde redoute les patrouilles.

Enfin ils sortent de la forêt ; le guide est soulagé : il leur dit qu'ils ont réussi, ils sont de l'autre côté, ils ont traversé la frontière. Jan Karski et ses compagnons, à bout de forces, se jettent sur le sol humide.

Au village voisin, Karski trouve un hôtel, puis se fait conduire à la gare. Voyage sans histoire. Pas de contrôle. Il s'endort, et arrive à Lwów reposé.

Il se rend immédiatement chez un professeur dont il a autrefois été l'élève, et qui est devenu le chef civil de l'organisation clandestine de Lwów. Malgré le mot de passe, celui-ci se montre méfiant. Sans doute désire-t-il se renseigner sur Karski : il ne veut pas lui parler, mais lui propose un autre rendez-vous, deux heures plus tard, dans le parc de l'université.

Deux heures plus tard, le professeur est plus détendu. Il rejoint Jan Karski sur un banc. Celui-ci lui rapporte le plan des autorités polonaises de Varsovie. Le professeur les approuve ; il a même anticipé certains détails ; il est prêt à coopérer. À son tour, il fait un tableau de la situation : dans la zone soviétique, les conditions, dit-il, sont très différentes de celles de Varsovie. Le Guépéou — la police secrète soviétique — est beaucoup plus efficace que la Gestapo. Moins brutale, plus scientifique. Les activités de la Résistance s'en trouvent limitées ; et le contact entre les différentes organisations clandestines est impossible.

Le lendemain, Jan Karski va voir l'autre chef de la Résistance, celui qui est à la tête de la section militaire. En dépit du mot de passe, il refuse de parler à Jan Karski. Celui-ci se présente, et dit qu'il est porteur d'un message de Varsovie. L'autre affirme qu'il n'a jamais entendu parler de lui, et qu'il ne connaît personne à Varsovie.

Le soir même, Jan Karski raconte la scène au professeur, qui n'est pas étonné : à Lwów, la présence du Guépéou est si forte que la méfiance est extrême. Le professeur promet de toute façon de diffuser le message et les instructions aussi largement que possible.

Jan Karski lui confie qu'il a reçu l'ordre de poursuivre sa mission jusqu'en France, en passant par la Roumanie. Le professeur le lui déconseille : la frontière roumaine est en ce moment l'un des endroits les mieux gardés d'Europe, un cordon de chiens rend le passage impossible, il vaut mieux retourner à Varsovie et trouver un autre itinéraire.

À la fin de janvier 1940, Jan Karski, rentré à Varsovie, prend donc le train pour Zakopane, nouveau point de départ pour son voyage en France. Zakopane est un village situé dans le sud de la Pologne, à la frontière avec la Tchécoslovaquie. C'est dans les Tatras, les montagnes les plus élevées de la chaîne des Carpates.

Commence l'une des séquences les plus étonnantes du livre.

En effet, celui qui doit servir de guide à Jan Karski et aux deux officiers qui l'accompagnent est un ancien moniteur de ski. Le voyage jusqu'en Hongrie se fera à ski. Pendant quatre jours, les skieurs, revêtus de gros pull-overs et de chaussettes épaisses, évoluent parmi les montagnes slovaques. Jan Karski s'ouvre à une sorte d'extase. « La neige, écrit-il, était violette dans la demi-obscurité. Elle devint rose, puis d'une blancheur étincelante lorsque le soleil se leva derrière nous. »

Chacun transporte des vivres dans un sac alpin, car le groupe a décidé de ne s'arrêter dans aucun endroit habité. Ils ont du chocolat, des saucissons secs, du pain, de l'alcool. Le paysage de neige enthousiasme Jan Karski ; l'ivresse de la vitesse, l'air pur et les reflets du soleil sur les pentes lui procurent cette sensation de liberté qu'il avait oubliée depuis le début de la guerre.

La nuit, ils trouvent une grotte, ou un refuge de bergers ; et, dès l'aube, ils reprennent leur descente, avec cette joie violente qu'on ne retrouvera dans aucune autre page du livre.

À la frontière hongroise, le groupe se sépare. Jan Karski rejoint la ville de Košice, où un agent du gouvernement polonais lui donne des vêtements et le conduit en voiture à Budapest. Pendant le voyage, Karski s'aperçoit que sa gorge lui fait mal, qu'il a les mains et les pieds en sang. Il est obligé d'ôter ses souliers, et c'est dans cet état qu'il se présente au « directeur », ainsi qu'il nomme l'intermédiaire principal entre le gouvernement polonais en France et la Résistance à Varsovie. Celui-ci lui fait apporter des pansements, et lui assure qu'il rendra possible son admission dans un hôpital dès le lendemain.

Jan Karski reste une semaine à Budapest. Il se soigne, visite un peu la ville et, quand son passeport pour la France est prêt, il prend le Simplon-Express, qui traverse la Yougoslavie et le dépose à Milan, après seize heures de voyage.

Un autre train jusqu'à Modane, c'est la frontière franco-italienne. Beaucoup d'espions allemands entrent ici en France : ils se font passer pour des réfugiés polonais ou des membres de la Résistance. Ainsi l'interrogatoire qu'un officier de liaison fait passer à Jan Karski est-il serré. Une fois établi qu'il est bien en mission pour la Résistance polonaise, l'officier qui avait ordre de le faire passer en France lui procure de l'argent français pour ses dépenses à Paris. Il lui conseille de changer de vêtements : un espion devinerait tout de suite qu'il a une mission importante à remplir. Il l'engage à se faire passer pour un réfugié ordinaire qui va s'engager dans l'armée.

Jan Karski suit ses instructions. Le voici dans le train pour Paris, puis au camp de recrutement de l'armée polonaise, à Bessières, où il se fait enregistrer comme volontaire. D'une cabine téléphonique, il appelle Kulakowski, secrétaire particulier du général Sikorski, chef du gouvernement. Kulakowski lui dit de se présenter à l'ambassade de Pologne, près des Invalides, où il l'accueille en lui remettant de nouveaux fonds. Le ministre de l'Intérieur, Stanislaw Kot, l'attend le lendemain à Angers, où le siège du gouvernement polonais a été transféré.

Jan Karski prend une chambre près du boulevard Saint-Germain. On est en février 1940, c'est la « drôle de guerre », comme on l'appelle alors à Paris ; les terrasses des cafés sont bondées, l'atmosphère est encore joyeuse.

Le lendemain, il est à Angers. Il rencontre le ministre Kot dans un restaurant. Kot est un petit homme à cheveux gris, extrêmement précis, un peu pédant. Il met Jan Karski à l'épreuve, le fait parler longuement de lui et des membres de la Résistance qu'il connaît. Lorsque Karski commence à lui transmettre le message de Varsovie, Kot l'interrompt et lui demande de rédiger plutôt un rapport. Il met à sa disposition un secrétaire et une machine à écrire. Ainsi Jan Karski retourne-t-il à Paris, où il passe les six jours suivants à dicter son rapport. Ce rapport, assez long, et que Jan Karski reconstituera plusieurs fois de mémoire, porte sur l'itinéraire qu'il a suivi, sur les conditions de vie d'un pays sous l'occupation nazie, sur les courants d'opinion politique en Pologne, et sur la situation des Juifs dans les territoires occupés par les nazis et par les bolcheviques. En tant que tel, le rapport d'Angers constitue un abrégé du livre de Jan Karski ; et l'un des premiers témoignages importants sur la dévastation de l'Europe, ainsi que sur la politique de terreur à l'encontre des Juifs, qui conduira à leur destruction.

Jan Karski obtient alors une entrevue avec le général Sikorski. Celui-ci est considéré en Pologne comme un homme de grande culture, un démocrate qui, sous le régime d'avant guerre, était resté dans l'opposition. Après la défaite de la Pologne lors du *Blitzkrieg*, c'est en lui que tous les espoirs ont été placés.

Wladislaw Sikorski a une soixantaine d'années. Courtois, énergique, grande distinction. Il prépare déjà l'après-guerre. Selon lui, la Pologne ne doit pas se contenter, en se battant contre l'Allemagne, de mener une guerre d'indépendance ; elle doit combattre pour se doter d'un État vraiment démocratique. La Résistance joue un rôle capital dans cette conquête : en un sens, c'est la Résistance qui va conduire la Pologne à la démocratie. Ainsi le chef du gouvernement polonais est-il absolument d'accord avec la stratégie des chefs de la Résistance, avec leur volonté d'unifier l'organisation, et de lui donner la forme d'un État.

Jan Karski retourne en Pologne par le même itinéraire, mais avec d'autres papiers. Train pour Budapest, via la Yougoslavie, où on lui confie un sac rempli de billets de banque pour la Résistance polonaise. En voiture jusqu'à Košice. Puis le même guide qu'à l'aller lui fait traverser les montagnes. Mais on est en avril, la neige a fondu, c'est à pied que Jan Karski fait le voyage.

De retour dans son pays, Karski séjourne quelque temps à Cracovie. Il constate que l'État clandestin s'est rapidement mis en place. Ainsi assiste-t-il à d'innombrables discussions, relatives par exemple au choix d'un délégué du gouvernement au sein de la Résistance, ou à la création d'un parlement clandestin.

Au bout d'à peine un mois, on lui demande de partir à nouveau pour la France, afin qu'il rende compte au gouvernement des décisions prises au sein de la coalition. Chaque parti lui fait prêter serment. Comme l'écrit Karski, on fait de lui le « dépositaire assermenté de tous les plans importants, des secrets et détails relatifs aux affaires internes de la Résistance ».

Autrement dit, il devient, à partir de cette mission, le courrier de l'État secret polonais.

On est en mai 1940. Jan Karski prend donc le chemin de Zakopane, pour la deuxième fois, afin de retrouver son guide, et de traverser avec lui la Slovaquie, jusqu'en Hongrie.

Il est porteur d'un microfilm sur lequel est photographié un message de trente-huit pages contenant les plans pour l'organisation de la Résistance. Le film n'est pas développé ; on peut, s'il le faut, l'effacer par simple exposition à la lumière. Et puis, il est accompagné cette fois-ci d'un garçon de dix-sept ans, qui veut rejoindre la France afin de s'engager dans l'armée polonaise.

La situation a rapidement évolué en Europe. La Hollande et la Belgique sont tombées. Les Allemands sont en train d'envahir la France. Déjà ils marchent sur Paris. Jan Karski se rend compte que si la France est vaincue, il se retrouvera au milieu de nulle part, avec un garçon de dix-sept ans. La défaite de la France entraînerait en effet l'effondrement du système de liaison entre la Pologne et le gouvernement en exil.

Le guide est inquiet : Franek, son prédécesseur, aurait dû être là depuis huit jours, il n'est pas revenu, ce n'est pas bon signe. Il serait prudent de retarder le voyage ; Jan Karski s'y oppose : sa mission est urgente. Ils sont obligés de toute façon d'attendre que le temps s'améliore, et passent deux jours dans un chalet de montagne. Le guide descend au village se renseigner. Sa sœur, une jeune fille de seize ans, est affolée : elle craint que la Gestapo n'ait arrêté Franek. Le guide décide alors que le garçon restera au chalet. Celui-ci proteste, il veut réaliser son rêve de rejoindre l'armée. Jan Karski l'en dissuade, c'est trop dangereux.

Il se met à pleuvoir. Jan Karski et son guide en profitent pour commencer la traversée, car le guide prétend que les gardes-frontières ne sortent pas lorsqu'il pleut. Ils parviennent ainsi en Slovaquie, trébuchant chaque nuit dans la boue des forêts, dormant dans des grottes humides. La pluie continue encore trois jours. Jan Karski n'en peut plus, ses pieds lui font mal. Le guide ne veut pas s'arrêter dans un village, selon lui la Gestapo surveille les environs. Jan Karski insiste, il est épuisé. À l'entrée d'un village, ils trouvent un ruisseau, se lavent, se rasent afin de ne pas attirer l'attention sur eux. Ils creusent un trou sous un arbre pour y enterrer leurs sacs, et prennent une chambre dans une auberge où un vieux Slovaque leur fait bon accueil.

Jan Karski n'a qu'une idée en tête : dormir. Tandis que l'aubergiste apporte de l'alcool, des saucisses, du pain et du lait, Karski se réchauffe auprès du poêle. Le guide s'enquiert du sort de Franek. Les réponses de l'aubergiste sont évasives. Jan Karski va se coucher. Il s'endort immédiatement, en serrant le microfilm sous l'oreiller. Quelques heures plus tard, il est réveillé par un cri, et par un coup qu'il reçoit sur la tête. C'est la crosse d'un fusil. Deux gendarmes slovaques le jettent hors du lit. Il a du mal à recouvrer ses esprits. Dans un coin de la chambre, deux autres gendarmes — allemands ceux-là — ricanent. Le guide se tord de douleur, sa bouche saigne. Jan Karski pense soudain au microfilm, il s'élance vers l'oreiller, se saisit du rouleau et le jette dans un seau d'eau.

Les gendarmes pensent que c'est une grenade ou une bombe, ils reculent, effrayés. Au bout d'un moment, comme il ne se passe rien, l'un des Allemands plonge la main dans le seau et repêche la pellicule. L'autre Allemand se met à gifler Jan Karski, puis le malmène très violemment ; il veut savoir où est son sac, avec qui il était, et s'il cache quelque chose. Jan Karski ne répond pas, l'Allemand recommence à le frapper. On les traîne, le guide et lui, hors de la maison. Puis on les emmène dans des directions opposées.

Jan Karski est conduit à la prison slovaque de Prešov. Dans sa cellule, il n'y a qu'un broc à eau et une paillasse crasseuse. Il s'allonge sur la paillasse. Les gardes dans le couloir sont des Slovaques. Jan Karski se demande si la Gestapo va s'intéresser à son cas. Soudain, deux hommes entrent dans la cellule et se jettent sur lui. L'un d'eux crache sur la paillasse. Ils l'emmènent en voiture jusqu'au commissariat de police.

C'est un petit bureau enfumé. Un homme aux cheveux roux est assis derrière une table carrée, il examine des papiers. Quelques soldats en uniforme allemand sont assis le long des murs, et bavardent en fumant des cigarettes. On donne à Jan Karski un coup de poing dans le creux des reins : « Assieds-toi, sale cochon. » Il trébuche, et tombe assis sur la chaise, face au rouquin. Celui-ci le dévisage avec un air d'ennui, puis il pousse vers lui des papiers : « Ce sont vos pièces d'identité ? » Jan Karski panique, il ne répond pas, il sait qu'à partir de maintenant, la moindre faute, la moindre contradiction dans ses paroles lui seront fatales. Son gardien lui flanque une raclée pour l'obliger à répondre. Puis on lui demande quelles sont ses relations avec le mouvement clandestin. Jan Karski répond qu'il n'a pas de relations avec ce mouvement, il est le fils d'un professeur de Lwów, ses papiers l'attestent. L'inspecteur est ironique, il sait que Jan Karski a bien appris son rôle : « Depuis combien de temps êtes-vous le fils d'un professeur de Lwów ? Deux mois ?... Trois mois ? »

L'interrogatoire se poursuit sur ce ton. Les soldats allemands semblent s'amuser beaucoup. L'inspecteur est content d'avoir un public. On sent qu'il s'agit d'un prélude, et que le pire est à venir.

Jan Karski raconte que son père et lui ont quitté leur ville pour échapper aux Soviets ; il est étudiant, la guerre a interrompu ses études, et il aimerait les continuer en Suisse. À Varsovie, un ami d'enfance lui a dit qu'il connaissait un moyen de se rendre à

Genève. Il était prêt à l'aider à atteindre Košice, en Hongrie, s'il remettait à l'un de ses amis un film montrant les ruines de Varsovie. Jan Karski a accepté, son ami lui a remis le film, de l'argent, et l'adresse d'un guide près de la frontière.

L'inspecteur a écouté ce récit les yeux fermés, les mains jointes derrière la nuque. Lorsque Jan Karski a terminé, il ouvre lentement les yeux, avec un sourire moqueur.

Il s'adresse à un homme qui, sur le côté, ne cesse d'écrire : « As-tu bien noté cette touchante histoire, Hans ? Je ne veux pas qu'on y change un seul mot. Je veux la lire exactement telle quelle. » Puis il se tourne vers le gardien : « Ramène-moi cette crapule dans sa cellule. »

Jan Karski se jette sur sa paillasse. On a installé en son absence un énorme projecteur, qui diffuse dans toute la cellule une lumière insoutenable. Son corps, tendu pendant l'interrogatoire, se relâche maintenant, et n'arrête pas de trembler. Il ne se fait pas d'illusions : les Allemands n'ont pas cru sa petite histoire. Mais du moins n'a-t-il plus à inventer quelque chose : il lui suffira de maintenir cette version. Toute la nuit, les phrases de son récit résonnent dans sa tête.

À l'aube, le gardien vient le chercher. Ils se rendent dans le même bureau que la veille. La disposition des meubles a changé. Il y a deux tables, une grande et une petite. Derrière la petite, une machine à écrire. Derrière la grande, un officier de la Gestapo, énorme, que Jan Karski compare dans son livre à un phoque. Sa graisse semble moulée d'une seule pièce. Il a le visage bleuâtre, de petits yeux noirs, une bouche plate, et de grosses joues flasques. Trois autres types sont munis de matraques.

Le gestapiste s'appelle Pick — l'inspecteur Pick. Il explique à Jan Karski qu'il ne laisse jamais sortir personne sans en avoir tiré la vérité. Jan Karski est prévenu qu'il doit répondre à chacune de ses questions sans hésiter : il ne lui est pas permis de réfléchir. S'il ne collabore pas, il regardera bientôt la mort comme un luxe.

Pick commence par lui demander s'il connaît un homme du nom de Franek. Celui-ci leur a tout avoué : l'acheminement clandestin des émissaires leur est connu dans ses moindres détails. Jan Karski proteste : « Je ne vous comprends pas. Je ne suis pas un émissaire. » Pick fait un signe aux hommes placés derrière Karski. Aussitôt, l'un d'eux le frappe violemment derrière l'oreille avec sa matraque. La douleur donne la nausée à Jan Karski. La tête lui tourne. Il va vomir. Pick est dégoûté, il demande aux hommes de le sortir, et de le mener à une cuvette. Jan Karski vomit dans un urinoir puant. On le traîne à nouveau jusqu'à sa chaise.

L'interrogatoire se poursuit. L'inspecteur Pick lui demande où est son sac, pourquoi il était en possession d'un microfilm, pourquoi il l'a jeté dans l'eau. L'un des gardes, en le frappant, lui a cassé une dent. Nouveau coup de matraque. Il s'écroule sur le sol, et simule l'évanouissement. Les gardes se jettent sur lui, le collent contre le mur et le bourrent de coups. Il s'évanouit pour de bon.

On le laisse récupérer dans sa cellule pendant trois jours. Il a mal partout, et n'arrive même pas à se nourrir. Le deuxième jour, on l'emmène aux lavabos, afin qu'il enlève le sang séché sur son visage. Des soldats slovaques sont en train de se raser. Jan Karski remarque une lame de rasoir usée sur le rebord de la fenêtre. Il l'attrape, la fourre dans sa poche, puis la cache dans sa paillasse.

À la fin du troisième jour, on le prévient qu'il sera interrogé le lendemain par un officier SS. Pour cette occasion, on le rase, et ses vêtements sont nettoyés.

Le SS est un *junker* d'origine prussienne. Vingt-cinq ans, élégance froide. Il a été formé, très jeune, dans un *Ordensburg*, l'une de ces écoles où se recrute l'élite du nazisme. Il congédie les gardes, et s'entretient courtoisement avec Jan Karski, en qui il reconnaît un homme cultivé — « racé », comme il dit. « Si vous étiez allemand de naissance, lui dit-il, vous me ressembleriez probablement beaucoup. »

Ils sortent de la salle d'interrogatoire pour entrer dans son cabinet personnel, tout en acajou, cuir et velours. Là, le *junker* offre à Karski un verre de cognac et des cigarettes, puis lui confie qu'il s'ennuie dans « ce damné trou de Slovaquie » ; il lui parle des principes virils du national-socialisme ; évoque son admiration pour Baldur von Schirach, le chef de la jeunesse nazie : un « homme magnifique », dit-il, dont il était le favori à l'époque du collège. S'enflamme en évoquant la future *Pax Ger-*

manica, que Hitler proclamera, selon lui, sur les marches de la Maison-Blanche à Washington. Et lui propose enfin d'établir un contact entre Polonais et Allemands : Jan Karski serait l'intermédiaire privilégié de cette collaboration. « Si vous aimez votre pays, vous ne repousserez pas cette proposition, dit le SS. C'est votre devoir de donner à vos chefs l'occasion de discuter avec nous de la situation présente. »

Jan Karski refuse. Le jeune SS change alors complètement de ton. Une férocité nouvelle émane de lui. Il appelle un garde, et celui-ci, accompagné de deux hommes de la Gestapo, lui apporte des clichés. Ce sont les agrandissements du film que Karski a jeté à l'eau. Les Allemands ont réussi à en sauver une petite partie. Le SS tend les clichés à Jan Karski, qui les prend d'une main tremblante. Il pensait que l'eau avait détruit le film. Il s'aperçoit au contraire qu'on lit parfaitement le texte, et qu'il n'est même pas transcrit en code.

Le SS lui demande s'il reconnaît ce texte. Jan Karski dit qu'il y a un malentendu, on l'a trompé, il ne connaît pas ce texte. Le SS est furieux, il s'empare d'une cravache, et lui cingle la joue. Les hommes de la Gestapo se jettent alors sur Jan Karski et le bourrent de coups de poing.

De retour dans sa cellule, étendu sur sa paillasse, Jan Karski est à bout. Son visage, écrit-il, n'a plus rien d'humain — sanguinolent, bouffi. Quatre de ses dents ont sauté. Il a mal partout, la douleur est affreuse, il ne survivra pas à une nouvelle séance.

Ainsi décide-t-il d'en finir. Avec la lame de rasoir, il s'entaille le poignet gauche. Mais il n'a pas atteint la veine. Il recommence, et enfonce la lame. Le sang jaillit comme une fontaine. Puis il se coupe l'autre poignet. Il est allongé, les bras le long du corps, le sang forme une mare. Au bout de quelques minutes, il se sent faible. Le sang a cessé de couler. Alors il remue ses bras en l'air pour les faire saigner à nouveau. Le sang gicle, il coule à flots. Jan Karski commence à étouffer, il essaye de respirer par la bouche. Un haut-le-cœur, il vomit, et perd connaissance.

Il se réveille à l'hôpital slovaque de Prešov. Tout de suite, il essaye de réfléchir à la possibilité d'une nouvelle tentative de suicide, ou d'une évasion. Assis dans le couloir, juste à côté de la porte, il y a un gendarme slovaque. Jan Karski retombe dans sa torpeur, il se rendort, découragé.

Le lendemain, une religieuse se tient devant lui, un thermomètre à la main. Le slovaque ressemble au polonais ; Jan Karski comprend qu'elle l'encourage : « Il vaut mieux être ici qu'en prison. Nous allons essayer de vous garder le plus longtemps possible. »

Il reste une semaine au lit. Impossible de se servir de ses mains. Des éclisses maintiennent ses poignets bandés. « Les jours passés à l'hôpital slovaque de Prešov ont peut-être été les plus étranges de mon existence », écrit-il. En effet, le repos provoque chez lui une exaltation qu'il n'avait jamais connue : celle du corps qui récupère ses forces. En même temps, il a des crises de mélancolie, il est terrorisé à l'idée de retomber bientôt entre les mains de la Gestapo.

Le cinquième jour, il réclame un journal à la religieuse. Le titre, en énormes lettres noires, lui fait l'effet d'une bombe qui explose dans sa tête : « LA FRANCE A CAPITULÉ ! » Dans l'article, on dit que la France a admis sa défaite, on parle même de collaboration avec l'Allemagne. « Tout notre espoir de libérer la Pologne reposait sur la victoire de la France, écrit Jan Karski. Désormais je ne voyais plus aucune issue. »

Le septième jour, deux hommes de la Gestapo font irruption dans la chambre. Ils veulent emmener Jan Karski. Le docteur s'interpose, il murmure à l'oreille de Jan Karski : « Faites le malade autant que vous le pouvez. Je téléphonerai. »

Karski traverse l'hôpital en titubant, soutenu par les deux gestapistes. Une fois dehors, il chancelle et manque de s'écrouler. On le pousse dans une voiture, direction la prison. Une fois arrivé, on le traîne jusqu'au bureau de l'interrogatoire. Il trébuche volontairement, et s'effondre. On le mène à sa cellule, où il s'endort. Quelques heures plus tard, le médecin de la prison l'examine. C'est un Slovaque, il a reçu un coup de fil de son collègue de l'hôpital, et ordonne qu'on le sorte de là. Les deux gestapistes sont furieux, et ramènent Karski à l'hôpital.

Jan Karski passe ses journées à somnoler. Il est dans l'impasse, condamné à simuler la maladie pour se protéger de la Gestapo, sans pour autant avoir de solution.

Un jour, une jeune fille lui rend visite. Elle lui offre un bouquet de roses. Elle parle allemand, et veut que Karski pardonne à son peuple. Est-ce un piège ? Jan Karski ne l'a jamais vue. Le gardien la saisit, réduit en miettes le bouquet pour y chercher un message, et l'entraîne brutalement hors de la pièce. Arrive un nouveau gestapiste, qui prétend que se servir d'une porteuse de roses est un stratagème ridicule ; et comme les amis de Jan Karski savent maintenant où il se trouve, il se voit, dit-il, dans l'obligation de le transférer.

On le conduit une nouvelle fois dans une voiture. Ils roulent longtemps, les villages défilent. Karski ne pense qu'à une chose : se suicider. À un moment, il reconnaît le paysage : c'est la Pologne du Sud, ils arrivent dans une petite ville où il a effectué plusieurs missions. Il n'en revient pas, car ici, précisément, il a de nombreux contacts. La voiture s'arrête devant l'hôpital. Ses pansements sont trempés de sang, on le porte jusqu'à son lit, au deuxième étage. Jan Karski se demande si c'est une nouvelle épreuve imaginée par les Allemands. L'ont-ils amené dans cette ville pour attirer ses camarades ? Il lui semble impossible qu'ils aient pu localiser ses contacts.

Un médecin arrive, surveillé par un homme de la Gestapo. C'est un Polonais. Tout en l'auscultant, il lui chuchote des encouragements : « Dois-je avertir quelqu'un ? » demande-t-il. Jan Karski suspecte de nouveau un piège. Mais le docteur le rassure : tout le personnel de l'hôpital est polonais, il n'y a pas un seul traître parmi eux. Une religieuse lui prend la température, qu'elle falsifie à la hausse. Le médecin-chef déclare, pour le protéger des nazis, que Jan Karski est dans un état critique. Pendant que l'attention du garde est détournée, il demande à Karski de simuler une crise de nerfs et d'exiger un prêtre. Karski se met donc à s'agiter ; il remue convulsivement en hurlant qu'il va mourir et qu'il veut se confesser. On apporte un fauteuil roulant, et sous la surveillance du garde nazi, une religieuse le pousse jusqu'à la chapelle, où un vieux prêtre écoute sa confession avec beaucoup d'intérêt. Jan Karski continue à jouer au moribond. On lui a donné l'autorisation de revenir chaque jour à la chapelle. Une religieuse prie à ses côtés. Il se risque à lui demander d'aller en ville prévenir une certaine Stéfi de sa présence : « Dites-lui que c'est Witold qui vous envoie » (Witold est son pseudonyme dans la clandestinité). Le lendemain, elle lui dit qu'une religieuse d'un couvent voisin lui rendra visite. Il comprend que c'est un message, et qu'un plan est déjà en préparation.

Trois jours plus tard, la « religieuse » se présente. Jan Karski reconnaît la jeune sœur du guide qui a été arrêté avec lui. Elle lui chuchote que ses chefs savent tout, et qu'il doit patienter. Karski lui demande des nouvelles de son frère ; la jeune fille a les larmes aux yeux : « Nous ne savons rien », dit-elle.

Jan Karski lui explique que la Gestapo l'a amené ici pour qu'il dénonce ses camarades. Il ne supporte plus la torture. Il lui faut du poison.

Elle revient cinq jours plus tard : « Ils savent tout.

On vous a décerné la croix de la Valeur. » Elle lui transmet un cachet de cyanure.

Le soir même, le médecin lui annonce qu'il va être libéré cette nuit. Rien à craindre de la sentinelle : elle a été achetée. À minuit, le médecin passera dans la salle en allumant une cigarette. C'est le signal. Jan Karski devra descendre au premier étage. Il trouvera une rose sur le rebord d'une fenêtre, il se laissera alors tomber par la fenêtre, et en bas des hommes le rattraperont.

À minuit, il se glisse hors du lit avec le cachet de cyanure, prêt à l'avaler en cas de danger. Il descend, complètement nu, jusqu'au premier étage. Une fenêtre est ouverte. Par terre, la rose, que le vent a fait tomber. Il grimpe sur le rebord de la fenêtre, et regarde en bas. Une voix dit : « Qu'est-ce que tu attends ? Saute ! » Il saute. Des mains l'attrapent vigoureusement avant qu'il ne touche le sol. On lui tend un pantalon, une chemise, et ils se mettent à courir avec lui jusqu'à la grille. Ils sont pieds nus, eux aussi. Ils l'aident à franchir la clôture, puis continuent à courir à travers champs. Jan Karski trébuche, il tombe. L'un de ses camarades le charge sur son épaule, et le porte à travers les bois. Une rivière brille dans l'obscurité. Un sifflement, deux hommes armés sortent des sous-bois. Ils tiennent conseil, puis s'éloignent. La marche reprend le long de la rivière, jusqu'à ce qu'une silhouette apparaisse, celle d'un ami d'enfance de Karski, un jeune socialiste nommé Staszeck Rosa.

Un canot est dissimulé dans les roseaux. Ils prennent place et s'éloignent de la berge. Ils sont cinq dans le canot, le rameur n'arrive pas à le manœuvrer. Le canot tangue, Karski passe par-dessus bord. On le remonte, il se couche au fond du canot en grelottant. Enfin ils atteignent la rive, Rosa dissimule le canot dans les ajoncs, encore une heure de marche à travers la forêt. Un village au loin, une grange. Ils se séparent, la grange est pour Jan Karski.

Il veut remercier Rosa. Celui-ci lui confie, avec un sourire moqueur, que si l'opération avait mal tourné, il avait pour ordre de le liquider. « Ce sont les ouvriers polonais qu'il faut remercier, c'est eux qui t'ont sauvé », ajoute-t-il.

Jan Karski passe trois jours caché dans la grange. Il mange à peine, il a des accès de tremblements, et n'arrive pas à dormir. La Gestapo le recherche, les routes sont surveillées, on contrôle tous les véhicules. Un émissaire le prévient qu'il devra bientôt partir pour un petit domaine à la montagne, où il restera quatre mois au minimum. La Gestapo doit perdre sa trace complètement ; et puis tous ceux qui, comme lui, ont été aux mains des Allemands ne doivent plus avoir de contact avec leurs chefs, c'est la règle : on les considère comme suspects, l'isolement est obligatoire.

Une vieille carriole vient le chercher à l'aube. On cache Jan Karski dans un tonneau recouvert de paille, où il se recroqueville, menton sur les genoux, bras autour des jambes. Vers midi, la charrette s'immobilise, il sort de sa cachette. C'est une forêt, il est heureux de respirer, il s'étire — tout lui semble doux, vert et frais.

Une jeune fille l'attend près d'une voiture. Jan Karski note sa « taille élancée et souple, la fraîcheur de sa peau, son allure gracieuse ». Il ajoute qu'il la trouve « attirante ». Elle s'appelle Danuta Sawa, elle est la fille de Walentyna Sawa. « Nous vivons sur nos terres, tout près d'ici », dit-elle.

Jan Karski va avoir une nouvelle identité. Dans la Résistance, on appelle « légende » la collection de renseignements qui sont nécessaires pour composer une biographie. Ainsi Danuta est-elle chargée de lui donner sa légende : elle lui apprend, avec espièglerie, qu'à partir de maintenant, il est son cousin — un cousin nouvellement arrivé de Cracovie, une sorte de bon à rien, très paresseux, qui n'a pas vraiment de travail régulier. Il est tombé malade, et le docteur lui a prescrit du repos à la campagne. Il est agronome de formation. Il aidera donc les journaliers dans le jardin.

Jan Karski, amusé, proteste qu'il ne connaît rien au jardinage. Danuta lui rappelle qu'il est censé être paresseux : il passera donc son temps à ne rien faire.

Il découvre le domaine, composé d'un manoir dont la blancheur étincelle au soleil, comme dans un roman, avec ses étables, ses écuries, et un immense parc planté de hêtres, où sont disposés les bâtiments de l'exploitation agricole. La Résistance, la Gestapo, son évasion : tout semble loin à Jan Karski.

Il passe les trois premières semaines à se refaire une santé ; il reste au lit — et flâne. Pour donner le change, il inspecte de temps en temps le domaine, et émet quelques remarques botaniques qu'il a apprises par cœur. Il selle un cheval et fait des promenades dans les environs. Une nuit, par la fenêtre, il aperçoit Danuta dans le jardin avec un homme. C'est son frère Lucjan, il est dans la clandestinité, il rencontre sa sœur en secret.

Jan Karski s'ennuie, il aimerait reprendre ses activités pour la Résistance, il réclame à Lucjan du travail. Celui-ci demande l'accord de ses chefs, puis lui confie de la besogne de propagande. Jan Karski écrit alors des appels au peuple polonais susceptibles de galvaniser son esprit de résistance, il rédige toutes sortes de pamphlets, de proclamations et de notes d'information. L'arrestation soudaine de Lucjan par la Gestapo rend le départ de Jan Karski nécessaire : il quitte le manoir, et ne reverra jamais Danuta.

Il reprend du service à Cracovie. Pendant sept mois, de février à septembre 1941, la Résistance met à profit sa connaissance des langues étrangères : elle lui demande d'écouter les bulletins radiophoniques les plus divers, et d'en faire chaque jour un rapport aux instances de l'Organisation. Durant cette période, de nombreux réseaux sont démantelés par les nazis ; des dirigeants de grande valeur sont arrêtés. C'est précisément durant ces années que la Résistance polonaise se réorganise à grande échelle. Elle prend la forme souhaitée depuis le début par les chefs du mouvement et par le général Sikorski : celle d'un véritable État, avec une branche administrative, une branche armée (l'*Armia Krajowa*), une branche parlementaire, et une branche juridique, qui veille à ce que la Pologne soit délivrée des traîtres et des collaborateurs. Ainsi sa structure, à partir de ce moment-là, devient-elle extrêmement ramifiée, plus opaque, même pour ses propres membres : ceux qui, arrêtés par la Gestapo, croient l'autorité centrale menacée parce que les Allemands les ont questionnés sur un ou deux noms qu'ils s'imaginent importants, ignorent qu'il ne s'agit la plupart du temps que des chefs de leur petit groupe.

À ce moment du livre, Jan Karski déplore que les sacrifices des Polonais ne soient pas reconnus par le monde. Il se fait l'écho d'une certaine amertume, et d'un sentiment d'injustice : les Alliés n'ont pas réagi au démantèlement du pays, ils ne réagiront pas non plus, cinq ans plus tard, à l'insurrection de Varsovie, laissant les Polonais se faire massacrer. Il rappelle qu'en matière de démocratie, la Pologne n'a de leçon à recevoir de personne : son gouvernement ne pactise pas avec l'occupant nazi, comme c'est le cas dans d'autres pays. Jan Karski l'écrit discrètement, il ne fait que le suggérer, mais il semble qu'à ses yeux, et aux yeux du peuple polonais, la Pologne soit abandonnée, et qu'elle continuera toujours à l'être. Abandonnée par l'Europe, abandonnée par l'Histoire, abandonnée par la mémoire du temps.

Vers le mois d'avril, il reçoit l'ordre de changer d'adresse : une femme qui vivait dans la maison a été arrêtée, Jan Karski ne la connaissait pas, mais la

Résistance décide qu'il doit fuir. Quelques nuits après son déménagement, il apprend que deux membres de la Gestapo sont venus le demander à son ancienne adresse. Ainsi se met-il à habiter dans plusieurs maisons à la fois. Il continue à écouter la radio ; il a trouvé à s'employer, pour passer inaperçu, comme commis de librairie ; son poste de radio est dans la chambre de l'appartement d'une vieille dame.

L'une des maisons où il dort est une coopérative, dirigée par un certain Tadeusz Kielec, un personnage brillant, haut en couleur, que Karski connaît depuis le lycée. Aucun des deux ne se dévoile, ni ne questionne l'autre ; mais, comme le remarque Jan Karski, quand on a travaillé comme conspirateur, on est capable de reconnaître tous ceux qui conspirent. Kielec est arrêté près de Lublin, alors qu'il tente, avec trois autres résistants, de faire dérailler un convoi d'armes en provenance d'URSS. Kielec dirigeait un petit groupe clandestin indépendant. Ses hommes et lui sont pendus publiquement sur la place du Marché de Lublin, et leurs corps laissés sur la potence pendant deux jours, afin de servir d'exemple à la population.

Après l'arrestation de Kielec, la Gestapo fait une descente à la coopérative. Lorsqu'on prévient Jan Karski, les Allemands ne sont plus qu'à trois portes de sa chambre. Il parvient à s'enfuir malgré tout, sans rien emporter.

Période difficile. Il n'a plus d'argent. Impossible de trouver de nouveaux papiers d'identité. Il fait la connaissance de Weronika Laskowa, une belle femme d'une quarantaine d'années, chez qui il trouve refuge. Elle est mariée à un ancien diplomate qui a rejoint l'armée polonaise à l'étranger. Pour survivre, elle sert dans sa grande salle à manger des repas d'hôtes qui attirent énormément de monde. Les agents de la Résistance profitent de la foule pour s'y rencontrer. Parmi eux, Cyra, le chef des réseaux socialistes, à qui Jan Karski doit son évasion, et Kara, le chef d'état-major des forces armées de la région. Jan Karski travaille alors au bureau de presse d'une unité militaire, il est en contact permanent avec eux.

Comme le fait remarquer Jan Karski, on s'imagine que la vie d'un résistant est continuellement chargée de mystères palpitants, mais la plupart du temps, dit-il, « notre existence était dépourvue d'exploits sensationnels ». La guerre de l'information implique en effet un patient travail de bureau : elle passe en l'occurrence par la mise en œuvre d'une revue de presse des publications clandestines à destination des autorités, et principalement du gouvernement qui, depuis l'invasion de la France par les nazis, a été transféré à Londres.

Vers Pâques, les arrestations se multiplient. Le matériel est saisi plusieurs fois. Un jour, Cyra arrive très inquiet à l'appartement de Weronika Laskowa. Il avait rendez-vous avec Kara, celui-ci n'est pas venu. Il décide d'aller chez lui, chacun le lui déconseille, il y va quand même. « Il ne revint jamais », écrit Jan Karski.

Weronika Laskowa et lui rassemblent le matériel dans une valise, et quittent la maison. Plus aucun lieu n'est sûr, et ils ne veulent pas compromettre leurs amis. Ils déambulent ensemble plusieurs heures dans les rues de Cracovie, déposent la valise dans une consigne à la gare, et prennent une chambre dans un hôtel de passe (ils savent qu'on ne viendra pas les chercher là).

Au bout de quelques jours, Jan Karski reprend contact avec l'organisation ; il apprend ce qui est arrivé. Tout a commencé avec l'arrestation d'un agent de liaison qui, sous la torture, a donné des adresses de rendez-vous. Ainsi les nazis ont-ils commencé à surveiller le réseau dont Jan Karski faisait partie, sans arrêter personne. Très vite, ils ont découvert où habitait Kara. Ils l'ont arrêté chez lui, puis ont attendu que tous ceux qui avaient rendez-vous avec lui, ne le voyant pas venir, se rendent l'un après l'autre à son adresse. Quatre résistants sont ainsi tombés dans la souricière, dont Cyra.

L'organisation fait son possible pour sortir Kara et Cyra de prison, mais la Gestapo a compris qu'elle avait capturé des hommes importants, et veille spécialement sur eux. Pendant longtemps, on n'a pas de nouvelles de Cyra, mais un message de Kara leur parvient : il ne supporte plus ses souffrances, et réclame du poison. La direction de la Résistance lui envoie deux pilules de cyanure, avec ce mot : « Tu viens d'être décoré de l'ordre de *Virtuti Militari*. Ci-joint du cyanure. Nous nous reverrons. Frère. »

Le lendemain, Kara est enterré dans la cour de la prison. Quant à Cyra, on apprendra quelques mois plus tard qu'il est à Auschwitz.

On réorganise totalement les forces clandestines de la région. Adresses, points de contact, planques : tout est modifié. Weronika Laskowa retourne à son appartement. Jan Karski est transféré à Varsovie, où il prend la direction d'une unité qui assure la liaison entre les dirigeants politiques de la Résistance.

À Varsovie, Jan Karski rencontre fréquemment son frère Marian qui était, avant guerre, à la tête de la police : envoyé en 1940 au camp d'Auschwitz-I, il est parvenu à en sortir, et occupe un poste clé dans le mouvement clandestin. Il lui raconte sa détention : les Allemands, écrit Jan Karski, avaient transformé cette caserne en « un des plus terribles lieux de la terre » ; ce que son frère lui raconte « dépasse en horreur, dit-il, tout ce qu'il a pu entendre par ailleurs ».

Il lui arrive, durant cette période, d'être envoyé en mission, à Lublin par exemple, afin de transmettre des informations. Jan Karski monte alors dans le train avec des bulletins radio, avec toutes sortes de rapports clandestins, et sa technique consiste à ne surtout pas les dissimuler, mais à les tenir sous son bras, enveloppés dans du papier journal, comme une miche de pain.

Mais ce travail de liaison conduit surtout Jan Karski à être en contact avec les multiples dirigeants de l'organisation, dont il rapporte continuellement, aux uns et aux autres, les besoins et les décisions. Il occupe ainsi une position stratégique, qui lui permet de se familiariser avec les structures de la Résistance, et de mieux comprendre la situation en Pologne.

Comme tous ceux qui ont vécu à Varsovie à cette époque, Jan Karski est témoin de l'infamie allemande, dont la machine répressive s'applique à rendre le quotidien des Polonais invivable. Fermeture des écoles et interdiction par les Allemands de tout enseignement. Programme de famine qui maintient chaque habitant sous le niveau minimal d'alimentation. Déportation systématique des nouveau-nés polonais (« Personne ne sait exactement ce qui leur est arrivé », note pudiquement Jan Karski).

C'est en 1942, durant l'été, qu'on lui confie une nouvelle mission d'émissaire auprès du gouvernement polonais à Londres. Il se procure une nouvelle identité auprès d'un de ces ouvriers français que le gouvernement de Vichy prête aux Allemands, dans le cadre de la collaboration, pour qu'ils accomplissent des travaux en Pologne. Ces travailleurs ont droit à un congé de quinze jours tous les trois mois pour aller voir leur famille en France. Jan Karski achète à l'un d'eux ses papiers, très cher, afin de partir à sa place. L'accord est simple : pendant quinze jours, celui qui a cédé son identité prend ses vacances dans une belle propriété qu'on lui prête à la campagne (en l'occurrence près de Lublin) ; au bout des quinze jours, il resurgit et déclare qu'on lui a volé ses papiers dans le tramway.

Quelques jours avant son départ, on informe Jan Karski qu'il doit se présenter devant le Comité exécutif de la représentation politique — c'est-à-dire devant le parlement clandestin. La rencontre a lieu dans un appartement auquel on accède au terme d'un véritable labyrinthe, dont l'entrée se trouve dans une église.

« J'aperçus assis autour de la table, écrit Jan Karski, les hommes entre les mains desquels reposaient les destinées de la Pologne. » Sont présents le délégué du gouvernement, le commandant en chef de l'armée de l'intérieur, le directeur du Bureau de la délégation du gouvernement, ainsi que les représentants des principaux partis politiques. Jan Karski est accueilli avec chaleur, le général Grot le taquine : « Désirez-vous vraiment partir ? La dernière fois, nous avons eu toutes les peines du monde à vous arracher à la Gestapo. »

Le délégué ouvre la séance. Il informe ses collègues que le but de la réunion — la trente-deuxième du Comité — est de remettre à leur courrier Witold des documents destinés au gouvernement de Londres et aux représentants de leurs partis politiques sur la situation en Pologne et l'activité de la Résistance. Jan Karski devra également entrer en contact avec les autorités alliées.

Les documents que Jan Karski doit emporter en Angleterre représentent l'équivalent de mille pages dissimulées sous forme de microfilms dans le manche d'un rasoir. On y inclut, en langage codé, le sténogramme de la séance, qui constitue la base du rapport de Jan Karski à Londres. Un message chiffré est envoyé en Angleterre, ainsi qu'à l'organisation en

France : « Le courrier part incessamment. Itinéraire : Allemagne, Belgique, France, Espagne. Reste quinze jours en France, quinze jours en Espagne. Prévenez tous les centres de liaison en France et tous les représentants alliés en Espagne. Mot de passe : "Je viens voir tante Sophie." Il porte le nom de Karski. »

On est fin août. Une entrevue est arrangée, avant son départ, avec deux chefs de la Résistance juive. L'un représente l'organisation sioniste, l'autre l'Union socialiste juive, qu'on appelle le Bund.

Ils se rencontrent dans une maison en ruine. Les deux hommes ont dépassé leurs divergences politiques : ce qu'ils veulent dire à Jan Karski, et donc aux gouvernements polonais et alliés, émane de la population juive dans son ensemble.

« Ce que j'appris alors au cours de nos rencontres dans cette maison, écrit Jan Karski, et plus tard, quand je fus amené à constater les faits par moi-même, était horrible, au-delà de toute expression. » Selon lui, jamais rien de comparable ne s'était produit dans l'histoire de l'humanité.

Les deux hommes vivent en dehors du ghetto mais ils peuvent s'y rendre à volonté car ils ont trouvé le moyen d'y entrer et d'en sortir. Jan Karski note que le leader du Bund a l'allure d'un « aristocrate polonais typique » : c'est un homme élégant de soixante ans, avec des yeux clairs et de grandes moustaches. Le sioniste est plus jeune : il a une quarantaine d'années, il est très nerveux, il a du mal à se contrôler.

D'emblée, Jan Karski comprend que leur situation est totalement désespérée : « Pour nous, Polonais, écrit-il, c'était la guerre et l'occupation. Pour eux, Juifs polonais, c'était la fin du monde. »

Le sioniste pense que les Polonais ont de la chance : malgré leurs souffrances, malgré l'étendue de leurs malheurs, leur nation survivra, on reconstruira leurs villes, la Pologne existera de nouveau. « Nous, les Juifs, dit-il, nous ne serons plus là. Notre peuple tout entier aura disparu. »

Jan Karski est assis sur un siège brisé dont les pieds tiennent avec des briques. Les deux hommes arpentent la pièce ; Karski note que leurs ombres dansent à la flamme de la bougie.

Il ne bouge pas, il est pétrifié par ce qu'il entend.

Le sioniste s'effondre, il éclate en sanglots : pourquoi, dit-il, pourquoi parler ? L'extermination est incompréhensible, lui-même ne la comprend pas.

Jan Karski va les aider, il fera un rapport à Londres, il dit qu'il parlera du sort des Juifs.

Ce qu'il faut faire comprendre aux Alliés, dit le leader du Bund, c'est que les Juifs sont sans défense. Personne en Pologne ne peut empêcher l'extermination ; la Résistance elle-même ne peut sauver qu'un petit nombre de Juifs. Il faut que les puissances alliées leur viennent en aide, il faut que l'aide leur soit apportée de l'extérieur. Avec les Juifs, les nazis ne cherchent pas à faire des esclaves, comme ils font avec les Polonais ; ils veulent *exterminer* les Juifs, c'est très différent.

C'est ça que le monde ne comprend pas, ajoute le

sioniste ; et c'est ça qu'on ne parvient pas à expliquer.

Jan Karski écrit : « Voilà le message que je devais transmettre au monde libre. »

Les deux hommes ont préparé pour lui un rapport minutieux. Jan Karski veut des précisions. Il demande combien de Juifs du ghetto sont déjà morts. Il y a autant de morts qu'il y a de déportations, répond le sioniste. Jan Karski s'étonne : tous ceux qui ont été déportés ont été tués ? Tous, affirme le leader du Bund.

Il ajoute que là-dessus les Allemands mentent, mais que plus aucun doute n'est permis. Tous ceux qui partent du ghetto par le train vont directement dans des camps d'extermination.

Ils racontent à Jan Karski que les premiers ordres sont arrivés en juillet, c'est-à-dire il y a deux mois à peine. Les Allemands ont demandé cinq mille personnes par jour au Conseil juif du ghetto pour aller soi-disant travailler hors de Varsovie. Le chiffre a augmenté de jour en jour, et lorsqu'il est monté à dix mille, Czerniakow, l'homme qui dirigeait le Conseil, s'est suicidé.

« En deux mois, dans un seul district de Varsovie, les nazis avaient commis trois cent mille assassinats », écrit Jan Karski.

Les deux hommes proposent alors à Jan Karski de venir avec eux dans le ghetto. Un témoin oculaire, disent-ils, sera plus convaincant qu'un simple porte-parole. Jan Karski est prévenu que, s'il accepte, non seulement il risquera sa vie, mais il restera hanté par ce qu'il aura vu.

Jan Karski a accepté. La deuxième rencontre a lieu dans la même maison en ruine. Elle est consacrée à la préparation de la visite du ghetto. Et puis Jan Karski revient sur le message qu'il doit apporter de leur part à Londres. Que doit-il répondre si on lui demande : « Comment les aider ? »

Le sioniste répond qu'il faut bombarder les villes allemandes ; et informer les Allemands du sort des Juifs par des tracts. Il faut menacer toute la nation allemande d'un sort similaire si les atrocités ne sont pas immédiatement suspendues.

Le leader du Bund a bien conscience qu'un tel plan n'entre pas dans la stratégie militaire des Alliés. Mais ni les Juifs ni ceux qui veulent les aider ne peuvent considérer cette guerre d'un point de vue strictement militaire. Il faut convaincre les gouvernements alliés de déclarer officiellement aux Allemands que la poursuite de l'extermination des Juifs leur attirera de terribles représailles : que l'Allemagne entière sera détruite.

Jan Karski dit qu'il fera de son mieux pour faire comprendre ce point de vue.

C'est une situation sans précédent dans l'Histoire, dit le sioniste ; et une situation sans précédent appelle une réaction sans précédent, dit-il. C'est pourquoi il propose que les gouvernements alliés ordonnent partout des exécutions publiques d'Allemands.

Jan Karski proteste : une telle demande ne peut qu'horrifier les Alliés.

Les deux hommes en ont conscience, mais il le faut. Ils demandent cela pour que le monde réalise enfin ce qui leur arrive. Pour que le monde sache combien ils sont seuls et sans défense. Les Alliés gagneront la guerre dans un an, dans deux ans peut-être, mais cela n'apportera rien aux Juifs parce qu'ils n'existeront plus. Comment est-il possible que les démocraties occidentales les laissent mourir ainsi ? Pourquoi n'essaye-t-on pas d'organiser une évacuation massive ? Pourquoi ne pas proposer de l'argent aux Allemands ? Pourquoi les vies des Juifs polonais ne sont-elles pas rachetées ?

Les deux hommes sont extrêmement fébriles, ils s'emportent. Lorsque Jan Karski leur demande quel plan d'action il devra suggérer aux leaders juifs d'Angleterre et d'Amérique, le chef du Bund lui serre le bras avec une telle violence qu'il lui fait mal.

Il crie à Jan Karski qu'il n'est pas question de politique ni de diplomatie : « Dites-leur que la terre doit être ébranlée jusque dans ses fondements pour que le monde se réveille enfin. » Les démocraties doivent trouver, selon lui, des moyens de riposte inouïs, car une victoire seulement militaire n'arrêtera pas les Allemands dans leur programme de destruction. Que les leaders juifs prennent contact, en Angleterre et en Amérique, avec le plus de personnalités et d'institutions possibles, qu'ils exigent d'eux une action de sauvetage en faveur du peuple juif. Qu'ils soient prêts à tout pour en obtenir la garantie. Qu'ils entament des grèves de la faim. Qu'ils se laissent mourir aux yeux du monde, s'il le faut : « Peut-être cela secouera-t-il les consciences », dit le chef du Bund.

Jan Karski n'en peut plus. À ce moment-là, écrit-il, il a des sueurs froides, il veut se lever.

Ils ont encore quelque chose à lui dire : le ghetto de Varsovie va déclarer la guerre à l'Allemagne. « Ce sera la déclaration de guerre la plus désespérée qui ait jamais été faite », disent-ils. Il est hors de question de se laisser massacrer sans réagir : ils vont se battre. Ils attendent des armes de l'*Armia Krajowa*, ils sont en train d'organiser la défense du ghetto. Ils ne se font pas d'illusions quant à leur réussite, mais ils veulent que le monde entier connaisse leur combat — qu'il connaisse le caractère désespéré de leur combat « en tant que démonstration et reproche », disent-ils.

Deux jours plus tard, Jan Karski se rend au ghetto de Varsovie. Il a pour guide le leader du Bund. Il y a aussi un autre homme, que Karski décrit simplement comme « un combattant de la Résistance juive ». Rues dévastées, maisons en ruine. Un mur de briques et de barbelés boucle ce périmètre, où les Juifs sont enfermés. Jan Karski et ses deux compagnons y pénètrent par un « passage secret » qu'utilise la Résistance : celui d'une maison de la rue Mura-nowska, dont la porte d'entrée donne à l'extérieur du ghetto, et dont la cave mène à l'intérieur. « Cette maison, écrit Jan Karski, était devenue comme une version moderne du fleuve Styx qui reliait le monde des vivants avec le monde des morts. »

Au moment où Jan Karski écrit ce livre, on est en

1944. Comme ses deux interlocuteurs l'avaient annoncé, le ghetto de Varsovie s'est soulevé un an auparavant. Il se sent donc libre d'évoquer cette maison et sa cave sans mettre personne en danger.

Les hommes et les femmes que Jan Karski croise à l'intérieur du ghetto sont encore vivants, mais, dit-il, « il n'y avait plus rien d'humain dans ces formes palpitantes ». Est-il possible, pour un homme, d'être vivant sans plus rien avoir d'humain ? C'est la limite que rencontre Jan Karski durant cette traversée — limite qui va l'obséder. Il écrit : « Tandis que nous nous frayions un chemin dans la boue et les décombres, des ombres qui avaient jadis été des hommes et des femmes s'agitaient autour de nous. »

Partout la faim, les plaintes des enfants, la puanteur des cadavres. Partout des regards affamés. Un groupe d'hommes aux vêtements déchirés, escortés par des policiers, qui marchent au pas cadencé, comme des robots. Un vieil homme appuyé contre un mur, dont le corps tressaille.

Des enfants jouent dans un parc : « Ils jouent avant de mourir », lui dit le guide, avec émotion. Jan Karski répond que ces enfants ne jouent pas, ils font semblant de jouer.

Des cadavres sont couchés, nus, dans la rue. Pourquoi, demande Karski, pourquoi sont-ils nus ? Son guide lui explique que lorsqu'un Juif meurt, sa famille lui enlève ses vêtements et jette son corps dans la rue. Il faut payer pour qu'il soit enterré, et ici personne ne peut payer. Et puis cela permet de récupérer ses habits : « Le moindre chiffon compte », dit le guide.

Soudain, ses deux compagnons le prennent par le bras, ils l'entraînent vers une porte. Jan Karski est effrayé, il pense qu'on l'a reconnu. « Vite, vite ! Il faut que vous voyiez cela. Il faut que vous le disiez au monde ! »

Ils grimpent au dernier étage. On entend un coup de feu. Ils frappent aux portes, cherchent une fenêtre qui donne sur la rue. Les voici qui entrent dans un appartement, ils poussent Jan Karski vers la fenêtre et lui disent de regarder : « Maintenant vous allez voir quelque chose. La chasse. »

Au milieu de la rue, deux adolescents en uniforme des jeunesses hitlériennes. Leurs cheveux blonds brillent au soleil, note Karski. Visages ronds, joues roses, ils bavardent joyeusement. D'un coup, le plus jeune sort un revolver de sa poche. Ses yeux cherchent une cible. Il a, dit Jan Karski, la « concentration amusée d'un gamin à la foire ». Les yeux du garçon s'arrêtent sur un point qui échappe à la vision de Jan Karski. Il lève le bras, vise, on entend la détonation, suivie d'un bruit de verre brisé, et du cri d'un homme. Joie du garçon, l'autre le congratule. Puis ils continuent leur chemin.

Jan Karski est paralysé, « le visage collé à la fenêtre », dit-il. Il lui semble que s'il bouge, quelque chose du même genre va avoir lieu. Il sent une main sur son épaule. C'est une femme, la locataire de l'appartement : « Allez-vous-en, lui dit-elle. Sauvez-vous. Ne vous torturez plus ainsi. »

Les deux compagnons de Karski sont assis sur un lit, prostrés, la tête entre les mains. Il leur demande de l'emmener, il n'en peut plus, il faut qu'il s'en aille.

Ils descendent l'escalier tous les trois sans dire un mot. Une fois dans la rue, Karski se met presque à courir, jusqu'à ce qu'il soit hors du ghetto.

Il revient deux jours plus tard. Le récit de sa visite tient cette fois-ci en une phrase. Il écrit : « Je parcourus à nouveau, trois heures durant avec mes guides, les rues de cet enfer pour le mémoriser. »

Là, Jan Karski rompt la chronologie : il ajoute dans la foulée, sans même sauter une ligne, qu'il a fait part de ses impressions « à des membres des gouvernements anglais et américains et aux leaders juifs des deux continents ». Il a fait ce qu'il pouvait : « J'ai dit ce que j'avais vu dans le ghetto. » Il l'a dit, entre autres, à des écrivains — à H.G. Wells, à Arthur Koestler —, « afin qu'ils le racontent à leur tour ».

Et voici qu'il raconte, tout aussi précipitamment, l'une de ses entrevues de Londres. C'est avec Szmul Zygielbojm, le représentant du Bund au sein du Conseil national du gouvernement polonais en exil.

Szmul Zygielbojm est l'un de ces hommes remarquables qui sont entièrement voués à la cause qu'ils défendent. C'est quelqu'un qui a tenté déjà d'alerter le monde sur l'extermination des Juifs en lisant à la radio un message qui décrivait le massacre de Chelmno, où plusieurs centaines de milliers de Juifs polonais ont été gazés dans des camions.

La rencontre est fixée le 2 décembre 1942, à Stratton House, près de Piccadilly, au siège du ministère polonais de l'Intérieur. Jan Karski est à Londres depuis cinq semaines ; ses journées sont entièrement occupées par des conférences, des rencontres, des entretiens — il est épuisé.

Zygielbojm est un homme d'une quarantaine d'années, l'œil perçant, avec cette intensité qu'il y a parfois dans l'extrême fatigue.

« Que voulez-vous savoir ? » lui demande Karski, un peu brusquement.

Zygielbojm lui répond, avec une sorte de calme désespéré, qu'il veut savoir tout ce qui concerne les Juifs ; il lui dit qu'il est juif ; il demande à Jan Karski de lui dire tout ce qu'il sait.

Jan Karski raconte à Szmul Zygielbojm sa rencontre avec les deux leaders juifs dans la maison en ruine, puis sa double visite dans le ghetto. Zygielbojm l'écoute avec une attention extraordinaire, yeux grands ouverts. Il demande toutes sortes de détails, veut connaître les paroles exactes de la femme qui a posé sa main sur l'épaule de Jan Karski, veut des précisions sur les maisons, les enfants, sur les cadavres qui gisent dans les rues.

À la fin du récit, Zygielbojm est épuisé. « Ses yeux, note Jan Karski, lui sortaient presque des orbites. » Il promet de faire tout ce qu'il pourra.

Quelques mois plus tard, le 13 mai 1943, on annonce à Jan Karski que Szmul Zygielbojm, membre du Conseil national polonais et représentant du Bund à Londres s'est suicidé. Il a laissé des notes disant qu'il avait tout tenté pour venir en aide aux Juifs de Pologne, mais qu'il avait échoué, que tous ses frères avaient péri et qu'il allait les rejoindre. Il s'est asphyxié au gaz.

Retour à la chronologie. Quelques jours après sa seconde visite au ghetto de Varsovie, le chef du Bund, qui lui a servi de guide, propose à Jan Karski de « voir un camp d'extermination des Juifs ». C'est l'un des passages les plus discutés de son livre ; certains pensent même qu'il est impossible que Jan Karski ait vraiment vu ce qu'il décrit.

Le camp se trouve à côté de la ville de Belzec, cent soixante kilomètres à l'est de Varsovie. Karski n'en dit pas plus. Depuis, on a identifié ce site : il s'agirait du camp d'Izbica Lubelska.

Un grand nombre d'Estoniens, de Lituaniens et d'Ukrainiens qui sont employés comme gardiens du camp renseignent, pour de l'argent, les organisations juives. C'est l'un de ces gardiens, un Ukrainien, qui prête son uniforme et ses papiers à Jan Karski, un jour où il est de repos. Il y a tant de désordre, tant de corruption dans le camp qu'on lui assure qu'il passera inaperçu. Pour plus de sécurité, un autre Ukrainien l'accompagne. Sur le chemin qui mène au camp, celui-ci explique à Jan Karski que la porte par laquelle ils vont entrer est gardée par des Allemands ; ils ne contrôlent jamais les papiers des gardiens ukrainiens ; il suffit de les saluer et de dire bonjour.

Le camp se trouve sur un terre-plein clôturé

par des fils de fer barbelés. Il est surveillé par de nombreux gardiens en armes ; et à l'extérieur, des patrouilles se succèdent tous les cinquante mètres. Cris, coups de feu, odeur épouvantable. Entre les baraquements s'entasse une « masse humaine compacte et ondoyante » — un « horrible monceau d'êtres humains », écrit Jan Karski. À gauche de l'entrée, une voie de chemin de fer, ou plutôt une « rampe », précise-t-il. Un vieux train de marchandises d'une trentaine de wagons est arrêté. « C'est le train qu'on va charger. Vous allez voir », dit le gardien ukrainien.

Ils franchissent le portail d'entrée, où deux sous-officiers allemands les saluent négligemment.

« Rien ne peut dépeindre l'horreur du spectacle que j'avais sous les yeux », écrit Jan Karski. Un vieillard est assis, nu, sur le sol. Il y a un enfant à ses côtés, qui est en guenilles ; il regarde autour de lui avec effroi, le corps secoué de spasmes. Les baraquements sont pleins, alors ceux qui n'ont pu y accéder croupissent dehors, en plein froid : des milliers d'hommes et de femmes qui tremblent, qui hurlent, agrippés les uns aux autres. Ils sont terrorisés, meurent de faim, de soif, d'épuisement. La plupart ont perdu le contrôle d'eux-mêmes, et s'agitent comme des insensés. « À ce stade, écrit Karski, ils étaient complètement déshumanisés. »

Le gardien dit qu'ils viennent tous des ghettos. On les laisse quatre jours dans le camp sans la moindre goutte d'eau et sans aucune nourriture. Ceux qui avaient emporté quelque chose avec eux dans le train en ont été dépouillés par les Allemands.

Il faut traverser tout le camp pour se rendre à l'endroit que le gardien a choisi pour Jan Karski. Ils sont forcés de marcher sur les corps entassés. Jan Karski est pris de nausée, il s'arrête, mais son guide l'entraîne.

Ils parviennent à une vingtaine de mètres du portail par lequel les Juifs vont être poussés dans les wagons. C'est une « bonne place », dit l'Ukrainien ; il demande à Jan Karski de ne pas en bouger. De là, il assiste à ce qui va suivre.

« J'étais obligé, écrit-il, de faire un effort de volonté pour ne pas m'enfuir et pour me convaincre que je n'étais pas un de ces malheureux condamnés. » Un SS se met à hurler des ordres, il demande qu'on ouvre le portail. Celui-ci donne directement sur les wagons du train de marchandises, qui bloquent le passage. Le SS se tourne vers la foule, et les poings sur les hanches, déclare que tous les Juifs vont monter dans ce train qui doit les amener vers un endroit où ils travailleront. Soudain, avec un grand rire, il sort son revolver et tire dans la foule. On entend un cri. Il remet son arme dans son étui, et hurle : « *Alle Jüden, raus, raus.* » Les coups de feu viennent maintenant de partout. Affolée, la foule se rue vers l'étroit passage du portail et remplit rapidement les deux wagons. Les Allemands les entassent à coups de crosse. Les wagons sont pleins, mais ils continuent. Alors, écrit Jan Karski : « Les malheureux, fous de terreur, grimpaient sur les têtes et les épaules de leurs compagnons. Ceux-ci essayaient de les repousser en se

protégeant le visage. Les os craquaient et les hurlements devenaient insensés. »

Les gardiens tirent enfin les portes, et les
condamnent avec des barres de fer.

À partir de là, Jan Karski raconte une scène qui a
suscité des interrogations. Lui-même, au moment
d'écrire le livre, en est conscient : « Je sais que beaucoup de gens ne me croiront pas, écrit-il, ils pense-
ront que j'exagère ou que j'invente. Et pourtant je
jure que j'ai vu ce que je décris. Je n'ai pas d'autres
preuves, pas de photographies, mais tout ce que je
dis est vrai. »

Le plancher du train, explique-t-il, avait été recouvert de chaux vive. Avec la chaleur des wagons, les
corps deviennent humides ; ils se déshydratent au
contact de la chaux et brûlent. « Ceux qui se trouvaient dans le train seraient brûlés lentement jusqu'aux
os », écrit Jan Karski.

Les Allemands mettent trois heures pour remplir
le train. Il fait nuit lorsque le dernier wagon se
ferme. Jan Karski les a comptés : il y en a quarante-
six. Il entend les hurlements à l'intérieur. Et dans le
camp, des dizaines de corps agonisent par terre. Des
policiers allemands les achèvent.

Le train démarre. Jan Karski ignore où il va, mais
selon ceux qu'il appelle ses « informateurs », il va
rouler durant une centaine de kilomètres, puis s'arrêter en pleine campagne et attendre plusieurs jours
« jusqu'à ce que la mort ait pénétré dans les
moindres recoins de ces wagons ». Il est plus pro-
bable que le train s'arrête sur la rampe du camp

d'extermination de Belzec. Car Jan Karski précise que des Juifs seront chargés de nettoyer les wagons, d'enlever les cadavres et de les jeter dans une fosse commune. Pendant ce temps, écrit-il, le camp d'Izbica Lubelska, où il se trouve, sera de nouveau rempli. Le train reviendra, vide, et tout recommencera.

Jan Karski et son guide quittent le camp sans problème. Ils se séparent. Jan Karski va rendre l'uniforme qu'on lui a prêté. Il se lave compulsivement, puis s'allonge sous un arbre et s'endort. À son réveil, il est pris de violentes nausées. Toute la journée : vomissements ininterrompus. Il vomit du liquide rouge. Puis il tombe dans un sommeil qui dure trente-six heures. Enfin on l'aide à prendre le train pour Varsovie.

« Les visions du camp de la mort me hanteront toujours, écrit-il. Je ne peux m'en débarrasser et leur souvenir me donne la nausée. Plus encore que de ces images, je voudrais me libérer de la pensée que de telles choses ont eu lieu. »

On est le 11 septembre 1942, Jan Karski quitte la Pologne. Il prend un train jusqu'à Berlin. Comme il a des papiers français, il préfère ne pas trop parler, car on le démasquerait. Il simule une rage de dents, et durant tout le voyage se tampone la bouche avec un mouchoir.

Il a donc pour mission de gagner l'Angleterre. Le microfilm est dissimulé dans le manche de son rasoir. Une messe a été organisée pour lui quelques jours avant son départ, en présence de ses meilleurs amis, qui pour l'occasion lui ont offert une hostie consacrée que Jan Karski va porter au cou dans un scapulaire durant son voyage à travers l'Europe occupée.

À Berlin, Jan Karski a un peu de temps. Il a envie de connaître la situation réelle en Allemagne. Il décide de rendre visite à son vieux camarade Rudolf Strauch. À l'époque où il faisait le tour des universités, avant guerre, Jan Karski avait étudié à la Berlin Staatsbibliothek. Il avait alors pris pension dans la famille Strauch, dont il avait apprécié les idées libérales et démocratiques.

Les Strauch ont complètement changé. La visite de Jan Karski crée un malaise. Ils sont devenus de fervents hitlériens ; Jan Karski est obligé de simuler une sympathie pour le régime. Ils vont dîner dans une brasserie qui donne sur l'avenue Unter den Linden. Là, son ami, qui a peur d'être vu en compagnie d'un étranger, finit par lui dire que tous les Polonais sont les ennemis du Führer, et qu'il ne faut plus se voir.

Jan Karski se lève de table, il soupçonne ses anciens amis d'avoir alerté la police, et file se réfugier, plein de colère, dans la salle d'attente de la gare, où il attend le train pour Bruxelles.

Correspondance pour Paris où, dans une confiserie aux alentours de la gare du Nord, une vieille dame à qui il donne le mot de passe le met en contact avec des officiers polonais du mouvement clandestin. On lui fournit un nouveau passeport. Il reste ensuite quelques jours à Lyon, afin de préparer son passage en Espagne. Puis c'est Perpignan, où un jeune couple espagnol doit lui trouver un guide. La frontière est très surveillée, il faut attendre. Finalement, un certain Fernando accepte de le faire passer. Ils sont à bicyclette. C'est la nuit. Fernando roule devant, Jan Karski le suit à cinquante mètres, la lumière éteinte. Il est convenu que si Fernando s'arrête et fait marcher sa sonnette, Jan Karski doit se cacher. Au bout d'un quart d'heure, coup de sonnette, Jan Karski fait demi-tour. C'était une patrouille allemande. Le lendemain, ils recommencent. Fernando et lui font le début du chemin à pied, puis continuent à bicyclette. Cinquante kilomètres pendant lesquels Jan Karski pédale furieusement dans le noir. La lumière disparaît dans les virages, il ne voit plus la route, tombe dans le fossé, se relève, et se jette à la poursuite de Fernando.

Puis c'est la mer, il se cache au fond d'un bateau de pêche : allongé, couvert d'un manteau, il ne bouge plus pendant trois jours. On lui apporte de la nourriture, du vin chaud. Un nouveau guide l'emmène à travers les Pyrénées. Trois jours de marche dans la montagne. Un soir, alors qu'ils sont à l'abri dans une grotte, deux silhouettes s'avancent vers eux. Ils pensent qu'on va les arrêter. Mais ce sont deux Français, un officier et son fils de dix-huit ans, qui vont rejoindre de Gaulle. Jan Karski les invite à se joindre à eux. Le lendemain, ils rencontrent un vieil Espagnol antifasciste, qui leur offre l'hospitalité pour la nuit, et les conduit jusqu'à la gare où le mécanicien du train pour Barcelone les prend sous sa protection.

Ils passent ainsi le voyage sur la plate-forme du wagon à charbon. Au dernier arrêt avant Barcelone, ils sautent de la plate-forme et se séparent.

Jan Karski arrive dans les faubourgs de Barcelone après plusieurs heures de marche. On lui a donné une adresse, il espère trouver la rue par hasard ; finalement il demande son chemin à un ouvrier qui lui donne les indications, puis le dévisage en souriant : « De Gaulle ? » Alors Jan Karski répond : « De Gaulle. » Le voici à l'adresse indiquée, il donne le mot de passe, un petit homme aux joues roses lui ouvre, puis lui sert à manger, avant de se lancer dans une diatribe contre les fascistes.

Dans l'après-midi, Jan Karski se rend au consulat de la Grande-Bretagne. Il rencontre le consul général, qui est au courant de sa mission, et lui fournit tous les documents nécessaires à son transfert sur le sol allié.

À partir de là, Jan Karski n'est plus en danger.

On l'escorte vers une limousine du corps diplomatique ; ils roulent pendant huit heures jusqu'à Madrid, où on le dépose devant une villa du quartier des ambassades. Là, on lui remet de nouveaux papiers, il prend le train pour Algésiras avec deux gardes du corps espagnols.

À Algésiras, un bateau de pêche le conduit au large vers une vedette anglaise qui file jusqu'à Gibraltar. Il est reçu par le colonel Burgess, et boit un whisky sec en sa compagnie au mess des officiers. Le lendemain, le petit déjeuner lui semble luxueux. Tard dans la soirée, il part pour l'Angleterre à bord d'un bombardier américain *Liberator*.

Huit heures de vol. Ils atterrissent à Londres, sur une base militaire. Jan Karski est interrogé pendant deux jours par les services secrets britanniques, qui veulent s'emparer de ses documents. Il faut une protestation écrite du gouvernement polonais pour qu'il soit libéré. Dans son livre, Jan Karski donne une version extrêmement pudique de cet incident : « Il me fallut pas mal de temps, écrit-il, pour me retrouver à travers la complexité des services britanniques de contre-espionnage. Ce n'est que deux jours après que je fus remis aux autorités polonaises. »

On est le 28 novembre 1942, Jan Karski a donc réussi à rejoindre le gouvernement polonais en exil. À partir de là, commence une longue période de témoignage. Chaque jour : conférences, entretiens, réunions, rapports. La sensation de liberté qu'il éprouve depuis qu'il est en Angleterre disparaît dès qu'il commence à parler des événements intérieurs de Pologne : le voici replongé dans ce qu'il nomme « l'atmosphère douloureuse de la Résistance, hantée par le spectre de la Gestapo ».

C'est d'abord Stanislas Mikolajczyk, ministre de l'Intérieur du gouvernement, qui reçoit son rapport oral.

Puis il rencontre le général Sikorski, chef du gouvernement. Les deux hommes se connaissent ; ils se sont vus à Angers, lors de la première mission de Karski en France. Ils parlent longuement de l'organisation future de la Pologne, et des plans que les chefs de la Résistance élaborent pour l'après-guerre.

Sikorski décore Karski de la croix de *Virtuti Militari*, la plus haute distinction militaire polonaise. Il lui offre à titre personnel un porte-cigarettes en argent avec sa signature gravée, et l'enjoint de se reposer : « Ne vous laissez pas surmener par toutes ces conférences et ces rapports. Ne laissez pas les Alliés réussir là où la Gestapo a échoué. »

Il regarde les cicatrices aux poignets de Jan Karski : « À ce que je vois, dit-il, la Gestapo vous a décoré elle aussi. »

Karski informe ensuite les leaders alliés, à commencer par Anthony Eden, le ministre des Affaires étrangères britannique. Celui-ci était l'idole de sa jeunesse ; à l'époque où Jan Karski étudiait les sciences politiques à la bibliothèque de la Société des Nations de Genève, il admirait ses discours et son élégance.

Anthony Eden l'écoute attentivement, puis lui dit : « Il vous est arrivé au cours de cette guerre tout ce qui peut arriver à un homme sauf une chose : les Allemands n'ont pas réussi à vous tuer. »

Karski rencontre tous les officiels britanniques, puis se présente devant la Commission des crimes de guerre des Nations unies. Il y expose les faits dont il a été témoin dans le ghetto de Varsovie et au camp d'Izbica Lubelska (que dans son livre il persiste à appeler Belzec). « Mon témoignage, écrit-il, fut enregistré et l'on me dit qu'il figurerait comme chef d'accusation dans le réquisitoire des Nations unies contre l'Allemagne. »

Il est interviewé par la presse britannique et par celle des autres pays alliés ; il rencontre des parlementaires, des intellectuels, des écrivains, des membres des différentes Églises.

Il se rend compte que, depuis Londres, la Pologne ne pèse pas lourd. Les intérêts en jeu sont si complexes, la machine de guerre et son économie si considérables que la situation polonaise passe au second plan. D'ailleurs, qui sont les Polonais ? Aux yeux des Anglais, la Pologne se résume à la brève campagne de septembre 1939, et à « quelques échos d'une résistance obstinée contre l'occupant », comme l'écrit Karski. Personne, au fond, ne comprend l'héroïsme de cette nation qui refuse la collaboration avec l'Allemagne ; personne ne comprend cette notion d'« État clandestin », alors que partout ailleurs règne le compromis. Et puis, dit Karski, les gens ne cessent de lui demander si les sacrifices de la Pologne peuvent se comparer à « l'héroïsme immense du peuple russe ».

Au mois de mai 1943, le général Sikorski l'informe qu'il devra bientôt se rendre aux États-Unis, avec la même mission qu'à Londres : raconter ce qu'il a vu et ce qui lui est arrivé en Pologne. Transmettre le message de la Résistance polonaise, et celui des Juifs de Varsovie. Pour toute instruction, Sikorski lui recommande : « Dites-leur la vérité, rien que la vérité. » Quelques semaines plus tard, le chef du gouvernement polonais meurt à bord d'un avion qui s'écrase à Gibraltar.

Jan Karski arrive donc à New York, « dans le port dominé par la statue de la Liberté », écrit-il. Il multiplie aussitôt conférences, discours, entrevues, présentations. Il rencontre de nombreuses personnalités. Parle avec des représentants du Département d'État. Transmet ses informations aux milieux catholiques et aux milieux juifs. Il s'entretient à propos du sort des Juifs avec Felix Frankfurter, juge de la Cour suprême des États-Unis, et lui-même juif. Jan Karski ne le dit pas dans son livre, mais un témoin de l'entretien rapporte qu'à peine Karski eut raconté ce qu'il avait vu de l'extermination des Juifs, le juge Frankfurter s'exclama : « Je ne peux pas le croire. — Vous pensez que je mens », lui demande Jan Karski. Frankfurter répond : « Je n'ai pas dit que vous mentiez, j'ai dit que je ne peux pas le croire. » Que cette impossibilité à croire, en 1943, qu'on extermine les Juifs d'Europe relève de l'incrédulité personnelle ou de l'obligation politique revient au même : le message de Jan Karski ne change rien, il n'« ébranle pas la conscience du monde », comme l'espéraient les deux hommes du ghetto de Varsovie.

On lui annonce que le président des États-Unis, Franklin D. Roosevelt, désire l'entendre personnellement. La rencontre a lieu à la Maison-Blanche, le 28 juillet 1943, elle dure un peu plus d'une heure. Jan Karski est accompagné par l'ambassadeur de Pologne à Washington, Jan Ciechanowski.

Roosevelt, dit Karski, est « extraordinairement au courant de la question polonaise et désireux d'avoir de nouveaux renseignements ». Jan Karski lui expose en détail l'organisation de la Résistance polonaise. Il lui explique comment la Pologne parvient à ne pas collaborer avec l'occupant nazi. Roosevelt veut savoir si, selon lui, « les récits concernant les méthodes employées par les nazis contre les Juifs » sont vrais. Jan Karski lui confirme qu'il n'y a aucune exagération dans ces récits : les Allemands ont l'intention d'exterminer toute la population juive d'Europe, le processus est en cours, plusieurs millions de Juifs sont déjà morts en Pologne ; seules des représailles directes, comme les bombardements massifs des villes allemandes, accompagnés de tracts informant la population que leurs dirigeants exterminent les Juifs, peuvent encore arrêter le massacre.

En sortant de l'entretien, Jan Karski marche dans les rues de Washington. Il découvre, dans un square, une statue de Kościuszko, le héros de l'indépendance polonaise. Il s'assied sur un banc et regarde les promeneurs.

3

On a laissé faire l'extermination des Juifs. Personne n'a essayé de l'arrêter, personne n'a *voulu* essayer. Lorsque j'ai transmis le message du ghetto de Varsovie à Londres, puis à Washington, on ne m'a pas cru. Personne ne m'a cru parce que personne ne *voulait* me croire. Je revois le visage de tous ceux à qui j'ai parlé ; je me souviens parfaitement de leur gêne. C'était à partir de 1942. Étaient-ils aussi gênés, trois ans plus tard, lorsque les camps d'extermination ont été découverts ? Ça ne les gênait pas de se proclamer les vainqueurs, ni de faire de cette victoire celle du « monde libre ». Comment un monde qui a laissé faire l'extermination des Juifs peut-il se prétendre libre ? Comment peut-il prétendre avoir gagné quoi que ce soit ? Il n'y a pas eu de vainqueurs en 1945, il n'y a eu que des complices et des menteurs. Lorsque je disais aux Anglais qu'en Pologne on exterminait les Juifs, lorsque je répétais interminablement la même information aux Américains, on me rétorquait que c'était impossible, que personne n'avait le pouvoir, ni même l'idée, de supprimer des millions de personnes. Roosevelt lui-même s'étonnait devant moi, et son étonnement n'était qu'un mensonge. Tous ils savaient, mais ils faisaient semblant de ne pas savoir. Ils jouaient l'ignorance, parce que cette ignorance leur était profitable ; et qu'il était dans leur intérêt de la faire accroire. Mais les services secrets ont fait leur travail, on savait, et tous ceux qui ont prétendu qu'ils ne savaient pas travaillaient déjà pour le mensonge. J'ai lu tout ce qui s'est écrit sur le sujet depuis la fin de la guerre. Les Anglais étaient renseignés, les Américains étaient renseignés. C'est en connaissance de cause qu'ils n'ont pas cherché à arrêter l'extermination des Juifs d'Europe. Peut-être, à leurs yeux, ne fallait-il tout simplement pas qu'on puisse l'arrêter ; peut-être ne fallait-il pas que les Juifs d'Europe puissent être sauvés. En tout cas, si l'extermination a pu avoir lieu si facilement, c'est parce que les Alliés ont fait comme s'ils ne savaient pas. Ainsi, en sortant de mon entretien avec Roosevelt, le 28 juillet 1943, avais-je compris que tout était perdu : les Juifs d'Europe mouraient les uns après les autres, exterminés par les nazis, avec la complicité passive des Anglais et des Américains. Je me suis assis sur un banc, à côté de la Maison-Blanche, et dans l'odeur des lauriers, parmi les beaux cèdres et les buissons d'acacias du square des Héros de l'Indépendance, j'ai passé plusieurs heures à voir le monde s'écrouler ; j'ai compris qu'il ne serait plus jamais possible d'alerter la « conscience du monde », comme me l'avaient demandé les deux hommes du ghetto de Varsovie ; j'ai compris que l'idée même de « conscience du monde » n'existerait plus. C'était fini, le monde entrait dans une époque où la destruction ne trouverait bientôt plus d'obstacle, parce que plus personne ne trouverait rentable de s'opposer à ce qui détruit. Ainsi la destruction suivrait-elle son cours, en se cachant de moins en moins, et sans plus rencontrer aucune limite ; et il n'existerait plus rien de bon pour s'opposer à ce qui est mal, mais seulement du mal — partout. Roosevelt avait parlé devant moi de cet avenir magnifique où l'humanité réconciliée rendrait impossible une nouvelle guerre, où elle abolirait l'idée même de guerre. Mais comme tous ceux qui à l'époque se projetaient si rapidement dans l'après-guerre, alors que chaque jour la guerre nous crevait les yeux, Roosevelt voulait surtout éviter de se salir. Sur le banc du square des Héros de l'Indépendance, tandis que le soleil se couchait, j'avais envie de vomir. La nausée m'avait plusieurs fois sauvé la vie, mais elle ne venait pas cette fois-ci à mon secours. Je suis resté sur ce banc plusieurs heures, emmitouflé dans ce manteau militaire que, lors de mon arrivée à l'aéroport de New York, on m'avait mis sur les épaules, comme on couvre un cheval qui vient de remporter la course. Et tandis que les fenêtres de la Maison-Blanche s'allumaient, j'ai compris que le salut n'arriverait pas, qu'il n'arriverait plus jamais, que l'idée même de salut était morte. Et lorsque l'insurrection de Varsovie a éclaté, un an plus tard, les Polonais ont cru jusqu'au dernier instant que les Anglais, les Américains et les Soviétiques arriveraient pour les sauver. Et moi, depuis le 28 juillet 1943, je savais qu'ils n'en feraient rien. Depuis cette fin d'après-midi, je savais que Varsovie serait abandonnée, exactement comme la Pologne avait été abandonnée en septembre 1939, et comme les Juifs de Pologne, d'Allemagne, des Pays-Bas, de France, de Belgique, de Norvège, de Grèce, d'Italie, de Croatie, de Bulgarie, d'Autriche, de Hongrie, de Roumanie, de Tchécoslovaquie ont été abandonnés. D'un côté il y avait l'extermination, et de l'autre l'abandon — rien d'autre à espérer. C'était le programme du monde à venir, et ce monde, effectivement, est venu : tous nous avons subi cet abandon, nous le subissons encore. C'est ainsi qu'il m'est devenu absolument impossible de dormir : depuis le 28 juillet 1943, c'est-à-dire depuis plus de cinquante ans, je n'ai pas trouvé le sommeil. S'il m'est impossible de dormir, c'est parce que la nuit j'entends la voix des deux hommes du ghetto de Varsovie ; chaque nuit, j'entends leur message, il se récite dans ma tête. Personne n'a voulu entendre ce message, c'est pourquoi il n'en finit plus, depuis cinquante ans, d'occuper mes nuits. C'est un véritable tourment de vivre avec un message qui n'a jamais été délivré, il y a de quoi devenir fou. Ainsi les nuits blanches s'ouvrent-elles pour lui, elles l'accueillent. J'ai passé plus de la moitié de ma vie à penser à la Pologne, au ghetto de Varsovie, aux deux hommes qui m'ont chargé d'un message que personne n'a voulu entendre. J'ai passé mes nuits à penser à ces deux hommes, et à tous les hommes qu'ils représentaient, à ce message qui continuait à vivre en moi alors qu'ils étaient morts exterminés ; c'est ainsi que la nuit blanche s'est ouverte. Lorsque une fois dans sa vie on a été porteur d'un message, on l'est pour toujours. Au moment où vous fermez l'œil, à ce moment précis où le monde visible se retire, où vous êtes enfin disponible, les phrases surgissent. Alors la nuit et le jour se mélangent, à chaque instant le crépuscule se confond avec l'aube, et les phrases en profitent. La voix tremble un peu, comme une petite flamme. On y croit à peine, on a du mal à la concevoir, mais elle est bien vivante, et quand elle se met en mouvement, ça fait une brève incandescence, quelque chose de timide et rapide à la fois, d'incontestable, qui passe par le chas d'une aiguille. Vous reconnaissez tout de suite la voix des deux hommes du ghetto de Varsovie : comme tous les messagers, vous êtes devenu le message. Jamais un seul jour dans ma vie je n'ai réussi à penser à autre chose qu'au message du ghetto de Varsovie, toute ma vie je n'ai fait que ça : penser au message de Varsovie, et lorsque je croyais penser à autre chose, c'est au message de Varsovie que je pensais. À force, j'ai compris qu'il y avait quelque chose d'intransmissible dans ce message, quelque chose qu'on ne pouvait pas entendre, et qui peut-être ne sera jamais entendu. Parfois je pense qu'il était impossible qu'on entende ce que j'avais à dire : personne ne peut entendre qu'on massacre ainsi une partie du monde, et pourtant tout le monde le sait. Tout le monde sait qu'une partie du monde massacre l'autre, et pourtant il est impossible de le faire entendre. Et puis le temps que je porte en Amérique le message du ghetto de Varsovie, il n'y avait plus de ghetto de Varsovie. Le temps que je porte ce message aux Alliés, ceux qui me l'avaient transmis étaient morts. Est-ce qu'il n'a pas toujours été trop tard ? À l'intérieur de cette nuit blanche qui s'est ouverte dans ma vie, je veille : je consacre mon temps à refuser l'idée qu'il est trop tard. Car avec la parole, le temps revient. J'ai parlé, on ne m'a pas écouté ; je continue à parler, et peut-être m'écouterez-vous : peut-être entendrez-vous ce qu'il y a dans mes paroles, et qui vient de plus loin que ma voix ; peut-être que dans ce message qu'on m'a transmis il y a plus de cinquante ans, quelque chose résiste au temps, et même à l'extermination ; peut-être, à l'intérieur de ce message, y a-t-il *un autre message*. C'est pourquoi je continue, chaque nuit, à me consacrer à ces phrases. Et si je vous parle de ma vie, c'est avant tout de ces phrases que je parle — de la manière dont elles ont donné forme à mon existence, dont elles m'ont fait naître une seconde fois. Moi, Jan Karski, né en 1914 à Łódź, en Pologne, dans la pire ville du pire pays au monde, un pays mal-aimé, maltraité, je n'oublie pas, je continue obstinément à *ne pas* oublier. Ils s'acharnent à couvrir la Pologne d'infamie, en la réduisant à cet antisémitisme que leurs pays ont intérêt à lui faire endosser, parce qu'il leur donne l'illusion de les blanchir, eux qui d'une manière ou d'une autre ont collaboré avec les nazis. Mais il arrive un moment où la respectabilité ne parvient plus à masquer l'abjection sur laquelle elle est fondée ; alors, le bouc émissaire se met à parler, et bien sûr, la honte dont on l'accusait se révèle en partage. Ils sont tous mouillés dans un crime dont ils dénoncent hypocritement la souillure, il y en a même qui appellent ça l'humanité. Vers deux ou trois heures du matin, ça commence ; les noms arrivent sur mes lèvres — ils déferlent. D'abord, le nom des ghettos : celui de Łódź, celui de Cracovie, de Varsovie, de Lublin, celui de Kielce, de Radom, de Czestochowa, de Bialystok ; les lignes de chemin de fer s'ouvrent alors dans ma tête, elles y creusent des galeries à travers lesquelles j'entends les bruits de l'hiver 1942, celui des trains qui roulent en direction d'Auschwitz-Birkenau, de Majdanek, de Treblinka, de Sobibór, de Belzec, de Chelmno. J'entends les bruits de la déportation, la plainte des hommes, des femmes et des enfants pressés les uns contre les autres, dans des wagons où l'odeur de merde et de pisse annonce celle de la mort ; je les entends mourir, la mort grimpe sur eux comme un chien affamé qui me saute à la gorge. Je sors du lit, et me dirige vers le salon. Ma femme dort profondément ; même avec la lumière, elle dort. Elle sait que vers trois heures, chaque nuit, j'ai rendez-vous avec mes fantômes, comme elle dit, et qu'il n'y a rien d'autre à faire qu'à répondre à l'appel de ces fantômes. Impossible de se soustraire à ces voix qui sont mortes : non seulement ce serait injuste, mais ce serait comme de les tuer une nouvelle fois. Après tout, écouter chaque nuit la voix des morts est une façon de les faire revivre. Pola comprend mes insomnies : elle est juive polonaise, sa famille a été exterminée dans les camps nazis, elle est la seule rescapée. Parfois elle non plus ne dort pas, elle me rejoint sur le canapé du salon où chaque nuit je m'installe, emmitouflé dans mon vieux manteau, et nous regardons tous deux en direction de la fenêtre, vers la statue de la Liberté, qui brandit là-bas sa flamme. Au début, lorsque je suis arrivé en Amérique, cette statue faisait battre mon cœur, je la chérissais comme tous ceux qui ont quitté leur pays ; et comme dans ce roman de Franz Kafka, il m'arrivait de confondre sa flamme avec une épée, et de voir dans la liberté un symbole de justice. Plus tard, dans les années qui ont suivi la guerre, lorsque j'ai choisi de rester à New York, pendant que Staline, avec l'accord des Alliés, transformait la Pologne en prison soviétique, la statue de la Liberté, je la fixais avec haine. Elle était exactement comme Roosevelt, elle était comme tous les dirigeants alliés, comme n'importe quel symbole : elle mentait. La statue de la Liberté, j'ai appris, chaque nuit, à la détester méthodiquement ; c'est contre elle que je me suis mis à exercer ma rage ; et c'est à force de regarder dans la nuit sa fausse lumière que j'ai continué à résister. En un sens, je n'ai jamais cessé d'être un résistant polonais. Récemment, lors d'un voyage à Jérusalem, un rabbin m'a demandé ce que signifiait pour moi le fait d'être polonais. J'ai répondu que « polonais » signifiait « résistance », et qu'être polonais voulait dire être contre toutes les tyrannies. Un Polonais, c'est quelqu'un qui a lutté contre Hitler, mais aussi contre Staline. Un Polonais, c'est quelqu'un qui a toujours combattu les Russes, peu importe leur nom, staliniens, bolcheviques, soviétiques : un Polonais est d'abord quelqu'un qui ne s'est pas laissé prendre au mensonge du communisme ; qui ne se laisse pas non plus prendre à cet autre mensonge : celui de la domination américaine, celui de l'indifférence criminelle propre aux pays prétendument démocratiques. Un Polonais est avant tout un isolé. Cet isolement est la seule véritable attitude politique. Alors, peut-être que cette Pologne n'existe que dans ma tête, peut-être suis-je le seul Polonais. En tout cas, la liberté qui m'anime ne s'est plus affaiblie depuis 1945, depuis que Churchill, Roosevelt et Staline se sont partagé le monde, à Yalta, comme un trio de charognards. Être polonais, ai-je dit à ce rabbin, c'est être dissident — c'est vivre à chaque instant sa propre solitude comme destin. Aujourd'hui, pour ne plus entendre les cris des Juifs qu'on amène à la mort, pour ne plus entendre le nom des ghettos et celui des camps qui s'impriment dans ma tête, pour faire cesser ce fracas qui chaque nuit brise mes nerfs, il m'arrive de réciter les paroles que les deux hommes du ghetto de Varsovie m'ont confiées. Je me les récite à voix basse, comme une prière ; je prononce chaque phrase avec lenteur. Le message me vient sans effort, je peux le redire entièrement par cœur. Je ferme les yeux, alors ce sont les deux hommes du ghetto qui parlent à ma place, leurs voix se superposent à la mienne, ils revivent. Il m'arrive d'entendre aussi la voix de Roosevelt, un grognement un peu bougon, le genre de voix qui se veut chaleureuse. Encore aujourd'hui, je l'entends étouffer un bâillement tandis que je parle du sort des Polonais qui résistent aux nazis et de celui des Juifs qu'on déporte dans des camps pour les exterminer. J'étais accompagné par Jan Ciechanowski, l'ambassadeur de Pologne à Washington, qui a donné de cet entretien une version extrêmement diplomatique ; et moi-même, dans mon livre, j'ai dissimulé mon point de vue. À l'époque où le livre a été publié, c'est-à-dire en 1944, il était impossible que je dise la vérité. Le gouvernement polonais avait relu le texte, et m'avait imposé des « contraintes stratégiques ». Nous comptions sur les Alliés, ainsi ne fallait-il évidemment pas fâcher les Américains, qui eux-mêmes ne voulaient pas fâcher les Soviétiques, si bien que, dans le livre, je n'ai rien dit contre les uns ni contre les autres. Roosevelt venait juste de terminer son dîner. Il mangeait très tôt, vers dix-huit heures. Quand je suis entré dans le bureau ovale avec l'ambassadeur, on débarrassait les plateaux-repas. Roosevelt mâchouillait encore un peu, il s'est essuyé la bouche, il tenait à la main une fiche qu'il lisait distraitement. Mon nom était écrit dessus au marqueur noir, il se voyait par transparence, et sans doute y avait-on inscrit ce qu'il fallait savoir sur moi. Roosevelt s'est avancé, la lèvre humide, et m'a demandé mon nom. J'ai trouvé ça absurde, puisqu'il venait de le lire sur la fiche, alors je ne sais pas ce qui m'a pris, au lieu de dire « Jan Karski », j'ai dit : « *Nobody.* » Au fond, ça n'avait pas beaucoup d'importance, et puis ça sonnait presque pareil. Roosevelt n'a pas bien compris, il a fait mine d'entendre, et en me serrant la main très fort, il a dit : « *Welcome mister Karski.* » Il y avait beaucoup de gens qui assistaient à la scène, des militaires assis dans les canapés autour d'une table basse ornée d'une soupière blanche ; et debout près de la porte, juste à côté des gardes du corps, une belle femme vêtue d'un tailleur gris et d'un chemisier blanc, avec un chignon et des lunettes, qui prenait des notes. Nous avons pris place, l'ambassadeur et moi, dans un canapé, et tandis que j'expliquais à Roosevelt les conditions dans lesquelles la Pologne parvenait à résister aux nazis et aux staliniens, il s'agitait sur son fauteuil, comme un homme qui cherche une position pour s'assoupir. Il a fini par prendre la même pose que je lui ai vue plus tard sur la célèbre photographie de la conférence de Yalta, où Churchill, Roosevelt et Staline, assis l'un à côté de l'autre, rivalisent de lourdeur, tous les trois repus, satisfaits — ou plutôt se donnant du mal pour en avoir l'air. Face à l'ambassadeur et à moi, affalé sur son fauteuil, Roosevelt semblait tout aussi engourdi qu'à Yalta. Mais ceux qui ont l'air endormi sont précisément ceux qui cherchent à vous endormir. Ainsi n'a-t-il pas beaucoup parlé durant cet entretien, ses aides de camp non plus ne disaient rien. De temps en temps, il se tournait vers la femme au chemisier blanc, il ne se gênait pas pour regarder ses jambes. Je parlais abondamment, j'essayais de décrire ce que j'avais vu dans le camp d'Izbica Lubelska. La jeune femme prenait des notes, mais Roosevelt ne disait rien. Il avait ouvert son veston, et s'enfonçait confortablement dans son fauteuil. Je crois qu'il digérait ; je me disais : *Franklin Delano Roosevelt est un homme qui digère* — il est déjà en train de digérer l'extermination des Juifs d'Europe. Et puis, lorsque j'ai répété devant lui le message des deux hommes du ghetto de Varsovie, lorsque j'ai transmis leurs demandes concernant les bombardements des villes allemandes, Roosevelt s'est mis à ouvrir lentement la bouche. J'ai pensé : la réaction va être terrible — mais non, il n'a rien dit : sa bouche s'est un peu tordue, il écrasait un bâillement. Plus je précisais les attentes des Juifs du ghetto de Varsovie, et par conséquent de tous les ghettos d'Europe, et de tous les Juifs en train d'être exterminés, plus Roosevelt écrasait des bâillements. Chaque fois qu'il ouvrait la bouche, je me préparais à entendre une parole ; l'ambassadeur et moi allions entendre enfin le point de vue des États-Unis sur le sauvetage des Juifs d'Europe — mais non, encore un bâillement. Par gêne, je me suis mis, tout en continuant à parler, à fixer la soupière. Je me demandais ce qu'il y avait là-dedans. Et puis au bout d'un moment, Roosevelt a pris la parole, il a dit : « *I understand* » (Je comprends). Il a répété ces mots plusieurs fois. Il s'y prenait de la manière suivante : tandis que j'évoquais tel détail macabre susceptible de l'émouvoir, il jetait un coup d'œil rapide en direction de la femme au chemisier blanc, en profitait pour regarder ses jambes, puis il ouvrait sa bouche qui se tordait alors vers la gauche. À la faveur du bâillement, des mots en sortaient : « *I understand.* » Est-ce que ces mots venaient pour maquiller le bâillement ? Il me semble que chez Roosevelt, la parole était si proche du bâillement que parler, c'était comme bâiller. Au fond, *Franklin Delano Roosevelt s'exprimait en bâillant.* Je l'entends encore me dire, la bouche de travers : « Je comprends. » Ce qu'il réprimait en parlant, ce n'était peut-être pas un bâillement, mais la parole elle-même. Car précisément, il ne *voulait* pas comprendre, il était dans son intérêt de *ne pas* comprendre. Plus il disait « Je comprends », plus il exprimait la volonté inverse. Je sentais malgré tout chez lui une curiosité, cette curiosité maussade qu'on a pour l'étranger qu'on méprise. Après tout, l'ambassadeur et moi, nous n'étions que de vulgaires Polonais, c'est-à-dire les habitants d'un pays qui n'existait pas vraiment, qui ne pesait rien dans les rapports de force visant à régler le conflit mondial. Je ne savais rien à l'époque des accords secrets de Téhéran, par lesquels, vers la fin de 1943, les Anglais et les Américains avaient cédé à Staline tout ce qu'il désirait concernant l'Europe centrale et orientale. La guerre n'était pas encore finie, et déjà la Pologne était vendue à Staline. À Varsovie, mes amis résistaient pour rien : Staline avait prévu d'anéantir la Pologne, comme Hitler l'avait prévu avant lui. Les Polonais, dans ces conditions, n'étaient jamais que des gêneurs, d'autant que les relations diplomatiques entre les Soviétiques et la Pologne étaient rompues. Au fond, l'ambassadeur et moi, ce jour-là, nous ne faisions qu'embarrasser Roosevelt, qui nous avait reçus pour sauver les apparences. Et puis nous étions des catholiques, c'est-à-dire, aux yeux d'un Américain, quelque chose comme des fanatiques. Alors je voyais le moment où il allait me demander comment il était possible que des catholiques polonais — pourtant réputés antisémites — s'acharnent à ce point à vouloir sauver des Juifs. Mais il n'a rien dit, au lieu de cela il a jeté un regard sur les jambes de la femme au chemisier blanc. Moi je regardais la soupière, je commençais à me demander ce que l'ambassadeur et moi nous faisions là. J'ignorais à l'époque que le meilleur moyen de faire taire quelqu'un consiste à le laisser parler. Et c'est exactement ce qui a eu lieu : on m'a laissé parler, ce jour-là, comme des dizaines d'autres fois, et j'ai parlé pendant des années, j'ai écrit un livre et on m'a laissé l'écrire, et quand je l'ai publié, on s'est débrouillé pour que ce livre soit un succès, pour que des centaines de milliers d'Américains et d'Américaines l'achètent, et chaque fois que mon éditeur m'appelait au téléphone pour me dire : « On en est à soixante mille ! On en est à cent trente mille ! On a passé la barre des deux cent mille ! », je pensais : soixante mille bâillements, cent trente mille bâillements, deux cent mille bâillements. Alors au bout d'une heure, je n'avais plus qu'une idée en tête : m'échapper. Face à Roosevelt, dans son bureau de la Maison-Blanche, je me posais la même question que dans le bureau de la Gestapo, lorsque je subissais la torture des SS : comment sortir d'ici. J'avais affronté la violence nazie, j'avais subi la violence des Soviétiques, et voici que, de manière inattendue, je faisais connaissance avec l'insidieuse violence américaine. Une violence moelleuse, faite de canapés, de soupières, de bâillements. Une violence qui vous exclut par la surdité, par l'organisation d'une surdité qui empêche tout affrontement. Lorsque les Soviétiques m'avaient fait prisonnier, j'avais sauté d'un train en marche. Lorsque les nazis me torturaient, je m'étais enfui d'un hôpital. Chaque fois, dans les pires conditions, j'avais réussi à m'évader. Mais comment s'évade-t-on d'un canapé ? En sortant ce soir-là de la Maison-Blanche avec l'ambassadeur, j'ai pensé qu'à partir de maintenant c'était ce canapé qui allait régner sur le monde, et qu'à la violence du totalitarisme allait se substituer cette violence-là, une violence diffuse, civilisée, une violence si propre qu'en toutes circonstances le beau nom de démocratie saurait la maquiller. Et quand, durant l'été 1945, la bombe atomique a détruit Hiroshima et Nagasaki, j'ai compris enfin ce qui se passait dans ce bureau ovale où l'on comprenait tellement les autres. Est-ce qu'ils ont de la cire dans les oreilles ? C'est la question que j'ai posée à l'ambassadeur en sortant de la Maison-Blanche. J'ai pensé que Roosevelt et ses collaborateurs s'étaient volontairement bouché les oreilles, comme les compagnons d'Ulysse lorsqu'ils croisent le chant des Sirènes. J'ai pensé qu'ils ne voulaient pas entendre afin de se préserver du mal. J'ai eu l'intuition ce soir-là qu'en se détournant du mal, et en refusant d'entendre qu'il existe, on se met à en faire partie. Ceux qui refusent d'entendre le mal deviennent les complices du mal, voilà ce que j'ai dit à l'ambassadeur de Pologne, tandis que nous quittions la Maison-Blanche. Et lui-même, avant de prendre congé, m'a dit cette phrase à laquelle je pense souvent : « La surdité n'est qu'une ruse du mal. » Car les hommes n'agissent que selon leur intérêt ; et précisément il n'était dans l'intérêt de personne de sauver les Juifs d'Europe, si bien que personne ne les a sauvés. Pire : le consensus anglo-américain masquait un intérêt commun *contre* les Juifs. J'ai compris cela bien plus tard, car les vérités honteuses sont toujours à retardement. Ni les Anglais ni les Américains ne voulaient venir en aide aux Juifs d'Europe, parce qu'ils craignaient d'être obligés de les accueillir. Certains collaborateurs de Churchill avaient peur qu'Hitler n'expulse les Juifs, car il aurait fallu leur ouvrir la Palestine, et les Anglais y étaient opposés. Dans les couloirs du Foreign Office, à Londres, régnait cet antisémitisme technocrate, où les lois contre l'immigration ne sont jamais qu'une version plus convenable des lois antijuives. Quant au Département d'État américain, il refusait l'idée même de réfugiés juifs, et sa politique a longtemps consisté à faire obstacle aux possibles sauvetages ; c'est lorsque l'attitude du gouvernement de Roosevelt a été sur le point de provoquer un scandale que des mesures ont enfin été adoptées ; mais les procédures administratives se sont révélées si retorses, qu'à peine dix pour cent du nombre de réfugiés qui auraient pu légalement être accueillis sont entrés sur le territoire américain. C'est plus tard, en devenant professeur de relations internationales à l'université Georgetown, puis à Columbia, que j'ai commencé à étudier ces questions. Et dans les années soixante, mes étudiants se sont mis à faire des thèses sur le rapport entre les Américains et la solution finale — sur ce qu'un historien a appelé « l'abandon des Juifs par l'Amérique ». On sait aujourd'hui que l'inertie bureaucratique n'était pas seule en cause ; et qu'il a existé une véritable volonté de *ne pas* intervenir en faveur des Juifs d'Europe. Si incroyable que cela puisse paraître aujourd'hui, des fonctionnaires du Département d'État interrompaient l'arrivée des nouvelles de l'extermination, et en interdisaient la divulgation. Certains de ces fonctionnaires zélés faisaient même pression sur les organisations juives pour modérer « la publicité autour de ces massacres », comme ils disaient : selon eux, si l'opinion se réveillait en faveur d'une action de sauvetage, celle-ci affecterait l'effort de guerre qui était la priorité du gouvernement ; il fallait donc empêcher l'opinion de se réveiller. Et plus tard, lorsqu'il n'a plus été possible de rester passif, c'est le Congrès qui s'est mis à faire barrage contre l'idée même de sauvetage des Juifs. Lorsque Roosevelt, pourtant timide sur la question, et peu enclin à prendre des risques politiques, a cherché à assouplir, pour la durée de la guerre, les procédures qui limitaient l'immigration, le Congrès s'y est opposé. Des élections avaient eu lieu, et à partir de 1943, celui-ci était composé en majeure partie de conservateurs hostiles à l'existence même des réfugiés, et prêts à tout pour bloquer les portes de l'Amérique. Quant à Roosevelt lui-même, il n'était pas indifférent à la « question juive », comme on le disait à l'époque ; au contraire, il ne voulait pas qu'on voie en lui un ami de ce qu'il appelait le « lobby juif », car dans l'Amérique d'alors, ses chances de réélection s'en seraient trouvées réduites. Ainsi l'antisémitisme d'État anglo-américain s'organisait-il avec cette impunité que procure le blocage administratif. Chaque fois qu'un collaborateur de Roosevelt ou de Churchill se demandait quoi faire des Juifs, il se posait la même question qu'Hitler — il se posait une question hitlérienne. Heureusement pour les Anglais, heureusement pour les Américains, Hitler n'a pas expulsé les Juifs d'Europe, il les a exterminés. Lorsque après l'entrevue avec Roosevelt j'ai voulu rentrer en Pologne, on me l'a interdit. On était alors en septembre 1943. Je désirais reprendre ma place dans la Résistance, mais le gouvernement polonais de Londres s'y opposait : selon le Premier ministre Mikolajczyk, la Gestapo me recherchait, les radios nazies me dénonçaient nommément comme « un agent bolchevique au service de la juiverie américaine ». Je pense que le gouvernement redoutait que je ne sois de nouveau capturé par les nazis : je savais bien trop de choses. Et puis, n'avais-je pas compris à quel point la Résistance polonaise et la Pologne elle-même étaient abandonnées ? N'était-il pas dangereux que je propage ces informations désespérantes à Varsovie, et que les chefs de la Résistance se mettent à comprendre leur situation ? Je pense que le gouvernement en exil voulait encore tirer parti de moi, il préférait que je continue à transmettre le message. Mais j'avais beau, selon ses instructions, multiplier les conférences, les entretiens et les articles, j'avais beau, comme il était spécifié dans ma lettre de mission, « avoir une action en direction de la presse et de la radio la plus large possible », et cela aussi bien à Londres qu'en Amérique, quelque chose de désespérant s'accrochait maintenant à mes paroles. Chaque jour les mêmes entretiens, chaque jour la même incrédulité, la même gêne sur les visages, et moi réutilisant les mêmes mots, reprenant les intonations qui avaient servi la veille, comme un acteur. J'étais épuisé. Alors, entre deux rendez-vous, j'allais dormir dans des salles de cinéma du côté de Broadway : c'était la seule occasion pour me reposer, le même film était diffusé trois, quatre fois en boucle, j'ouvrais un œil de temps en temps, bercé par la répétition rassurante des mêmes scènes. C'est justement à cette époque que j'ai eu l'idée d'un film qui raconterait mes aventures ; j'ai proposé cette idée au gouvernement polonais de Londres, qui m'a aussitôt encouragé à écrire le scénario d'un « grand film sur la Résistance polonaise », comme me l'écrivit alors le Premier ministre Mikolajczyk. Un film prosoviétique, *Mission à Moscou*, venait de remporter un gros succès ; mais les studios d'Hollywood ne s'intéressaient pas plus à la Pologne que le gouvernement américain. D'ailleurs, nous n'avions aucune idée de la manière dont on produit un film ; et les millions de dollars qu'il aurait fallu, nous ne les avons jamais eus. À force de répéter une histoire qui ne s'adressait à personne, il m'arrivait de ne plus y croire ; ma solitude elle-même m'apparaissait inconsistante. Je n'existais plus, je n'étais qu'une ombre, de plus en plus exaltée, qui chaque jour tentait de convaincre d'autres ombres qu'un pays s'éteignait, là-bas, quelque part entre l'Allemagne et la Russie, et que dans ce pays, des hommes et des femmes résistaient héroïquement pour ne pas devenir des ombres. C'est durant cette période qu'ont commencé les nuits blanches : une vue s'ouvrait à moi sur un espace glacial, et cet espace était le monde. Je pensais à Szmul Zygielbojm, qui venait de se suicider. Lorsque je suis arrivé à Londres, il avait été le premier, et sans doute le seul, à m'écouter vraiment, parce qu'il *voulait* savoir — et parce qu'en un sens il savait déjà. C'est lui qui a déclaré à la BBC : « Ce sera bientôt une honte de vivre, et d'appartenir à l'espèce humaine, si des mesures ne sont pas prises pour faire cesser le plus grand crime de l'histoire humaine. » Cet homme, dont j'admirais l'intégrité combative, et qui, depuis Londres, a remué ciel et terre pour sauver ses frères, s'était asphyxié par le gaz, afin d'en partager le sort. Si un tel homme s'est suicidé, me disais-je, alors la situation est vraiment sans espoir. Un homme comme Szmul Zygielbojm n'abandonne la partie que s'il considère qu'elle est perdue ; un homme comme Szmul Zygielbojm se bat froidement jusqu'au bout, et si l'espérance vient à lui manquer, il trouve des ressources pour inventer malgré tout une nouvelle forme d'espérance. C'est pourquoi son suicide, comme celui, beaucoup plus tard, d'Arthur Koestler, m'a complètement bouleversé. Le suicide de nos amis approfondit notre solitude en même temps qu'il la dévaste ; le suicide de nos amis est d'autant plus difficile à supporter qu'il s'adresse à notre propre suicide ; il s'adresse à nos tentatives de suicide les plus secrètes, mais aussi à la possibilité de suicide qui nous accompagne en permanence. Malgré mon désespoir, je continuais à plaider la cause de la Pologne libre, je transmettais inlassablement le message, car en dépit de tout, quelque chose en lui continuait à m'enflammer. J'ai parlé d'Arthur Koestler. Parmi toutes mes rencontres, c'est la plus mémorable : Koestler avait une personnalité loufoque, excessive, débordante, qui le poussait à prendre part aux aventures les plus incongrues. C'était un homme impossible, qui n'en faisait qu'à sa tête, et ne pouvait s'empêcher de détruire le moindre lien qui existait entre lui et les autres ; il fallait toujours qu'il se saborde. Et même avec moi, alors qu'il est l'une des seules personnes à m'avoir cru immédiatement, et à avoir relayé mon témoignage dans la presse, il n'a pas pu s'empêcher d'aller trop loin : il s'est approprié mon histoire pour la raconter un soir sur les ondes de la BBC, s'attirant les foudres des services secrets, et celles du gouvernement polonais. Son expérience précoce du Parti communiste, qu'il avait quitté dès 1938, à la suite des Procès de Moscou, puis celle de la guerre d'Espagne, où sa tête était mise à prix par les franquistes, lui donnaient le recul nécessaire pour comprendre ce qui se jouait durant ce qu'on a appelé la Seconde Guerre mondiale. Il pensait, comme George Orwell, que celle-ci était avant tout le symptôme monstrueux d'une métamorphose du fascisme en socialisme — l'accouchement d'une perversion, dont le résultat allait être d'autant plus terrible que les idéologies en seraient définitivement brouillées : ne surnagerait qu'une dévastation toujours plus obscène, dont les alibis politiques seraient interchangeables. Au fond, le xxᵉ siècle ne lui a pas donné tort. Et quand j'ai entrepris la rédaction d'un livre, c'est en pensant à lui et à Orwell que j'ai trouvé le courage. C'était entre mars et août 1944. L'ambassade de Pologne m'avait loué une chambre à Manhattan, et avait mis à ma disposition une dactylo, Krystyna Sokolowska, qui parlait aussi bien l'anglais que le polonais. Si j'ai écrit ce livre, c'était pour changer le cours des choses : malgré l'échec de mes démarches, malgré mon découragement, je pensais que le monde pouvait encore entendre le message des Juifs d'Europe et celui de la Résistance polonaise, que ces deux messages pouvaient les émouvoir, mais aussi infléchir la politique des Alliés. Sans doute étais-je plein d'illusions ; et c'est vrai qu'à l'époque aucun obstacle n'aurait suffi à me faire renoncer. Même l'attitude de Roosevelt décuplait mes forces. Et puis je pensais vraiment qu'un livre pouvait déplacer des montagnes : s'il dit la vérité, un livre transforme le monde, il ne peut pas en être autrement. Peut-être que les politiciens avaient des raisons d'ignorer mon message, mais il était impossible que le monde y reste insensible. J'entendais encore les deux hommes du ghetto me dire : « Il faut que vous le disiez au monde ! » Mais ce qu'on pouvait lire à l'époque dans les journaux concernant l'extermination des Juifs était dérisoire. Seule une minuscule partie des nouvelles atteignait le public américain, d'autant qu'elles étaient reléguées le plus souvent en pages intérieures, ou réduites à des entrefilets, comme s'il s'agissait de faits isolés, exceptionnels. Et puis les chiffres étaient grossièrement sous-évalués. On parlait bien sûr des atrocités nazies, de leurs crimes de guerre, de la terreur qu'ils exerçaient contre des populations civiles, mais rarement de la répression particulière organisée à l'encontre des Juifs. Les informations arrivaient pourtant, elles n'arrêtaient pas d'arriver ; les messagers se relayaient, les agences de presse fournissaient d'incessants comptes rendus ; il y avait des périodiques juifs qui multipliaient les articles, et des organisations religieuses qui tentaient d'alerter l'opinion publique, mais les grands organes de presse s'en tenaient au minimum. Le programme d'extermination systématique des Juifs d'Europe se réduisait finalement, en Amérique, à l'image d'un pogrome — un *pogrome exagéré*. Ce filtrage était devenu si indécent qu'en février 1943 une étrange annonce, publiée par le *New York Times*, suscita un scandale. On venait en effet d'apprendre que 70 000 Juifs roumains de Transnistrie pouvaient être soustraits à l'extermination : le gouvernement roumain, au lieu de continuer à obéir aux consignes des nazis, avait offert d'aider au transfert de ces Juifs vers un lieu de refuge que choisiraient les Alliés. Peu importe les motivations des Roumains, il ne fait aucun doute qu'ils agissaient par opportunisme, et cherchaient les bonnes grâces des Alliés parce que l'armée allemande donnait des signes de faiblesse : l'essentiel, c'est qu'une occasion de sauver des Juifs se présentait. La Roumanie fournissait les navires, mais demandait que lui soit versée une forte somme d'argent afin de couvrir les frais de transport. Le Foreign Office britannique considéra ce projet comme une tentative de chantage. Le Département d'État américain, quant à lui, enterra tout simplement l'affaire, en déclarant, après une enquête superficielle, que cette histoire était « sans fondement ». Il a été prouvé plus tard, lors du procès de Nuremberg, qu'au contraire l'offre était sérieuse, et qu'elle émanait des plus hautes autorités roumaines : leur intermédiaire, un homme d'affaires néerlandais basé à Istanbul, proposait d'organiser l'évacuation par bateaux vers la Palestine. Le plan aurait-il pu aboutir ? Il aurait bien sûr fallu verser énormément d'argent. Mais l'essentiel réside dans le fait que les Américains n'ont pas voulu — qu'ils ont préféré, une fois de plus, *ne pas vouloir*. Car en opposant un refus aussi catégorique à la Roumanie, ils refusaient du même coup de donner leur chance à 70 000 Juifs. Ils ont préféré les laisser mourir, plutôt que d'essayer, par tous les moyens, de les sauver. L'information s'est alors diffusée, et le matin du 16 février 1943, on découvrit dans le *New York Times*, en réaction à cette nouvelle infamie, un grand message publicitaire surmonté d'un énorme titre :

À VENDRE à l'humanité
70 000 Juifs
Êtres humains garantis à 50 dollars pièce

Dans le texte, signé par des jeunes gens, qui était joint à l'annonce, on précisait : « La Roumanie est fatiguée de tuer des Juifs. Elle en a tué 100 000 en deux ans. Aujourd'hui, la Roumanie est prête à laisser partir ses Juifs pour presque rien. » Le texte insistait sur le fait que jusqu'ici les hommes politiques américains n'avaient rien fait, et qu'une chance s'offrait d'agir enfin : « 70 000 Juifs attendent la mort dans les camps de concentration roumains. [...] La Roumanie offre de livrer ces 70 000 Juifs en Palestine, vivants. [...] Les portes de la Roumanie sont ouvertes ! Agissez immédiatement ! » Ainsi la violente ironie du message avait-elle pour but d'« exiger que quelque chose soit fait MAINTENANT, QUAND IL EST ENCORE TEMPS ». Beaucoup, à l'époque, trouvèrent ce message irresponsable, et même immoral. Mais était-il plus scandaleux que l'attitude du gouvernement américain ? Qu'est-ce qui est le plus indigne : cette forme d'ironie, ou l'abandon des Juifs par l'Amérique ? Car à travers le caractère abominable de cette annonce, ce qui se formulait avec tant de crudité, c'était précisément le caractère abominable de ce qui arrivait aux Juifs en Europe. On y lisait le traitement que les nazis leur infligeait : leur transformation en « pièces » — en marchandise dont plus personne ne veut. En mettant un prix sur un être humain, on révélait à quel point, aux yeux de l'Amérique, un Juif ne valait rien : à peine cinquante dollars, et encore n'était-on pas prêt à payer ce prix. *Les Juifs ne valent rien, mais ils coûtent encore trop cher* : en énonçant brutalement cette pensée honteuse, le message donnait à entendre ce que l'Amérique pensait tout bas ; il cherchait à faire honte à la honte. Il paraît qu'à cette époque moi aussi je *passais les bornes,* et qu'on s'en plaignait. Lorsque je déjeunais dans un de ces restaurants cossus de Washington avec des diplomates, des hommes politiques ou des intellectuels que l'ambassade de Pologne m'avait demandé de sensibiliser à notre cause, et que je commençais à raconter comment la Gestapo torture un résistant, lorsque je me mettais à parler de l'agonie des enfants aux yeux fous du ghetto de Varsovie, et de la manière dont les nazis remplissent un wagon, bien sûr que je *passais les bornes*. Bien sûr que je coupais l'appétit à mes interlocuteurs, je gâchais leur soirée. Car ce qui avait lieu en Pologne ne concernait pas seulement la Pologne ; tous ceux qui à Varsovie, à Cracovie, à Lublin, dans la moindre petite ville étouffée par le double régime nazi et stalinien, essayaient de résister, ne le faisaient pas seulement pour défendre leur pays, mais au nom d'une liberté qui dépasse les frontières. Et selon moi, ce qui arrivait aux Juifs d'Europe ne concernait pas seulement les Juifs du monde entier, mais l'humanité tout entière — cela mettait en cause l'idée même d'humanité. Un bruit a couru à l'époque selon lequel mon zèle n'était qu'une manœuvre, et servait une propagande dont le but était de faire oublier l'antisémitisme bien connu des Polonais. Alors, étais-je désespéré ou plein d'espoir ? Je ne sais pas — les deux, sans doute. Mon désespoir était à la mesure de mon espérance, il ne la contredisait pas. Au contraire, ils se protégeaient l'un l'autre. L'extrême désespoir découvre en lui quelque chose qui inlassablement relance sa force ; quant à mon espérance, elle était sans limites. Les quatre cents pages de *Story of a Secret State*, je les ai écrites debout, chaque matin, à l'aube. Il m'est impossible de m'asseoir : depuis que je suis passé entre les mains de la Gestapo, chaque fois que je prends place devant un bureau, il me semble qu'un SS va entrer dans la pièce, et que mon interrogatoire va reprendre. Je me réveillais donc très tôt le matin et, le bloc de papier posé sur une commode, debout, je rédigeais. C'est une expérience grisante de faire défiler ainsi les étapes de sa vie ; mais j'avais conscience que mes « aventures », comme disait le gouvernement, étaient avant tout le compte rendu d'un désastre, celui qui conduit inexorablement un pays vers la ruine. Vers dix heures, Krystyna arrivait, nous prenions un petit déjeuner, puis elle s'installait devant la machine à écrire. Alors, marchant d'un bout à l'autre de la chambre, je lui dictais mes phrases en polonais, qu'elle transcrivait directement en anglais. Chaque phrase, je la disais en polonais, Krystyna aussitôt en improvisait à voix haute une traduction, qu'on ajustait tous les deux. À force de m'entretenir avec des officiels, j'avais fait des progrès considérables en anglais : je m'efforçais donc de rédiger directement dans cette langue, ce qui nous facilitait le travail. J'étais tenu, par contrat, de rendre chaque semaine à l'éditeur une quinzaine de pages. Krystyna et moi travaillions chaque jour jusqu'à l'épuisement. Après son départ, j'écoutais la radio une heure ou deux, allongé, en fumant des cigarettes ; puis je me mettais à réécrire les pages qu'elle avait tapées, car les souvenirs affluaient de toutes parts. Ainsi m'arrivait-il de me relever en pleine nuit pour ajouter un détail que j'avais oublié, et qui donnait une consistance nouvelle à mon itinéraire. Chaque matin, Krystyna commençait par taper au propre la nouvelle version, puis nous nous mettions à traduire la suite. Il y avait une baignoire qui, bizarrement, était placée au centre de ma chambre. Cette baignoire m'attirait. Il est rare qu'on parvienne à obtenir de bonnes pensées : la plupart du temps nos pensées sont en miettes, elles se brisent. Moi, c'est dans cette baignoire que j'ai eu mes meilleures pensées : des pensées claires, solides, des pensées qui vous comblent. En remplissant le fond avec des couvertures et un oreiller, j'avais réussi à me confectionner un abri idéal. Il me semblait qu'allongé dans un lit, j'étais mort. Cette baignoire, au contraire, m'emportait ; c'était une barque, un navire, une nacelle ; j'étais conduit vers le récit. Avec mon manteau, la tête bien dégagée, c'était la joie. À peine avais-je disposé mon corps dans la baignoire que je me mettais à penser à mon histoire. J'y pensais parfaitement : il suffisait que je ferme les yeux pour *voir les phrases*. C'est ainsi que m'est apparu à quel point, pendant les trois ans qu'avait duré mon action dans la Résistance, je n'avais cessé de franchir des lignes. J'avais traversé les frontières de l'Allemagne, de la Tchécoslovaquie, de la Hongrie, de la Yougoslavie, de l'Italie, de la Belgique, de la France, de l'Espagne. Et puis écrire un livre était encore une manière de franchir une ligne : une façon nouvelle de transmettre le message, comme si je passais de la parole à un silence étrange — un silence qui parle. Oui, dans la baignoire, c'est avec cette parole silencieuse que chaque soir je faisais connaissance ; et je me souviens parfaitement de la nuit où, allongé dans la baignoire, les yeux fermés, me sont venues les pages sur ma rencontre avec les deux hommes du ghetto de Varsovie. C'était en juin, et les troupes américaines venaient de débarquer en Normandie ; à la radio, on annonçait que les nazis reculaient, et que déjà la France était sur la voie de la libération. Ce soir-là, j'ai pensé que la Pologne ne serait jamais sur cette voie car, après les nazis, il y avait encore les staliniens, et ceux-là allaient rester très longtemps. La libération de la Pologne me semblait alors un objectif aussi désespéré que le sauvetage des Juifs d'Europe. Mais je l'ai dit : le désespoir me stimulait ; je passais à chaque instant de l'espérance à son contraire, c'était un même vertige. Vers la fin de l'écriture du livre, mon éditeur m'a invité dans sa belle maison de campagne, près de Boston. C'était le printemps. Une grande propriété s'ouvrait sur un lac entouré de pins. Je respirais avec joie l'odeur de la glycine et du chèvrefeuille, comme dans les bois de mon enfance. L'éditeur me trouvait l'air d'un loup : « *He looks like a wolf* », répétait-il à ses amis. Selon lui, je devais absolument changer d'air, il fallait que je me nourrisse, que je sorte une fois pour toutes du « pays des morts », comme il disait. Au fond, il avait raison : la Pologne, et d'une manière plus générale l'Europe, étaient devenus un enfer — c'était le pays des morts. Mais j'appartenais à ce pays, il m'était difficile d'*en revenir* ; peut-être même ne le désirais-je pas vraiment. Le dîner fut somptueux. L'éditeur me présenta toutes sortes de gens « très influents », disait-il : des notables, des industriels, des actrices qui, selon lui, étaient sensibles à ma cause, et pourraient m'aider. On me posait des questions sur la guerre, la clandestinité, les nazis, la Gestapo et la torture, ce qu'on ressent sous la torture, comment on fait pour ne pas tout avouer. Je répondais le plus sérieusement du monde, mais je sentais bien qu'il aurait mieux valu être amusant. Vers le dessert, l'éditeur déclara qu'il manquait quelque chose à mon livre. J'étais fatigué, je répliquai qu'en effet il manquait une fin heureuse, il manquait la reconnaissance de la Résistance polonaise et le sauvetage des Juifs d'Europe par les Américains. Il y eut un silence, l'éditeur sourit, et déclara que le manque était bien plus grave : ce qui manquait à mon livre, pour que les Américains et les Américaines s'y retrouvent, c'était une histoire d'amour. La table entière éclata de rire. Selon l'éditeur, il n'était pas possible que j'aie passé quatre années de ma vie comme je les raconte, c'est-à-dire sans tomber amoureux, sans même avoir une aventure. Un chapitre l'avait particulièrement émoustillé, celui où, après mon évasion de l'hôpital, je reste plusieurs mois dans un domaine à la montagne, en compagnie d'une certaine Danuta, qui, semble-t-il, était ravissante. N'y avait-il pas moyen d'en donner un peu plus aux lecteurs ? J'expliquais que je n'avais rien de plus à donner, parce qu'il ne s'était rien passé avec cette jeune fille, ni avec aucune autre : c'était la guerre, une guerre terrible, aucun d'entre nous n'avait le temps ni le désir de se consacrer à l'amour. L'éditeur insista : si l'on précisait l'histoire avec Danuta, si l'on y ajoutait un peu de sentiment, le livre serait « plus humain ». Sans doute à ses yeux le récit d'un homme qui lutte pour survivre n'était-il pas assez « humain ». C'est ainsi que je fus obligé de modifier mon livre, afin de lui donner le piquant propre à satisfaire l'éditeur et ses puissants amis. Quand *Story of a Secret State* est sorti, en novembre 1944, il a été choisi immédiatement par le Club du livre du mois, ce qui lui a assuré une très large audience. Ainsi a-t-il fait l'objet de recensions dans tous les grands journaux américains. Le tirage de l'édition américaine a atteint les 365 000 exemplaires, le livre a été publié en Grande-Bretagne, et tout de suite des traductions ont été achetées en France, en Suède, en Norvège. C'était un immense succès. Et pourtant, le livre n'a rien changé. Si un livre ne modifie pas le cours de l'Histoire, est-ce vraiment un livre ? Mes paroles avaient échoué à transmettre le message, mon livre aussi. De toute façon, la Pologne était perdue, car à peine avais-je terminé d'écrire le livre que l'insurrection de Varsovie était écrasée par les nazis. Mes amis, mes frères, quelques dizaines de milliers d'insurgés et deux cent mille civils polonais se sont fait massacrer parce qu'ils attendaient une aide qui n'est pas venue. Ils n'avaient déclenché l'insurrection qu'avec la certitude d'être aidés par l'aviation des Alliés, et par l'Armée rouge, qui était sur le point de rejoindre Varsovie. Tout le monde sait que les Soviétiques ne sont jamais venus en aide aux Polonais ; tout le monde sait que les Soviétiques ont attendu de l'autre côté de la Vistule, d'où ils ont assisté tranquillement au massacre. Les avions alliés ne sont pas venus non plus, parce qu'il ne fallait pas fâcher Staline pour une poignée de Polonais. C'est seulement après que les nazis eurent passé Varsovie à la dynamite, après qu'ils l'eurent rayée de la carte, et liquidé deux cent mille de ses habitants, lorsqu'il ne restait plus rien qu'un champ de ruines, que les Soviétiques sont entrés dans la ville, pour en prendre possession. Ainsi, quelques jours avant la sortie de mon livre, le gouvernement polonais en exil était-il obligé, sous la pression des Alliés, de capituler devant Staline, *comme si les Polonais étaient du côté de l'ennemi.* Quant aux Juifs d'Europe, ils continuaient d'être exterminés, sans que personne, ni les Américains ni les Anglais, ne vienne à leur aide. On dira que je suis injuste ; et que des mesures ont commencé alors d'être prises. Mais les Alliés ont refusé jusqu'au bout de bombarder les chambres à gaz d'Auschwitz, ainsi que les voies ferrées qui y menaient, sous prétexte que leurs objectifs étaient avant tout militaires, et que de telles actions détourneraient les moyens dont on avait besoin ailleurs ; pourtant, en 1944, les raids aériens se sont multipliés dans le secteur autour d'Auschwitz, et par deux fois, des bombardiers lourds américains se sont même attaqués à des sites industriels qui n'étaient qu'à huit kilomètres des chambres à gaz d'Auschwitz. Je suis parti en tournée, au début du mois de décembre 1944, afin de présenter mon livre. Ça a duré six mois, pendant lesquels j'étais constamment sur les routes. Le soir, je parlais en public à Galveston, Oklahoma City, New Orleans, Charlotte, Rochester, Indianapolis, Toledo, dans bien d'autres villes encore. Qu'est-ce que je faisais là ? La Résistance polonaise n'existait plus, il était absurde de s'obstiner à porter sa parole. C'est sur les routes de l'Oregon, de la Caroline du Nord ou de la Louisiane que j'ai compris que je n'étais plus un messager, j'étais devenu quelqu'un d'autre : un témoin. On m'écoutait. Plus personne ne mettait en doute ce que je racontais, car un témoin n'est pas quelqu'un qu'on croit ou qu'on ne croit pas, c'est une preuve vivante. J'étais la preuve vivante de ce qui s'était passé en Pologne. Je n'avais plus besoin de convaincre désespérément qui que ce soit. On venait m'écouter, on venait voir un homme qui avait résisté aux nazis et traversé l'Europe entière avec un message pour les Alliés. On me présentait maintenant comme une sorte de héros : j'étais devenu « *The man who tried to stop the Holocaust* » — l'homme qui a tenté d'arrêter l'extermination. En un sens, je faisais partie de l'Histoire, c'est-à-dire que je portais le deuil. Il est toujours plus facile d'être célébré quand il est trop tard. Ainsi ont-ils voulu faire de moi un héros professionnel, l'un de ces types qui toute leur vie répètent la même histoire, celle que tout le monde veut entendre et réentendre, le récit qui a fait d'eux des hommes célèbres. J'incarnais sans doute le genre de héros dont l'Amérique a besoin pour nourrir sa mauvaise conscience, car avoir toujours un peu mauvaise conscience est une excellente manière d'améliorer sa bonne conscience ; et ainsi ne m'empêchait-on pas de parler : au contraire, on me faisait parler le plus possible, on me faisait parler chaque soir jusqu'à ce que la parole en moi s'exténue, jusqu'à ce qu'elle se dévalue toute seule, comme toutes les paroles du monde. Combien de fois ai-je dit qu'en Europe les Allemands exterminaient les Juifs ? En 1942, c'était une parole brûlante. En 1943, une parole désespérée. En 1944, lorsque je disais dans une petite ville du Texas, devant un parterre de dames de patronage, que les Allemands exterminaient les Juifs d'Europe, c'était juste une parole ridicule. Je signais des livres, je faisais de belles rencontres ; certains soirs, les débats étaient vifs, parce que je n'épargnais pas l'Amérique. Je n'étais plus tenu par aucune contrainte diplomatique, je critiquais à mon aise l'attitude des Alliés. J'avais surtout des lectrices : ce sont principalement des femmes qui venaient m'écouter, c'est elles qui posaient le plus de questions. Il y avait parfois des moments cocasses : je me souviens d'une vieille dame couverte de perles et de rubis, qui s'était jetée sur moi pour me dire qu'elle venait de lire la scène où la Gestapo me torture, et qu'il n'y avait rien de plus beau que cette scène : le moment où l'on me torture, c'était magnifique. Après chaque conférence, j'étais invité à dîner, et chacune voulait me montrer combien elle était désolée pour moi. Au fond, ce qui les touchait, ce n'était pas le fait qu'on extermine des Juifs en Europe, c'était que je sois si malheureux. C'est moi qui les touchais, pas le sort des Juifs, encore moins celui de la Pologne. Bien sûr qu'elles trouvaient ça affreux, bien sûr qu'elles voulaient que les nazis arrêtent ces horreurs ; et puis certaines de ces femmes étaient juives, et avaient de la famille en Europe. Mais, bizarrement, lorsque je parlais des Juifs, c'est moi qu'on plaignait. Au fond, ce que ces femmes écoutaient, ce qu'elles aimaient, c'était ma souffrance. Je sentais qu'elles voulaient faire quelque chose pour moi, me consoler, peut-être me guérir. Alors elles ne me laissaient plus partir, chaque soir j'étais obligé de prétexter n'importe quoi, un mal de tête, un coup de fil important à donner, pour enfin me retrouver seul. Et puis ce qui m'amusait, c'était ce type des services secrets — l'OSS, la future CIA —, qui me suivait partout, un jeune homme qui essayait désespérément de passer inaperçu. Chaque soir mes paroles étaient de plus en plus dures envers le régime soviétique, l'insurrection de Varsovie m'avait brisé, les accords de Yalta étaient insupportables, un nouveau Munich pour la Pologne ; je ne parlais plus que de ça : de Staline, du communisme, du malheur qui attendait les pays tombés sous le joug de l'URSS. Il y avait ce type, là, assis dans l'ombre, qui notait scrupuleusement mes propos anticommunistes, afin de les répercuter à ses supérieurs. Il y a des gens, et même des amis, qui ont toujours été persuadés que je faisais partie de la CIA ; je suppose qu'une telle croyance date de cette époque car, après cette tournée, j'ai été contacté pour une brève mission à Londres : l'histoire des nations récemment annexées par l'URSS, c'est-à-dire la Pologne, mais aussi d'autres « pays de l'Est » comme on disait maintenant, risquait d'être falsifiée, et l'existence même des mouvements de résistance serait à coup sûr effacée ; il s'agissait de récupérer les archives de leurs gouvernements en exil, afin de les mettre à l'abri, ce que je fis au printemps 1945. Plus tard, lorsque je suis devenu professeur de sciences politiques à Georgetown et à Columbia, j'ai continué à donner des conférences sur les méfaits du communisme. J'en ai donné partout dans le monde, d'abord en Asie, vers le milieu des années cinquante, puis plus tard, vers la fin des années soixante, en Afrique du Nord. On appelait cela de l'« information ». Ainsi m'est-il arrivé de travailler pour le Département d'État, et d'accepter aussi quelques autres missions ; mais j'ai toujours eu en mémoire l'indifférence criminelle de l'Amérique envers les Juifs d'Europe, j'ai toujours su ce dont ce pays était capable en termes d'abjection, si bien que mon engagement contre le communisme n'impliquait aucune indulgence envers Washington, ni aucune véritable adhésion politique. J'ai toujours été une « saleté d'indépendant polonais », comme me l'a aimablement fait savoir un bureaucrate de la Maison-Blanche. Je précise à ce propos que je n'ai jamais donné dans cette infecte opération de police qu'on a appelée la « chasse aux sorcières ». J'étais anticommuniste parce que j'étais polonais. Pour un Polonais, un communiste est quelqu'un qui reste bras croisés au bord d'un fleuve tandis que vos amis se font égorger sur l'autre rive. Pour un Polonais, un communiste est quelqu'un qui, dans la forêt de Katyn, appuie un revolver contre votre nuque. Et puis, un matin, j'ai lu dans le journal que la guerre était finie. Je n'en revenais pas : « VICTORY IN EUROPE DAY », c'était écrit en gros titres. J'étais sur un banc à Central Park, le ciel était bleu, une lumière douce traversait le feuillage des ormes. La guerre n'était pas finie, c'était un mensonge, la guerre ne s'arrête jamais. Il était impossible de parler de « victoire », de « paix », de « monde libre ». Ce que j'avais essayé de faire entendre s'étalait à présent dans les journaux, les photographies du camp de Bergen-Belsen stupéfiaient le monde. On comptait les cadavres, on n'arrêterait plus, pendant des années, de compter les cadavres. Bien sûr, les nazis étaient défaits, Hitler s'était suicidé, mais la barbarie n'était pas vaincue, comme on le clamait partout. Déjà, Staline recyclait les camps que l'Armée rouge ou les Américains avaient libérés ; à peine celui de Buchenwald était-il vidé qu'il y emprisonnait des opposants politiques, et parmi eux des milliers de Polonais. Les soldats de l'Armée polonaise étaient entrés dans Berlin aux côtés de l'Armée rouge, et une fois la ville conquise, les Soviétiques s'étaient retournés contre les Polonais, et les avaient emmenés pourrir dans les camps allemands désormais disponibles, et jusqu'en Sibérie. J'étais plein de rage, et cette rage m'empêchait de prendre part à la fête. Il n'y avait pas de victoire, il n'y avait pas de paix. Plus personne ne trouverait le repos, parce que la différence entre la guerre et la paix n'existerait plus, et que le crime déborde le monde. Je me suis promené toute la journée dans les rues de New York pour essayer de me calmer. C'est ce jour-là que j'ai vu pour la première fois *Le Cavalier polonais* de Rembrandt. C'est un petit tableau rouge et brun qui est à la Frick Collection, il représente un jeune homme traversant le crépuscule sur un cheval blanc. J'ai tout de suite aimé son allure, son air farouche, sa noblesse ; il y avait quelque chose en lui de doux et d'intraitable à la fois, ce calme propre aux guerriers qui se reposent. À tous les moments décisifs de ma vie, je suis allé voir *Le Cavalier polonais*. À chaque fois, il m'a fait du bien. Car la plupart du temps, il m'est impossible de penser. Depuis 1945, je ne fais que penser, et en même temps je n'arrive pas à penser : la nuit blanche envahit ma tête, c'est elle qui pense. Pour penser, il faut un calme que je n'arrive pas à trouver dans ma vie ; et ce calme, je le trouve en allant voir *Le Cavalier polonais*. Il y a une banquette en velours bleu, je m'installe. Les gardiens me font un petit signe, on se connaît depuis le temps. Eux aussi sont des immigrés, des « migrants » comme on disait alors, des exilés hongrois pour la plupart. Je me laisse envahir par la lumière chaude des bruns, des roux, par cet éclat de ciel gris-vert qui habille les ombres, et fait doucement flotter le regard du cavalier entre le défi et la rêverie. Chaque fois, j'observe tout méthodiquement : le velouté rouge du pantalon, le détail du sabre, de l'arc et du carquois, le mouvement blanc du cheval, et ce paysage qui semble consumer dans sa braise de très anciens champs de bataille, qui fait crépiter le temps lui-même, la couleur de sa ruine, et celle, plus mystérieuse encore, de l'attente. Depuis la première fois, ce que j'aime le plus, c'est le geste du cavalier : poing sur la hanche — un geste d'officier, la nonchalance de l'aristocrate. Ce geste, je l'avais répété moi-même des centaines de fois devant un miroir, à l'École militaire, afin de me donner une attitude de jeune seigneur ; puis avec mes amis, lorsque j'étudiais en Angleterre pour devenir un diplomate, et plus tard enfin, tandis que le rêve d'une Pologne libre s'abîmait dans les charniers de Katyn, je refaisais ce geste, sans même y penser, et c'était comme un code, le signal de mon retour à la vie. À travers ce geste, c'est ma solitude qui parlait — et je la découvrais invaincue. Au bout de cinq années de guerre, quelque chose de ma jeunesse se ranimait, et avec elle ma foi dans ce qui est inflexible. Je me disais : l'invivable règne, mais quelque chose de plus secret existe en même temps, une chose intacte qui résiste aux attaques, et vous lance à travers la lumière. Alors ce jour de mai 1945 où le monde se célébrait lui-même, j'ai compris que j'étais exclu de ce monde, mais qu'autre chose naissait en moi, ou plutôt ressuscitait. J'étais de nouveau avec ma solitude ; et avec elle, de nouveau, j'avais confiance. Face au *Cavalier polonais* de Rembrandt, j'ai pensé qu'il était devenu impossible de vivre en Pologne, impossible d'être polonais, parce qu'être polonais serait désormais synonyme de honte ; et même si les Polonais n'étaient pas responsables de l'extermination des Juifs, on allait se mettre à les voir comme des bourreaux. Même si trois millions de Juifs polonais avaient été exterminés, on allait se méfier maintenant des Polonais. C'est ainsi que la Pologne est devenue le nom propre de l'anéantissement, parce que c'est en Pologne qu'a eu lieu l'extermination des Juifs d'Europe. En choisissant ce territoire pour accomplir l'extermination, les nazis ont aussi exterminé la Pologne. Il n'est plus possible aujourd'hui d'être polonais, il n'est plus possible de vivre en Pologne, parce que l'horreur de l'extermination rejaillit sur elle. Et même si les Polonais ont été victimes des nazis, et victimes des staliniens, même s'ils ont résisté à cette double oppression, le monde verra toujours dans les Polonais des bourreaux, et dans la Pologne le lieu du crime. C'est pourquoi, face au *Cavalier polonais* de Rembrandt, j'ai pris la décision de rester en Amérique. Il y a longtemps que je n'ai plus de pays, presque un demi-siècle, cinquante ans d'exil. J'ai passé mon temps à penser à la Pologne, à parler de la Pologne, à défendre la Pologne, mais aujourd'hui je peux dire que mon véritable pays, c'est *Le Cavalier polonais* de Rembrandt. Face au *Cavalier polonais*, je regarde, j'écoute — je suis enfin chez moi. Si j'habite quelque part, ce n'est pas à New York, ce n'est ni à Varsovie ni à Łódź, c'est ici, dans cette salle encombrée de touristes, où face à moi, *Le Cavalier polonais* sourit, où l'histoire du XXᵉ siècle se rejoue à travers un sourire qui, peu à peu, est devenu le mien. À partir du 8 mai 1945 commence la période la plus sombre de ma vie. J'ai pris une chambre dans un petit hôtel de Brooklyn. Insomnies, fièvres. Sans m'en rendre compte, j'ai commencé à vivre en silence. Je n'ai plus ouvert la bouche. Il y a eu Hiroshima et Nagasaki, c'est-à-dire la continuation de la barbarie par le prétendu « monde libre » ; il y a eu le procès de Nuremberg, c'est-à-dire le maquillage de la responsabilité des Alliés. Chaque fois que j'ouvrais un journal, je découvrais un mensonge. Il me fallait deux ou trois heures de marche dans les rues de New York pour me calmer. Il me semble qu'à chaque instant c'était la nuit ; il me semble aussi que je continuais à me cacher, comme en Pologne. De quoi est-ce que je me protégeais exactement ? De la folie, peut-être — du néant. J'étais au bord de cette simplicité qui vous supprime. Mais j'ai toujours eu la tête solide, je n'ai jamais renoncé à me battre, surtout contre le désespoir. L'ambassade m'aidait un peu à survivre, mais j'étais incapable de travailler, ou de me « chercher une situation », comme ils disaient. Les Polonais de New York ne me supportaient plus, ils disaient que je ne voulais pas comprendre ce qu'est la paix, que je continuais la guerre tout seul : ils m'enjoignaient de tourner la page, mais en réalité ce qu'ils ne supportaient pas, c'était de voir à quel point ils l'avaient tournée si vite. Moi, je ne parvenais pas à oublier, je m'enfonçais peu à peu dans cette nuit blanche d'où je vous parle aujourd'hui. Il y a eu des chambres, des murs, beaucoup de murs, la contemplation des plafonds, des journées entières à fixer une lézarde. Et puis le silence. J'ai pensé d'abord que ce silence allait m'abriter. Mais lorsqu'on ne parle plus, on est à chaque instant en première ligne. On ressent violemment la moindre émotion, il n'y a plus de filtre — on n'est plus qu'une émotion à vif. Et puis j'ai découvert que seul le silence est libre. Lorsqu'on fait vœu de se taire, on tranche les dernières attaches, on échappe à tout ce qui retient. Il y a quelque chose d'absolu dans le silence, une fierté qui m'a sauvé la vie. Car je me suis séparé alors des autres pour m'ouvrir à ce qui seul pouvait répondre à ma détresse. À cela, aucun humain n'était en mesure de répondre, ou peut-être est-ce moi qui n'étais plus capable d'approcher un humain. Peut-être désirais-je échapper une fois pour toutes à la sourde oreille des humains, à cet empêchement qui leur ferme l'écoute. L'éditeur de mon livre avait raison : j'étais un loup. *Longer à pas de loup la mince cloison qui me sépare de moi-même.* Où ai-je lu cette phrase ? Longer à pas de loup la mince cloison qui me sépare de moi-même, c'est exactement ce que j'ai fait pendant les dix années qui ont suivi la guerre. Et puis se taire, c'est plus facile qu'on ne le croit. Au fond, personne ne vous demande rien. À la boulangerie, quelques gestes suffisent. Quelqu'un qui ne veut pas parler, on ne le dérange pas. Alors voilà, j'ai cessé de parler, je suis devenu muet. La nuit, j'entendais une voix qui me disait de me jeter par la fenêtre, puis je regardais cette voix grimper le long d'une fissure, c'est elle finalement qui sortait de la chambre. Car le silence est un désert, mais c'est un désert qui vous rafraîchit — qui vous rénove. Durant cette période où je ne parlais pas, j'ai eu souvent la sensation d'être dans le vide. J'avais sauté dans le vide, mais je n'étais pas tombé : j'étais suspendu dans le saut. Je l'ai dit : j'ai marché dans les rues de New York pendant des années, et ma solitude n'a fait que grandir ; elle s'est améliorée. J'ai beaucoup lu, j'ai passé mes après-midi, mes soirées dans les bibliothèques, le plus souvent à la New York Public Library, où j'avais une place, toujours la même. Il n'est pas facile de savoir si je souffrais, car dans ces régions la froideur s'égale au réconfort, et puis l'errance ne se mesure pas. Lorsque la nuit blanche commençait, il y avait ce que j'appelle le *moment de l'araignée*. Il n'est pas possible de combattre une araignée, si une araignée s'adresse à votre peur, il faut que votre peur devienne araignée. Il faut que vous soyez d'abord cette araignée afin qu'un passage s'ouvre en vous, et que s'ajuste la distance qui vous laissera indemne. Des livres commençaient à paraître sur l'extermination, j'allais à la New York Public Library pour les lire. Je les lisais avec lenteur, consciencieusement ; au fur et à mesure de la lecture, je sentais mon ventre se nouer, et ma gorge mourir. C'était comme avec l'araignée : il était nécessaire que je coïncide brutalement avec le livre, pour être capable de m'en délivrer. Lorsque je revenais dans ma chambre, après avoir lu un livre, j'étais au bord de l'asphyxie. Alors j'endurais, les yeux ouverts, allongé dans le noir ; et puis vers le milieu de la nuit, ça tournait : les phrases que j'avais lues étaient passées dans mon sang. Je ne les avais pas éloignées, comme font la plupart de ceux qui lisent : au contraire, elles vivaient en moi, j'écoutais leur murmure. Lorsque vous cessez de vous protéger contre le pire, une étrange faveur se fait jour ; elle glisse la nuit le long du mur, jusqu'à cette lézarde que j'ai appris à aimer, parce qu'elle vient du sol et s'étire jusqu'au vasistas, là-haut, qui s'ouvre à l'air libre. Et je savais que le jour où je saurais m'immiscer dans la lézarde, et devenir moi aussi ce zigzag jusqu'au ciel, j'aurais obtenu ce qui seul vous est donné par l'adversaire. Il est bon de persister au cœur de la nuit, parce que c'est elle qui protège la lumière : c'est ce que m'a dit un rabbin à Jérusalem, lorsqu'au mémorial de Yad Vashem on a fait de moi un « Juste parmi les nations ». Je croyais avoir toujours échoué, je pensais vivre depuis le début de la guerre dans l'échec, et ce rabbin m'a dit que mes nuits blanches abritaient une lueur, et que c'est sur elle que je veillais. Selon le rabbin, *j'habitais la lueur assombrie d'une victoire.* Et même si je n'avais pas réussi à délivrer mon message, je le portais encore en moi, avec la fidélité du témoin dont la parole attend son heure. Les hommes meurent, mais la parole ne meurt jamais, disait-il ; et mon deuil était avant tout une manière de prendre soin de cette parole, de la laisser résonner en silence. C'est moi qui écoutais cette parole que personne n'avait voulu entendre ; et avec le temps, elle s'écoutait en moi — elle me consacrait. J'avais été *consacré par une parole* parce que j'avais porté cette parole en dépit de tout, c'est ce que le rabbin m'expliquait à Jérusalem, quelques heures avant que le mémorial de Yad Vashem ne fasse de moi un « Juste devant les nations ». Mais à l'époque, dans les années qui ont suivi la guerre, j'avançais en pleines ténèbres. Les ombres me dévoraient lentement ; et comme je ne voulais pas oublier mes hantises, j'affrontais ces ombres. L'insomnie protège la mémoire. J'ai longtemps eu peur, en m'endormant, d'oublier le message. Lorsque je traversais les lignes ennemies, pendant la guerre, j'avais pris l'habitude de ne pas fermer l'œil. C'était à cause du danger, mais surtout parce que j'avais peur, au réveil, d'avoir oublié. Ainsi, après la guerre, ai-je continué à veiller ; la nuit blanche est devenue ma compagne. Les souvenirs, évidemment, il y en a des centaines, les éclats ne manquent pas ; mais ce qui a vécu le plus intensément dans ma vie, ce qui continue à me faire parler, ce sont les nuits blanches. Un tunnel, avec ce goût blafard dans les yeux, et l'aube qui pousse comme une mauvaise herbe. Les nuits blanches ressemblent aux pays pluvieux. Lorsqu'il pleut, on entend les cloches. J'ai remarqué cela dans mon enfance, à Łódź. Si l'on se concentre bien, si on tend l'oreille, alors à chaque instant il fait nuit, et la nuit est blanche, et il pleut. Qu'on soit en Pologne ou à New York, dans une geôle de la Gestapo ou dans une chambre d'hôtel à Brooklyn, qu'on soit heureux ou malheureux, abandonné de tous ou entouré d'amour, on entend les cloches. Est-ce que Dieu est mort à Auschwitz ? On m'a posé un jour cette question, mais elle est sans réponse ; il n'y a jamais de réponse à l'abandon, et il n'a jamais existé de pire abandon que celui des Juifs d'Europe. Non seulement les Juifs d'Europe ont été abandonnés par les hommes, mais ils ont été abandonnés par Dieu. Les Juifs d'Europe ont été les personnes les plus abandonnées au monde parce qu'elles ont été abandonnées par l'abandon lui-même. Je pense que mon vœu de silence était une manière de rendre hommage à cet abandon, et de m'approcher de ce qu'il a de plus invivable ; de ne pas laisser seuls les Juifs d'Europe exterminés, de ne pas abandonner les morts. Je pense que seuls les abandonnés sont capables d'escorter les abandonnés. Si je suis resté tant d'années silencieux, ce n'était pas seulement parce que ma parole avait échoué à transmettre le message, ni même parce qu'elle avait échoué à stopper l'extermination ; ce n'était pas seulement parce que cette parole n'avait sauvé personne : c'était pour m'enfermer dans ce tombeau où Dieu et l'extermination sont face à face, où l'extermination regarde silencieusement l'absence de Dieu. Dans le silence du face à face entre Dieu et l'extermination, au cœur même de cette absence, j'ai cru pouvoir tenir, et faire ainsi mon deuil. J'ai laissé venir à moi toute la désolation de ce face à face, je l'ai laissée m'envahir, je n'étais plus rien que cette désolation. J'ai pensé que l'extermination, en exterminant des millions de Juifs, avait exterminé la possibilité d'un dieu. J'ai pensé que ce dieu ne connaissait pas le secours, ni la charité. J'ai pensé aussi qu'il avait maudit les hommes. Que son impuissance était à la mesure de la puissance de l'extermination. Mais aussi que la défaite de sa puissance n'était pas celle de sa bonté, et que Dieu lui-même était en deuil, et qu'il s'était condamné au silence. Bref, je ne savais plus ce que je pensais. Rien, sans doute, c'était un vertige. Et puis quel dieu, d'abord ? Celui des catholiques ? Celui des Juifs ? Je ne parlerai pas plus longtemps de ces questions, elles sont trop grandes pour moi. Les mystères dont j'ai été la proie au long de ces années continuent sans moi, peut-être même sans personne. Car il est impossible de vivre au cœur de l'abandon, un tel deuil n'est pas concevable : sans doute est-il impossible de faire le deuil de l'extermination, comme il est impossible, sur un autre plan, de faire le deuil de Dieu, ou celui de son absence. C'est un deuil dont les proportions débordent celles du monde, un deuil qui dépasse les possibilités de chaque homme. C'est durant ces années de silence que j'ai découvert les livres de Franz Kafka ; tout de suite, je m'en suis senti le frère. Joseph K. et moi, on avait les mêmes initiales : J.K., les initiales de l'exil. Voilà quelqu'un qui m'a écouté : les oreilles de Kafka n'étaient pas bouchées ; au contraire, personne n'a eu les oreilles plus ouvertes que lui. Au cours de ma vie, j'ai beaucoup plus parlé avec Kafka qu'avec n'importe quel autre homme soi-disant vivant. C'est sans doute parce que lui aussi avait été un messager. Il arrive que les messagers, à force de rechercher celui qui sera capable d'écouter leur message, se perdent, et abordent des régions inconnues ; ainsi découvrent-ils des vérités qui auraient dû rester dans l'ombre ; ils en conçoivent une inquiétude qui leur ferme les portes de la compréhension, mais leur ouvre d'autres portes, plus obscures, et même infinies. Lorsque j'ai rencontré Pola, on venait juste de me faire savoir que j'étais devenu citoyen américain. C'était en 1953, j'avais repris des études, et j'allais commencer à enseigner. Jan Karski n'était pas mon vrai nom, mais puisque j'étais entré sur le territoire avec ce nom, il m'était impossible d'en changer, encore moins d'avouer que ce nom était faux : en Amérique, c'est un délit grave. J'ai donc gardé toute ma vie mon nom de résistant. Je suis Jan Karski, ancien courrier de la Résistance polonaise, professeur d'université à la retraite. Après toutes ces années d'errance, je reprenais vie. Je me suis mis à aller tous les soirs à Broadway. J'adorais le music-hall, j'adorais les films avec Fred Astaire et Gene Kelly. J'aimais aussi la danse contemporaine, et c'est lors du spectacle d'une jeune troupe européenne que j'ai rencontré Pola. Elle dansait avec une dizaine de jeunes gens anglais, polonais, français sur *La Nuit transfigurée* de Schoenberg. Dès ce premier soir, à l'instant même où Pola est apparue sur la scène du petit théâtre de Greenwich Village, où, vêtue entièrement de noir, elle a commencé à tourner sur elle-même, où ses gestes, l'un après l'autre, se sont déployés, je l'ai aimée. C'est la solitude de Pola qui m'a plu, la manière dont la solitude parlait en elle. Seule la solitude est digne d'amour, et lorsqu'on aime une personne, c'est toujours à ce qu'il y a de plus seul en elle que s'adresse cet amour. J'ai compris ce soir-là, tandis qu'une femme défiait l'abîme qui s'ouvre sous chacun de nos gestes, que la seule chose qui peut tenir face à l'abîme, c'est l'amour ; seul quelque chose comme l'amour est capable de tenir face à l'abîme, parce que précisément l'amour n'existe que comme abîme. Ce soir-là, en rentrant dans ma chambre, après avoir été présenté à Pola Nirenska, après avoir été troublé par son sourire, le sourire de celle qui a tout perdu et qui considère que rien n'est jamais perdu, j'ai pensé que l'instant où la solitude de l'autre vous regarde ouvre cet abîme. Il se referme vite. Mais s'il se rouvre aussitôt, s'il se rouvre au point de ne plus se refermer, alors cet abîme se change en ce qu'on appelle l'amour. J'étais si heureux ce soir-là qu'avec mes amis, et ceux de Pola, j'ai parlé à tort et à travers, tout le monde était joyeux, les horribles années étaient derrière nous, et Pola Nirenska me regardait, et je la regardais, et j'avais deviné tout de suite ce qu'avaient été pour elle les horribles années, de même qu'elle avait deviné, dès le premier regard, combien ces années avaient été horribles pour moi, mais que seul l'avenir pourrait nous combler, et que nous n'avions envie que de cela : l'avenir — pour toujours. Elle dansait depuis l'âge de huit ans, elle avait d'abord dansé dans une école à Cracovie, après le Conservatoire de musique, puis à Londres, lorsqu'elle avait quitté la Pologne à cause des premières mesures anti-juives, et que ses parents étaient partis de leur côté en Palestine, puis elle avait dansé à New York, où elle dirigeait une petite troupe. Elle était pâle, blonde, toute mince ; elle avait cette grâce des femmes que les secrets rendent lointaines ; elle parlait avec une distinction fragile. Pour moi elle était à la fois l'incarnation de l'esprit d'avant-garde, c'est-à-dire New York, le Village ; et en même temps, elle était la Pologne, c'est-à-dire l'éternelle douceur. Lorsque quelqu'un a récité ce soir-là un poème de Mickiewicz, nous avons tous pleuré, mais ce n'était pas sur la Pologne que nous pleurions ; si nous pleurions, c'était au contraire parce que nous étions si heureux loin de la Pologne. J'ai parlé ce soir-là du *Cavalier polonais* de Rembrandt. Savait-elle qu'à deux pas d'ici, juste à côté de Central Park, à la Frick Collection, il y avait un tableau qui était le plus beau tableau du monde, un tableau qui parlait de notre solitude ? Rembrandt avait deviné que cette solitude n'était pas seulement faite de malheur, mais qu'il y avait en elle un secret qui l'arrachait au pire, et qui, peut-être, la sauvait. Il fallait bien regarder le sourire du *Cavalier,* ai-je dit à Pola, parce que son sourire brillait dans les ténèbres. Je n'ai pas osé dire à Pola, ce soir-là, que ce sourire était le même que le sien, mais je l'ai invitée à venir voir *Le Cavalier polonais* de Rembrandt avec moi, quand elle voudrait. Je l'ai attendue sur un banc, à Central Park. Le feuillage des ormes était rouge, la lumière glissait bien sur cette journée d'automne. Pola est arrivée, et il me semblait naturel qu'elle soit là, comme si nous étions ensemble depuis toujours. À la Frick Collection, nous sommes allés directement dans la salle des peintures hollandaises. La chaleur du *Cavalier polonais* nous enveloppait. Pola a regardé longuement le tableau sans rien dire, elle souriait, je souriais, le cavalier souriait. Je lui ai désigné la petite tache du plumet rouge sur la coiffe du cavalier ; tout de suite elle y a vu le sang versé pour la Pologne, cette lutte pour l'indépendance qui court à travers l'histoire. Et puis, dans la coiffe du *Cavalier*, sous ce galon de laine noire, nous avons deviné une couronne. Quel est donc ce royaume dont le *Cavalier polonais* semble porter l'espérance ? Ce n'est pas celui de l'ancienne Pologne, c'est une royauté plus intime, presque imperceptible, une royauté sans terre ni pouvoir, qui fait de vous quelqu'un de libre. C'est en sortant du musée, ce jour-là, tandis que nous nous promenions dans une allée de Central Park, que j'ai demandé Pola en mariage. Nous nous connaissions à peine mais, depuis une heure, j'avais le sentiment que nous nous connaissions très bien. Car ce n'est pas nous qui venions de contempler *Le Cavalier polonais*, ai-je dit à Pola, mais lui qui venait de nous contempler ; et en nous contemplant, il nous avait vus ensemble, il avait vu un couple. En un sens, c'est lui, *Le Cavalier polonais* de Rembrandt, qui avait fait de nous un couple, il nous avait vus comme un couple, il nous avait mariés. C'est pourquoi j'ai demandé à Pola si elle voulait être ma femme, et alors elle m'a répondu par un sourire, celui qu'elle a quand elle danse, le sourire qu'on voit dans le tableau de Rembrandt ; et grâce à ce sourire, j'ai su que c'était oui. Même si elle n'avait pas dit « oui », c'était « oui » : ce n'était pas un « oui » pour tout de suite, mais c'était quand même « oui ». Plus tard, quand nous nous sommes mariés, je lui ai rappelé ce « oui » qu'elle avait prononcé par un simple sourire, le « oui » du plaisir à venir, un « oui » que j'avais appris à connaître, et qui lui venait surtout lorsqu'elle dansait, car alors tout son corps disait « oui », et ce « oui » allait tellement loin qu'il semblait déborder son corps et emporter ses bras, ses jambes et sa chevelure dans les plis et les replis d'une affirmation, et elle s'en souvenait très bien. J'ai commencé à enseigner à l'université Georgetown. Parler devant des étudiants a tout de suite été une joie : en même temps que la parole, je retrouvais le désir d'être entendu ; la possibilité d'être entendu me redonnait foi en la parole. Comme dix ans plus tôt, pour ces conférences où j'avais sillonné l'Amérique, je me remettais moi aussi à écouter, à entendre ce que chaque étudiant avait à dire. Enseigner m'a sorti de mon isolement, et m'a délivré de mes sortilèges ; c'est en parlant avec des étudiants que je me suis remis à penser. Je suis passé de l'obsession à la pensée. J'ai cessé de ressasser mon histoire comme un désastre personnel, j'ai arrêté de me considérer comme une victime ; j'ai commencé à voir ce qui m'était arrivé comme une expérience plus générale, liée au xxe siècle, c'est-à-dire à l'histoire du crime.

Au fond, j'avais fait l'expérience de la fin de ce qu'on appelle l'« humanité ». Il faut faire attention avec ce mot, disais-je à mes étudiants, peut-être même n'est-il plus vraiment possible de l'utiliser, parce qu'il a servi d'alibi aux pires atrocités, on l'a employé pour couvrir les causes les plus abjectes, et cela aussi bien du côté occidental que du côté communiste. Le mot « humanité » s'est tellement compromis au cours du XXᵉ siècle qu'à chaque fois qu'on l'emploie, il semble qu'on se mette à mentir. Il n'est même pas possible de parler de « crime contre l'humanité », comme on s'est mis à le faire dans les années soixante, lorsqu'on a jugé Eichmann à Jérusalem : parler de « crime contre l'humanité », c'est considérer qu'une partie de l'humanité serait préservée de la barbarie, alors que la barbarie affecte l'ensemble du monde, comme l'a montré l'extermination des Juifs d'Europe, dans laquelle ne sont pas impliqués seulement les nazis, mais aussi les Alliés. J'étais heureux d'avoir retrouvé la parole, et le cours d'histoire contemporaine, à Georgetown, puis à Columbia, prenait à mes yeux la forme d'un rite : quelque chose, dans ce cours, avait à voir avec mes nuits blanches. Il m'arrivait souvent de penser à une phrase de Kafka, une de ses phrases mystérieuses que j'avais lues durant mes années de silence : « Loin, loin de toi, se déroule l'histoire mondiale, l'histoire mondiale de ton âme. » Cette phrase m'était destinée, comme à chacun de mes étudiants, comme à vous. On croit que l'histoire mondiale se déroule très loin de nous, à chaque instant elle semble avoir lieu sans nous, et à la fin on se rend compte que cette histoire est celle de notre âme. Ce qui me parle dans la nuit blanche, et qui certains jours s'exprime en cours, c'est exactement ça : *l'histoire mondiale de nos âmes.* Je ne faisais pas seulement cours sur l'histoire de la Seconde Guerre mondiale, mais sur l'humanité perdue. C'est dans ces moments où j'abordais enfin le cœur des choses, c'est-à-dire non plus seulement la stratégie, les batailles, les dates, la diplomatie, mais l'histoire de l'infamie elle-même, que mes étudiants relevaient la tête et croisaient les bras. Je me disais : est-ce qu'ils cessent d'écrire et croisent les bras parce qu'ils ne sont pas d'accord ? Est-ce pour protester ? Ou, au contraire, est-ce parce qu'ils entendent quelque chose qui sort de l'ordinaire, quelque chose qui sonne comme une vérité ? Lâchent-ils à cet instant leur stylo parce que ce qu'ils entendent ne les intéresse pas, ou parce qu'ils sont sûrs de ne pas l'oublier ? Je n'ai jamais su, d'autant qu'à ce moment du cours, personne n'ose m'interrompre, et personne ne vient me parler à la fin de l'heure. Par exemple, chaque année, lorsque j'aborde le procès de Nuremberg, il y a un moment où ils cessent d'écrire et croisent les bras. Je raconte le déroulement du procès, puis j'explique en quoi les Alliés avaient besoin de ce procès pour se blanchir. C'est automatique, mes étudiants croisent les bras. Au procès de Nuremberg, dis-je, personne n'a soulevé la question de la passivité des Alliés : le procès de Nuremberg, savamment orchestré par les Américains, n'a jamais été qu'un masquage pour *ne pas* évoquer la question de la complicité des Alliés dans l'extermination des Juifs d'Europe. Bien sûr que les nazis sont les coupables, dis-je à mes étudiants, ce sont les nazis qui ont installé les chambres à gaz, c'est eux qui ont déporté les millions de Juifs d'Europe, qui les ont affamés, battus, violés, torturés, gazés, brûlés. Mais la culpabilité des nazis n'innocente pas l'Europe, elle n'innocente pas l'Amérique. Le procès de Nuremberg n'a pas seulement servi à prouver la culpabilité des nazis, il a eu lieu afin d'innocenter les Alliés. La culpabilité des Allemands a servi à fabriquer l'innocence des Alliés, dis-je à mes étudiants, qui m'écoutent bras croisés. Il ne faut pas croire qu'en 1945 on a libéré les camps, dis-je, il ne faut pas croire qu'en 1945 on a gagné la guerre : en 1945 on a enterré les dossiers, en 1945 on a effacé les traces, en 1945 on a lancé la bombe atomique. La même année, à quelques mois d'intervalle, il y a eu d'une part le bombardement d'Hiroshima et de Nagasaki, et d'autre part le procès de Nuremberg, sans que personne ne voie la moindre contradiction entre les deux. Ainsi 1945 n'est-elle pas l'année où la guerre a pris fin, dis-je à mes étudiants, c'est la pire année dans l'histoire du XXe siècle : celle où l'on a osé falsifier le plus grand crime jamais commis en commun — où l'on a osé mentir sur les responsabilités. Car l'extermination des Juifs d'Europe n'est pas un crime *contre* l'humanité, c'est un crime commis *par* l'humanité — par ce qui, dès lors, ne peut plus s'appeler l'humanité. Prétendre que l'extermination est un crime *contre* l'humanité, c'est épargner une partie de l'humanité, c'est la laisser naïvement en dehors de ce crime. Or l'humanité tout entière est en cause dans l'extermination des Juifs d'Europe ; elle est tout entière en cause parce que, avec ce crime, l'humanité perd entièrement son caractère d'humanité. On devrait tous reconnaître qu'après l'extermination des Juifs d'Europe, il n'y a plus d'humanité, que cette valeur est obscène, qu'on ne peut plus en appeler à l'humanité comme à un critère qui nous protège, et nous exonère de nos responsabilités : avec l'extermination des Juifs d'Europe, l'idée même d'humanité a disparu. À cette époque, j'étais hanté par la mort de Staline. Je me souviens très bien de ce jour de 1953 où l'on a annoncé sa mort. Je suis allé acheter une bouteille de champagne, et je l'ai bue seul, dans ma chambre, en pleurant. J'ai bu à tous mes compagnons liquidés par Staline, à tous mes amis morts dans les camps de prisonniers, à mes camarades exécutés à Katyn, et tout seul, ivre, j'ai entonné à voix basse ce chant à la gloire de la Pologne que m'avait appris mon père, lorsque lui-même s'était battu, en 1920, contre l'Armée rouge, et que l'Armée polonaise l'avait vaincue. Staline s'était alors juré d'anéantir tous les Polonais, comme il avait tenté, dans les années trente, d'anéantir tous les Ukrainiens, et finalement, c'était lui qui était mort. Je chantais : « La Pologne n'est pas encore morte, tant que nous sommes vivants. » Staline était mort, et moi j'étais vivant. Lorsqu'il est mort, Staline n'a pas cessé, durant son agonie, de montrer du doigt l'image d'un agneau fixée contre le mur, ce même mur du Kremlin qu'il avait couvert de crachats la nuit de la mort de sa femme ; peut-être, à travers ce geste de désigner l'agneau, s'identifiait-il à tous les agneaux qu'il avait fait massacrer : il s'était toujours identifié à ses victimes au point d'en jouir, et d'exiger à chaque exécution qu'on lui raconte au téléphone comment le condamné avait vécu ses derniers moments, quelles avaient été ses dernières paroles, comment sa nuque avait tremblé ; et ainsi, au moment de mourir, Staline montrait-il une dernière fois quelle était sa jouissance, et combien faire succomber les agneaux avait été pour lui un destin, combien il avait cherché, en supprimant chaque agneau de ce monde, à raturer l'idée même d'agneau, afin que personne sur terre ne puisse se dire innocent, et que l'idée même d'innocence n'existe plus car, au bout du compte, c'est lui, et lui seul, qui, à ses propres yeux, était l'innocent, et confondant la victime et le bourreau, il s'identifiait dans son délire avec l'agneau du sacrifice. On parlait souvent, Pola et moi, du massacre de Katyn, parce que nous avions des amis qui avaient trouvé la mort là-bas. On pensait elle et moi que le monde n'avait pas rendu justice aux officiers polonais exécutés à Katyn ; que le monde ne connaissait pas ce massacre — et que son occultation relevait de la vengeance. Entre avril et mai 1940, plus de vingt mille officiers polonais qui étaient en captivité furent assassinés par le NKVD, la police politique de Staline ; et parmi eux quatre mille furent transportés en camion jusqu'à la forêt de Katyn, près de Smolensk, à cinquante kilomètres de la frontière biélorusse, où ils furent abattus d'une balle dans la nuque et ensevelis dans des fosses communes. Il ne s'agissait pas vraiment de militaires : c'était des jeunes gens qui, comme moi, avaient été mobilisés en août 1939, des intellectuels, des médecins, des chercheurs, des juristes, des ingénieurs, des aumôniers, des enseignants. En les liquidant, Staline et Beria privaient la Pologne de son intelligentsia, et lui interdisaient toute possibilité d'avenir. J'ai connu certains de ces officiers dans le camp de Kozielszyna, l'un des huit camps où les Soviétiques rassemblaient les prisonniers polonais ; et moi aussi j'aurais fini dans une fosse commune, à Katyn, avec une balle dans la nuque, si je n'avais pas déclaré, par ruse, que j'étais un ancien ouvrier, et si je ne m'étais pas fait passer pour un simple soldat, avant de m'évader. Sur l'acte d'exécution du 5 mars 1940, signé par Staline, Vorochilov et Beria, les Polonais sont désignés comme des « ennemis acharnés et irréductibles du pouvoir soviétique » ; ils sont condamnés à mort, sous le prétexte qu'ils seraient « contre-révolutionnaires ». Le massacre de Katyn était donc un nettoyage de classe : pour les Soviétiques, nous avons toujours été des aristocrates. Staline, comme tous les damnés, avait horreur de la noblesse. Je ne parle pas de la noblesse de sang. Mon père était bourrelier. Je parle de cette exigence de l'esprit qui s'insurge contre la bassesse. Je parle du *Cavalier polonais*. Et puis, en plus d'avoir commis un crime de guerre, les Soviétiques ont fait croire qu'ils n'en étaient pas les responsables ; pendant presque un demi-siècle, jusqu'à l'arrivée au pouvoir de Boris Eltsine, en 1991, ils ont rejeté la responsabilité de ce massacre sur les nazis, et le monde a cru ce mensonge — a préféré le croire. Les commissions d'enquête ont été truquées, car il était impossible d'accuser Staline pendant la guerre sans faire le jeu de la propagande nazie ; et puis, après la guerre, les Soviétiques étaient devenus les maîtres de l'Est : lorsqu'un événement se déroulait sur ce territoire, c'est eux qui décidaient s'il avait lieu ou non. Les Alliés occidentaux ne pouvaient pas se permettre, en 1945, d'entrer en conflit avec les Soviétiques ; ainsi le tribunal de Nuremberg préféra-t-il décréter, concernant Katyn, qu'on manquait de preuves. Il y a une histoire que je raconte chaque année à mes étudiants, parce que je sais qu'ils vont s'arrêter d'écrire et croiser les bras, c'est celle du capitaine George Earle. En 1944, Roosevelt missionne cet homme pour enquêter sur Katyn. Earle cherche des informations, utilise ses contacts en Bulgarie et en Roumanie, et découvre que, malgré leurs dénégations, ce sont les Soviétiques, et non pas les nazis, qui ont perpétré ce massacre. Roosevelt rejette alors cette découverte, il ordonne la destruction du rapport ; et quand Earle insiste pour le publier, le président lui intime l'ordre par écrit de ne pas le faire, puis s'en débarrasse en l'affectant aux îles Samoa. Roosevelt déclare solennellement que l'affaire de Katyn ne représente « rien d'autre que de la propagande, un complot des Allemands » et qu'il est « convaincu que ce ne sont pas les Russes qui l'ont fait ». Aujourd'hui, ce ne sont plus les mensonges d'État qui m'empêchent de dormir, mais plutôt la voix des morts. Si je ferme les yeux, ce sont mes camarades morts à Katyn que j'entends, c'est une plainte : est-ce leur prière ou la mienne ? Les ténèbres absorbent petit à petit chaque détail de ma mémoire, c'est pourquoi je continue à veiller. Je lutte, il ne faut pas que l'obscurité l'emporte. Vers trois heures du matin, comme toutes les nuits, Pola s'est levée pour boire un verre d'eau, elle me rejoint sur le divan où je fume une cigarette. Tous les deux, nous regardons par la fenêtre du salon la statue de la Liberté, puis elle retourne se coucher. Au moment où je commence à réciter le nom des officiers, la lumière traverse les sapins de Katyn. Ce sont les noms qui éclairent la nuit. Alors je *vois* : à la lueur des mots, je vois les derniers instants, je vois le moment où mes camarades vont mourir ; ils se débattent, il y en a qui tentent de s'enfuir, d'autres entonnent un chant, et se disent adieu. Les sureaux, les pruniers, les bouleaux de Katyn tremblent un peu cette nuit. Je vois le moment où mes amis tombent dans la fosse, où leurs genoux plient, où leur corps s'affaisse. Je continue à dire leurs noms : tant qu'on peut dire les noms, la clarté survit. Seul peut-être un nom chuchoté à l'envers de la mort prend soin de celui qui a vécu. Il est impossible de supprimer la vie d'un homme, parce qu'un homme existe dans la vie des autres, et ce qu'on appelle le temps agrandit l'existence de chacun parmi toutes les existences. À présent, je vois dans l'ombre la silhouette des policiers du NKVD : ils sont en bras de chemise, ils transpirent au bord des fosses, le soleil de Katyn est lourd en avril. Ils n'en peuvent plus d'assassiner, toute la journée les mêmes gestes, et ces corps partout qui tombent et s'ajoutent aux autres corps. On est obligé de les soûler à la vodka pour qu'ils continuent leur travail. La barbarie est toujours fastidieuse. Le jour où j'ai entendu la phrase de Sartre : « Tout anticommuniste est un chien », j'ai eu envie de vomir. Je me suis demandé si, pour Sartre, et pour la bonne conscience occidentale, les insurgés de Varsovie étaient des chiens ; si mes camarades exécutés dans la forêt de Katyn étaient eux aussi des chiens ; et si moi-même, malgré tous mes efforts pour venir en aide à des hommes et des femmes qu'on massacrait, je n'étais pas qu'un chien. Et bien sûr, les gens comme Sartre savent et ont toujours su ce qu'est la dignité : aucun risque qu'ils soient des chiens ; aucun risque qu'ils aient honte de prononcer de telles phrases. C'est pourquoi les Polonais, ceux que j'appelle des Polonais, et qui peut-être ne sont pas forcément liés à ce pays, sont tellement minoritaires. Je n'ai jamais cessé, toute ma vie, d'être minoritaire. En toute occasion, et aujourd'hui encore, à chacune de mes pensées, je fais cette expérience : *je suis la minorité*. Au fond, ce que j'appelle un Polonais, c'est quelqu'un qui fait cette expérience : un Polonais, quel que soit son pays, est la minorité elle-même. Au milieu des années soixante-dix, lorsqu'un étudiant a découvert mon livre, et qu'il est venu me le faire signer à la fin d'un cours, j'ai été non seulement surpris, mais intimidé : je ne croyais pas possible qu'on puisse retrouver un livre si ancien, ni même qu'on s'y intéresse. Je ne l'avais pas oublié, mais c'était comme s'il revenait de très loin, d'une époque où personne ne m'écoutait, où ne pas écouter faisait partie de la guerre. Les étudiants se sont mis à se raconter entre eux mon histoire, ils voulaient que je parle de ce qu'ils appelaient mes « aventures ». Jusqu'alors, j'étais juste ce professeur qui avait un accent polonais, le seul qui prenait le bus pour venir à l'université, parce qu'il n'avait pas le permis de conduire. Mais à partir de là, ma vie a de nouveau changé : ce sont les étudiants qui m'ont poussé à reprendre la parole. Ils trouvaient incroyable que je me sois retiré si longtemps, et que je n'aie plus rien dit en public depuis 1945. Ils comprenaient mon silence, mais selon eux, j'étais un « témoin », l'un de ceux dont je leur parlais dans mes cours : pas un survivant, mais quelqu'un qui avait vu quelque chose qu'on ne peut pas voir, et qui doit le faire entendre. Selon mes étudiants, je n'avais pas le droit de me soustraire, j'avais une responsabilité. Le témoin ne s'appartient pas, il n'appartient qu'à son témoignage, et celui-ci ne peut pas s'arrêter. Il est impossible, lorsqu'on est un témoin, de ne témoigner qu'une seule fois : quand on a commencé à témoigner, il faut témoigner sans cesse, la parole ne doit plus s'arrêter, il faut que le monde entier en profite. Ainsi est-ce en pensant à mes étudiants que j'ai répondu à Claude Lanzmann. En 1977, il m'avait écrit pour m'inviter à participer à un film qu'il était alors en train de réaliser sur l'extermination des Juifs d'Europe. Pour désigner l'extermination, il utilisait un mot hébreu — *Shoah* —, qui signifiait l'anéantissement. Il le trouvait plus juste que celui d'« holocauste », que les Américains continuent d'employer. Je lui donnais raison : le mot « holocauste » véhicule une idée de sacrifice, comme si les Juifs avaient été punis. Mais les Juifs n'ont pas été punis, ils n'ont pas été sacrifiés, ils ont été exterminés. Le film donnait la parole aux victimes, aux témoins, aux bourreaux ; Claude Lanzmann avait lu mon livre, et m'invitait à témoigner. Je n'ai pas accepté tout de suite, parce qu'il m'était douloureux de réveiller cette parole. Trente ans avaient passé, et j'avais encore peur d'*y retourner,* peur de plonger à nouveau dans cet enfer où la parole vous dénude, où vous êtes sans défense, exposé aux ténèbres. J'avais passé des années à me vouer à cette parole, est-ce qu'il fallait vraiment que je recommence ? Pola redoutait pour moi cette épreuve, elle redoutait ma souffrance. Le retour de la parole réveillerait une plaie, qui était aussi sa plaie à elle, la plaie de sa famille, la plaie de tous les Juifs d'Europe exterminés. J'ai attendu, Claude Lanzmann insistait. Une nuit, Pola m'a rejoint sur le canapé du salon, elle a pris une bouffée de ma cigarette, et m'a dit que cette plaie n'avait jamais cicatrisé et qu'il ne fallait surtout pas qu'elle cicatrise ; la pire chose qui pouvait arriver à cette plaie, c'est qu'elle cicatrise un jour, parce que si cette plaie cicatrisait, elle disparaîtrait peu à peu, et un jour on ne se souviendrait même plus qu'elle avait existé. Si je parlais à Claude Lanzmann, m'a dit Pola cette nuit-là, si de nouveau je racontais ce que les Juifs du ghetto de Varsovie m'avaient dit, si je disais ce que j'avais vu en traversant avec eux le ghetto, et comment le monde les avait ignorés, comment il avait ignoré les Juifs d'Europe, et les avait laissés se faire exterminer, si je disais cela à Claude Lanzmann, si j'en avais la force, alors elle serait très fière. J'ai compris cette nuit-là, grâce à Pola, qu'avec le temps la nature du message avait changé : reprendre la parole serait une manière de rendre hommage aux Juifs d'Europe, et de dédier cette parole à la famille de Pola ; et puis j'ai compris que moi-même, d'une manière plus mystérieuse, je faisais partie désormais de cette famille. Par la parole, j'étais entré dans le destin des Juifs d'Europe, dans la pensée qui les destine à la parole, dans le déploiement immense d'une méditation qui s'élargit à travers le temps. Et depuis que je connaissais Pola, j'avais approfondi la nature de ce lien, je ne portais plus seulement le message, j'y étais entré. À l'époque de mon vœu de silence, je lisais énormément de livres sur la pensée juive, mais la rencontre avec Pola m'avait rendu cette pensée familière, elle coulait maintenant dans mes veines, c'était la pensée même de notre amour, et cette pensée avait fait de moi un autre homme : j'étais toujours catholique, mais en même temps j'étais juif. J'étais un catholique juif. Le jour où j'ai rencontré Elie Wiesel, je lui ai dit cela : « Je suis un catholique juif », et tout de suite nous avons parlé de la vie spirituelle, de l'esseulement, et de cette récitation des noms par laquelle l'existence s'ouvre à cet abîme qu'on appelle le salut. Personne ne sait ce qu'est le salut, et pourtant la parole ne parle que de cela. C'est à cette époque, tandis que j'hésitais à répondre à Claude Lanzmann, que la parole a pris pour moi une véritable dimension spirituelle. La foi qui était la mienne jusqu'alors était sans rapport avec mon expérience de la parole ; j'étais un catholique à qui étaient arrivées certaines aventures avec la parole, mais entre ce catholicisme et cette parole, il n'y avait pas vraiment de rapport. C'est avec le temps que cette expérience du « message », comme je continuais à l'appeler, s'est mise à coïncider avec ma vie spirituelle. Et je l'ai dit, celle-ci avait pris la forme d'une étrange région où le catholique en moi rencontre le juif. Je ne veux pas en dire plus : dans ces régions, les frontières sont incertaines, je crois même qu'elles n'existent plus, si bien que la moindre affirmation semble de trop. Il m'est arrivé quelque chose, voilà tout, et cette chose, j'espère que vous l'entendez. Car durant toutes ces années, je n'étais pas resté à l'abri du message, je ne m'en étais pas détourné ; j'avais continué à le porter en moi, je n'avais rien oublié. À aucun moment cette parole n'avait cessé, et mon vœu de silence lui-même en avait fait partie. Le message avait toujours continué à se formuler la nuit dans ma tête ; il ne m'avait jamais laissé seul. Je me suis souvent dit qu'à cause du message de Varsovie, j'avais été l'homme le plus seul au monde ; et qu'en même temps, grâce à ce message, je n'avais plus jamais été seul. En juillet 1978, Claude Lanzmann m'écrivit une lettre dans laquelle il m'assurait de sa sympathie à l'endroit des Polonais : si quelqu'un était coupable de ne pas avoir secouru les Juifs, disait-il, ce n'étaient pas les Polonais, mais plutôt le monde occidental. Il tint même à me faire savoir que, durant un voyage récent en Pologne, il avait découvert combien les Polonais avaient risqué leur vie pour venir en aide aux Juifs. Ainsi n'avais-je plus aucune raison d'hésiter ; et puis j'avais en tête les paroles de Pola — alors j'ai dit oui. Claude Lanzmann et son équipe sont venus deux jours chez moi vers la fin de l'année 1978. Pola était nerveuse, et lorsque le tournage a commencé, elle ne l'a pas supporté, elle a pris la fuite. On a entendu la voiture démarrer, on ne l'a revue que le soir. J'étais moi aussi dans un tel état d'agitation que, dès le début, j'ai perdu le contrôle de moi-même ; je suis tout de suite sorti du champ de la caméra. Je ne voulais pas retourner en arrière dans le temps ; il m'avait fallu tellement d'années pour me sortir de là que mon corps résistait. Il ne voulait pas reprendre cette place qu'il occupait pourtant chaque nuit, sur ce canapé, à l'endroit exact où Claude Lanzmann me filmait, et qui était la place du témoin. Mais Claude Lanzmann et son équipe ont été extrêmement patients, et compréhensifs. J'ai raconté toute mon expérience, ça a duré huit heures. Lorsque *Shoah* a été projeté en 1985, je l'ai trouvé admirable. C'était un chef-d'œuvre. J'étais bouleversé, parce que ce film donne la sensation de l'immémorial ; et c'est précisément cette sensation que j'avais eue en 1942, lors de ma rencontre avec les deux Juifs du ghetto de Varsovie.

Cette émotion est encore la mienne aujourd'hui ; c'est à travers elle que je vous parle. Je revois la maison en ruine où nous avons eu rendez-vous, l'effroi des deux hommes, leurs silhouettes au milieu des gravats. Nous n'avions qu'une bougie pour nous éclairer ; ils tournaient en rond dans la nuit — leur déchirement était sans limites. Ils ne trouvaient pas leurs mots, aucun mot ne convenait, ils étaient au bord de la crise de nerfs. Quand je l'ai raconté dans mon livre, j'ai volontairement adouci la scène, parce que je ne voulais pas qu'on les prenne pour des égarés. Ils n'étaient pas égarés, ils n'étaient pas fous, simplement *ils savaient*. Et puis, face à la caméra de Claude Lanzmann, j'ai revécu cette scène avec une telle intensité que c'est eux qui parlaient en moi, c'est leur désespoir qui m'habitait. En faisant de moi leur émissaire, ils m'ont transmis leur solitude, et c'est elle que, face à Claude Lanzmann, je voulais faire entendre. Ou plutôt je ne voulais rien, ça s'est fait sans que je le veuille : la parole des deux Juifs du ghetto de Varsovie est sortie de moi, et grâce à Claude Lanzmann, le monde a entendu enfin cette parole, la même que vous entendez en lisant ces lignes. Est-ce qu'après avoir vu le film, Pola était aussi fière qu'elle l'avait espéré ? Je l'ignore. Mais moi j'étais fier d'avoir participé à un tel film. Dès les premières minutes, lorsqu'on voit Simon Srebnik remonter le cours de la Ner en chantant, assis à l'avant d'une barque, j'ai commencé à pleurer. Pola et moi avons pleuré pendant les neuf heures de la projection, mais en sortant elle a posé son doigt sur ma bouche afin que je garde le silence, elle m'a fait promettre que nous n'en parlerions jamais. J'ai promis. Je pense que Pola était bouleversée, mais je crois aussi qu'elle était blessée par ce film, parce que, en dépit de sa grandeur, il était injuste avec les Polonais. Claude Lanzmann n'avait gardé que quarante minutes de mon entretien sur les huit heures de tournage ; je comprenais cela, bien sûr, mais le film ne faisait aucune mention de mes efforts pour sauver les Juifs, ce qui changeait complètement le sens de mon intervention. Claude Lanzmann n'avait gardé que le récit de ma visite dans le ghetto : rien sur mes tentatives pour transmettre le message des Juifs aux Alliés, rien sur l'indifférence de l'Amérique. Claude Lanzmann m'avait dit que la question du sauvetage des Juifs serait l'un des thèmes du film ; mais sans doute a-t-il modifié son projet en cours de route afin de se concentrer sur l'extermination elle-même. C'était historiquement nécessaire, car ainsi *Shoah* constitue une réponse aux négationnistes. Je suis sans doute le seul Polonais à admirer ce film car, dans l'ensemble, les Polonais y ont réagi violemment : ils l'ont rejeté, parce que Lanzmann leur renvoyait une image d'eux-mêmes qu'ils ne pouvaient pas supporter — celle de leur antisémitisme. Tous ceux qui ont vu *Shoah* se souviennent de cette séquence où l'on voit un paysan polonais, très content de lui, qui raconte à Claude Lanzmann qu'à l'époque il regardait passer les trains de Juifs en faisant, avec le pouce, le geste de l'égorgement. Beaucoup de spectateurs ont associé l'ensemble des Polonais au geste de cet abruti.

186

Alors, bien sûr que l'antisémitisme polonais a toujours été d'une violence effrayante, mais il est injuste de réduire la Pologne à ce qu'elle a de plus honteux, comme si les Français n'étaient pas antisémites, comme si les Russes, les Anglais ou les Américains ne l'étaient pas. Lorsque *Shoah* est sorti à Paris, le gouvernement polonais du général Jaruzelski a demandé son interdiction immédiate, la presse nationale s'est déchaînée contre ce film qu'elle jugeait « antipolonais ». Quant à moi, j'ai défendu tout de suite *Shoah* sans réserve. Dès que je l'ai vu, dans un cinéma de Washington, j'ai eu la certitude qu'il s'agissait d'une œuvre capitale, d'un film qui dépasse la simple vision politique de l'Histoire. À travers lui, quelque chose d'une très ancienne parole se mettait à parler : cette parole qui traverse le temps, et retourne la mort. C'est grâce à Claude Lanzmann que j'ai réussi, comme des dizaines d'autres témoins, à *revenir du silence* — et à me faire entendre. En un sens, c'est grâce à lui que je vous parle. Et lorsque je l'ai accompagné à Jérusalem pour présenter *Shoah*, durant ces trois jours que nous avons passés ensemble, c'est lui qui m'a fait remarquer qu'au mémorial de Yad Vashem, dans la liste de ces « Justes » qui ont sauvé des Juifs, ce sont les Polonais les plus nombreux. Lorsqu'on incrimine la passivité des Polonais face à l'extermination, on oublie que la Pologne était occupée par les nazis et les staliniens, qu'elle était non seulement oppressée par Hitler et Staline, mais aussi réduite à néant par leur volonté commune, si bien qu'aucun Polonais ne pouvait agir. On oublie également que, malgré cela, la Résistance et le gouvernement polonais en exil ont tout fait pour informer les Alliés de l'extermination des Juifs. Ce n'est pas la Pologne qui a abandonné les Juifs, ce sont les Alliés : incriminer la passivité des Polonais revient finalement à justifier celle des Alliés. Ce sont des questions qui demandent encore du temps : elles sont à venir. De la même manière, *Shoah* est un film à venir : on commence à peine à penser ce qu'un tel film donne à entendre. Aujourd'hui encore, lorsque je ferme les yeux, vers trois heures du matin, je peux voir ce vieux jeune homme, Simon Srebnik, remonter le cours de la Ner sur une embarcation à fond plat. Il est assis et chante, comme un enfant. Un homme debout pagaie. On dirait que l'enfant chanteur est transporté vers la mort. On dirait aussi le contraire : il remonte le temps, sa voix conjure la mort, et là-bas, vers les prairies de luzerne, par la mémoire, il va renaître. C'est à Chelmno sur Ner, à quatre-vingts kilomètres de Łódź, ma ville natale. Simon Srebnik marche le long d'un chemin entre des sapins, il arrive dans une clairière, s'arrête et dit : « Oui, c'est le lieu. » Ce sont les premières images de *Shoah*, elles sont inoubliables. Après avoir témoigné face à la caméra de Claude Lanzmann, je n'ai plus arrêté de témoigner. Mes étudiants avaient raison : lorsqu'on a quelque chose à dire, il faut le faire entendre. En octobre 1981, une conférence a été organisée à Washington par le Conseil américain du mémorial de l'holocauste, à l'initiative d'Elie Wiesel, qui avait lu mon livre bien des années auparavant, et avait retrouvé mon nom par hasard. Lors de cette conférence, j'ai dit que j'étais devenu juif comme la famille de ma femme, que tous avaient péri dans les ghettos, dans les camps de concentration, dans les chambres à gaz, si bien que tous les Juifs assassinés étaient devenus ma famille. Ce jour-là, j'ai fait la connaissance d'Elie Wiesel. Je connaissais ses livres, j'admirais son intégrité, et son aisance de grand cosmopolite. Il m'a dit ce soir-là, avec cet air d'humilité malicieuse qui lui vient lorsqu'il transmet secrètement une parole hassidique : « On peut redonner vie à la parole, par la parole. » Cette phrase m'a ébloui, parce qu'elle nommait la résurrection — elle la rendait possible. Et précisément, si j'avais repris la parole, ce n'était peut-être pas pour témoigner, ni pour que la mémoire l'emporte sur l'oubli : j'avais repris la parole au nom d'une chose bien plus immense que la mémoire, et qu'on appelle la résurrection. J'ai parlé parce que j'ai pensé que ma parole redonnerait vie aux morts. Parler, c'est faire en sorte que tout ce qui est mort devienne vivant, c'est rallumer le feu à partir de la cendre. Je crois que si l'on ne s'arrêtait plus de parler, si la parole pouvait coïncider avec la moindre parcelle de notre existence, et que chaque instant ne soit plus que parole, alors il n'y aurait plus de place en nous pour la mort. Je voudrais vous parler une dernière fois des ténèbres. J'ai quelque chose à dire qui n'est pas simple. Peut-être ne me croira-t-on pas. J'ai l'habitude. Pourtant, j'aimerais être clair. Seule la clarté m'intéresse, elle seule approfondit la parole. Il m'est arrivé quelque chose qui échappe à la compréhension facile, une chose que je dois raconter parce qu'elle éclaire mon parcours d'une lumière qui, peut-être, éclairera le vôtre. C'est en rapport avec le camp d'Izbica Lubelska, celui que, dans mon livre, je confonds avec Belzec. À l'époque où je me suis infiltré dans ce camp, je ne pouvais pas savoir s'il s'agissait oui ou non de Belzec. Les renseignements de la Résistance étaient souvent approximatifs. Nous les tenions des cheminots, qui nous informaient comme ils pouvaient. Mon guide était l'un des gardiens ukrainiens du camp, il était sous le contrôle de la Gestapo, mais vendait en même temps ses services à la Résistance polonaise. Il m'a dit que c'était Belzec, alors je l'ai cru. C'était en 1942, et nous ignorions tous où se trouvaient exactement ces camps que les nazis cachaient au milieu des forêts. Cette erreur m'a valu des ennuis auprès des historiens : certains sont allés jusqu'à dire que mon témoignage présentait des contradictions qui lui ôtaient sa crédibilité. Mais les historiens ont-ils idée de ce qu'est un récit de camouflage ? Lorsque j'ai écrit mon livre, la guerre n'était pas finie, j'étais obligé de maquiller les noms : il fallait protéger les réseaux de Résistance. Quant à la nationalité des gardes, je l'ai changée pour des raisons politiques : c'était à la demande du gouvernement polonais de Londres, qui préférait à ce moment-là épargner les Ukrainiens ; ainsi ai-je parlé, dans la première édition du livre, de gardes estoniens. J'ai bien conscience que c'était une folie d'entrer dans un camp. Aujourd'hui encore, ce que j'ai fait m'apparaît impensable. Je l'ai fait par fidélité envers les deux Juifs du ghetto, qui voulaient que mon témoignage soit le meilleur possible. Si je dis que je l'ai fait par charité, allez-vous me croire fou ? C'est pourtant vrai. À l'intérieur du camp, les Juifs mouraient en se tordant dans la boue. Les nazis leur tiraient dessus à bout portant. Des hommes, des femmes suffoquaient, ils gesticulaient en hurlant. J'ai frôlé leur corps, j'étais là, juste à côté d'eux qui étaient en train de mourir ; je sentais leur souffle, je pouvais toucher leur bras, j'étais tout près, et en même temps très loin, dans un autre monde, dans ce monde horrible où l'on est capable de respirer quand un homme se décompose à côté de vous, où l'on parvient à vivre quand une femme gît à vos pieds dans une flaque de sang, où l'on a la force de rester debout lorsque des enfants rampent autour de vous dans leur merde et crient, le visage éclaboussé par la cervelle de leur mère. J'étais très loin des victimes, j'étais parmi les vivants, dans le monde homicide, et je m'accrochais à la vie. Je n'étais pas un bourreau pourtant, alors qui étais-je ? Personne n'échappe à cette abjection qui partage les hommes entre ceux qui meurent et ceux qui donnent la mort. Toute ma vie, j'ai essayé de sortir de ce partage, de faire un saut loin de ceux qui accompagnent le meurtre, loin des vivants qui sont *à côté* quand ça a lieu. Car il y a les victimes, il y a les bourreaux, mais il y a également ceux qui sont *à côté,* et qui assistent à la mise à mort. Ce sont les mêmes qui toujours vous font croire qu'il ne s'est rien passé, qu'ils n'ont rien vu, qu'ils ne savent rien. D'ailleurs, si quelqu'un vient leur parler de crime, ils prétendront ne pas le croire. Que vous soyez à trois mètres du poteau d'exécution, ou à des milliers de kilomètres, la distance est la même. Car à partir du moment où un vivant éprouve sa distance avec un homme qu'on met à mort, il fait l'expérience de l'infamie. La distance qui nous sépare des hommes qui meurent s'appelle l'infamie ; et vivre n'est jamais qu'une manière de se confronter à cette distance. Il me reste peu de choses à vous dire, et parmi elles la plus importante se dérobe. J'ai repoussé le moment d'en parler, car une telle chose vous paraîtra impossible. Précisément, c'est de cela dont il est question : j'ai fait l'expérience de l'impossible. Ce jour-là, dans le camp, j'ai vu des hommes, des femmes, des enfants se vider de leur existence, et je suis mort avec eux. Plus exactement, je suis mort après, en sortant du camp. Je n'ai pas compris ce que je voyais dans le camp, parce que ce qui avait lieu se situait au-delà du compréhensible, dans un domaine où la terreur vous conduit, et où elle vous fige. J'ai pris soin de ne pas mourir à l'intérieur du camp : je pensais aux deux Juifs du ghetto, au serment que je leur avais fait. Ce serment m'a sauvé : grâce à lui, il était impossible que je me laisse aller à mourir avec les Juifs d'Izbica Lubelska, parce que alors j'aurais laissé tomber ceux du ghetto de Varsovie, et avec eux tous les Juifs de Pologne et l'ensemble des Juifs d'Europe que je croyais pouvoir sauver par mes paroles. Quand je suis sorti du camp avec le gardien, à peine avons-nous rejoint la forêt que je me suis mis à courir.

J'avais envie de vomir, et je sentais que cette nausée ne s'arrêterait pas, qu'elle irait jusqu'au bout. J'allais vomir le fait d'être en vie. Mon corps allait sortir tout entier de moi, jusqu'à ce que j'en meure. J'avais rendez-vous de l'autre côté de la forêt, dans une petite maison où, comme convenu, je devais rendre l'uniforme du garde ukrainien. Un vieux Polonais m'attendait, un camarade de la Résistance. Dès que j'ai poussé la porte, j'ai commencé à vomir, à ne plus faire que vomir. Je me suis évanoui à l'intérieur de ma nausée ; sans doute est-ce le vieux Polonais qui m'a relevé, qui m'a étendu derrière la maison sous le châtaignier. Votre existence tombe, elle tombe tout au fond de vous, il n'y a plus qu'une toute petite lumière, loin, tout en bas, presque éteinte, et votre œil déjà est absent. Alors une ombre vous attrape, vous n'êtes plus qu'un chiffon qui se tord dans sa mare. Quelque chose s'interrompt, votre corps n'existe plus, et votre âme hurle en silence. Parfois l'arbre, un peu la lumière, puis ça tourne, et le tunnel vous aspire. Les ténèbres dévorent tout ce qu'elles rencontrent, elles se dévorent elles-mêmes, et se dispersent, comme d'immenses nuages noirs. Alors, la voix bloque, la respiration se casse. Je sais quand je suis mort : je revois cette buée orange et bleu qui flottait dans les feuillages, sans doute un crépuscule, et ma gorge était froide. J'étais adossé au tronc du châtaignier, allongé sous une couverture, et ça s'est stoppé net. Ma gorge s'est bloquée, mon cœur a cessé de battre. Les ténèbres rient, elles s'installent. C'est fini. Dans le noir, il y a eu un petit point, on aurait dit une tête d'allumette. Ce petit point s'approche. Il paraît que j'ai de la chance, que j'ai toujours eu de la chance, et que cette chance est de celles qui désarment la mort. Le petit point s'est éclairci, déjà il flottait dans le noir comme un début de lueur. Les ténèbres ne pouvaient plus rien contre moi, j'ai recommencé à vivre.

DU MÊME AUTEUR

Aux Éditions Gallimard

Romans

INTRODUCTION À LA MORT FRANÇAISE, coll. «L'Infini», 2001

ÉVOLUER PARMI LES AVALANCHES, coll. «L'Infini», 2003

CERCLE, coll. «L'Infini», 2007 (Folio n° 4857). Prix Décembre

JAN KARSKI, coll. «L'Infini», 2009 (Folio n° 5178). Prix Interallié

Essai

PRÉLUDE À LA DÉLIVRANCE, de Yannick Haenel et François Meyronnis, coll. «L'Infini», 2009

Collectif

LIGNE DE RISQUE, 1997-2005, sous la direction de Yannick Haenel et François Meyronnis, coll. «L'Infini», 2005

Entretiens

Philippe Sollers, POKER, entretiens de la revue *Ligne de risque*, avec la collaboration de François Meyronnis, coll. «L'Infini», 2005

Chez d'autres éditeurs

À MON SEUL DÉSIR, *Éditions Argol/Réunion des musées nationaux*, 2005

LES PETITS SOLDATS, *Éditions de La Table Ronde*, 1996 (La Petite Vermillon, 2004)

Composition Graphic Hainaut.
Impression CPI Bussière
à Saint-Amand (Cher), le 20 décembre 2010.
Dépôt légal : décembre 2010.
Numéro d'imprimeur : 103462/1.
ISBN 978-2-07-044026-9./Imprimé en France.

She Wasn't The Type To Fall For A Marine!

Oh, this was a mistake.

And any minute now, she'd say so.

Or he would.

Lilah slanted a glance at Kevin from the corner of her eye and felt her heart beat even faster. That strong jaw of his, those green eyes. The full curve of his mouth. She licked her lips in anticipation of another kiss and wondered when it had all come to this. When had she become so attached to this normally stoic, hard-line marine?

What was it about this one man that had allowed him to slip past her well-honed defenses to lay siege to a heart that hadn't been touched in years?

And what was Lilah going to do now that he had?

Dear Reader,

Welcome to Silhouette Desire, where every month you'll find six passionate, powerful and provocative romances.

October's MAN OF THE MONTH is *The Taming of Jackson Cade,* part of bestselling author BJ James' MEN OF BELLE TERRE miniseries, in which a tough horse breeder is gentled by a lovely veterinarian. *The Texan's Tiny Secret* by Peggy Moreland tells the moving story of a woman in love with the governor of Texas and afraid her scandalous past will hurt him.

The exciting series 20 AMBER COURT continues with Katherine Garbera's *Some Kind of Incredible,* in which a secretary teaches her lone-wolf boss to take a chance on love. In *Her Boss's Baby,* Cathleen Galitz's contribution to FORTUNES OF TEXAS: THE LOST HEIRS, a businessman falsely accused of a crime finds help from his faithful assistant and solace in her virginal embrace.

Jacob's Proposal, the first book in Eileen Wilks' dynamic new series, TALL, DARK & ELIGIBLE, features a marriage of convenience between a beauty and a devastatingly handsome financier known as the Iceman. And Maureen Child's popular BACHELOR BATTALION marches on with *Last Virgin in California,* an opposites-attract romance between a tough, by-the-book marine drill instructor and a free-spirited heroine.

So celebrate the arrival of autumn by indulging yourself with all six of these not-to-be-missed love stories.

Enjoy!

Joan Marlow Golan

Joan Marlow Golan
Senior Editor, Silhouette Desire

Please address questions and book requests to:
Silhouette Reader Service
U.S.: 3010 Walden Ave., P.O. Box 1325, Buffalo, NY 14269
Canadian: P.O. Box 609, Fort Erie, Ont. L2A 5X3

Last Virgin
in California
MAUREEN CHILD

Published by Silhouette Books
America's Publisher of Contemporary Romance

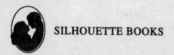

SILHOUETTE BOOKS

ISBN 0-373-76398-0

LAST VIRGIN IN CALIFORNIA

Copyright © 2001 by Maureen Child

MAUREEN CHILD

was born and raised in Southern California and is the only person she knows who longs for an occasional change of season. She is delighted to be writing for Silhouette Books and is especially excited to be a part of the Desire line.

An avid reader, Maureen looks forward to those rare rainy California days when she can curl up and sink into a good book. Or two. When she isn't busy writing, she and her husband of twenty-five years like to travel, leaving their two grown children in charge of the neurotic golden retriever who is the *real* head of the household. Maureen is also an award-winning historical writer under the names of Kathleen Kane and Ann Carberry.

One

"**Y**ou're marrying *who?*"

Lilah Forrest winced and held the phone receiver away from her ear so that her father's voice wouldn't deafen her. Honestly. A lifetime in the Marine Corps had given Jack Forrest such range, he could probably wake the dead if ordered to.

"Ray, Daddy," she said, when she pulled the phone close again. "You remember him. You met him the last time you came to visit?"

"Of *course* I remember him," her father sputtered. "He's the little guy who told me my uniform would look less intimidating if I wore an earring."

Lilah smothered a chuckle she knew darn well

her dad wouldn't appreciate. But really, just the thought of her oh-so-proper, career Marine father wearing a tidy gold hoop in his ear was enough to cultivate bubbles of laughter that weren't at all easy to subdue.

"He was kidding," she said when she could speak without a smile in her voice.

"Right." He didn't sound convinced.

"I thought you liked Ray."

"I didn't say I don't like him," he said tightly. "But what do you see in those artsy-fartsy types, anyway?"

Artsy-fartsy, Lilah thought. Translation: Any man who *wasn't* a Marine.

"What you need," her father was saying, "is a man as stubborn as you are. A strong, dependable type. Like—"

"A Marine," she finished for him. For heaven's sake, she'd heard this speech so often, she could give it for him.

"What's wrong with a Marine?" he demanded, clearly defensive.

"Nothing," she said, wishing they weren't having this conversation...*again.*

Lilah sighed and plopped down onto her overstuffed couch. Curling up into a corner of the sofa, she cradled the receiver between her ear and her shoulder and tugged the hem of her dress down over her updrawn legs. "Daddy, Ray's a nice guy."

"I'll take your word for it, honey," he said grudgingly. "But do you really think he's the right guy for you?"

No, she didn't. Ray's image rose up in her mind and Lilah smiled to herself. Short, with nearly waist-length black hair he kept in a thick braid, Ray was an artist. He wore diamonds in his ears, favored tunic shirts and leather sandals and was absolutely devoted to his life partner, Victor.

But, he was also one of Lilah's closest friends. Which was the only reason he'd agreed to let her tell her father that they were engaged. Victor wasn't the least bit happy about it, but Ray had been an absolute doll.

And seriously, if she hadn't been about to go spend a few weeks with her father, this never would have happened. But she simply couldn't stand the idea of having another parade of single officers thrown at her feet. She didn't much like the idea of lying to her dad, but really it was his own fault. If he'd quit trying to get her married to some "suitable" Marine, she wouldn't have to resort to such lengths, would she?

"Ray's wonderful, Daddy," she said, meaning every word. "You'll like him if you give yourself a chance."

He grumbled something she didn't quite catch and a twinge of guilt tugged at her heart. Jack For-

rest wasn't a bad man. He just never had been able
to understand his daughter.

As her father changed the subject and started
talking about what was happening on the base, she
listened with half an ear as her gaze drifted around
the living room of her tiny, San Francisco apartment. Crimson-red walls surrounded her, giving the
small room warmth. Sunlight streamed through the
unadorned windows, painting the old fashioned,
deeply cushioned furniture with a soft golden glow
that shimmered on the polished, hardwood floors.
Celtic music drifted to her from the CD player on
the far wall and the scent of burning patchouli candles filled the air with a fragrance that relaxed her
even as her fingers tightened around the phone in
her hand.

She hated lying to her father. After all, lying
wasn't good for the soul. Besides, she had a feeling
it caused wrinkles, too. But as soon as her visit with
him was over, she'd call and tell her dad that she
and Ray had broken up. Then everything would be
fine.

Until their next visit.

But she'd burn that bridge when she came to it.

"I'll have someone pick you up at the airport,"
he said and Lilah's attention snapped back to him.

"No, that's okay," she said quickly, imagining
some poor Private or Corporal delegated to driving
the Colonel's daughter around. "I've already ar-

ranged for a car. I'll be there sometime tomorrow afternoon.''

"You're uh...not bringing Ray along, are you?''

She almost laughed again at the discomfort in his voice. Oh yeah. She could just see Ray on base. What a hoot that would be.

"No, Daddy," she said solemnly, "it's just me.''

There was a long pause before he said, "All right then. You be careful.''

"I will.''

"I'm looking forward to seeing you, honey.''

"Me, too," she said wistfully, then added, "'Bye, Dad," and hung up. Hand still resting on the receiver, she stared at it for a long minute and wished that things were different. Wished for the zillionth time that her father could just accept her—and love her—for who and what she was.

But that would probably never happen. Since she was the daughter of a man who'd always wanted a son.

"I'd consider it a personal favor, Gunnery Sergeant," Colonel Michael Forrest said, planting his elbows on his desk and steepling his fingertips together.

Escorting the Colonel's daughter around base a personal favor? Well, how was a man supposed to get out of something like that? Kevin Rogan wondered frantically. Sure, he could turn the man down.

He wasn't making this an order—hell, Kevin wasn't sure he *could*. But then again, he didn't have to. Making it a "favor" practically guaranteed Kevin's acceptance.

After all, how was he supposed to turn down a request from a superior officer?

He bit down hard on the words he wanted to say and said instead, "I'd be happy to help, sir."

Colonel Forrest gave him a look that clearly said he was under no misconception here. He knew damn well Kevin didn't want to do this, but would, anyway. And apparently, that was all that mattered.

"Excellent," the Colonel said, pushing up from his desk to step around the edge of it. He walked across the floor of his office and looked out the window onto the wide stretch of the base two stories below.

Kevin didn't have to look to know what the other man was seeing. The everyday hustle and bustle of a recruit depot. Troops marching. Marines. Squads. Drill Instructors shouting, calling cadence, trying to whip a bunch of kids into something resembling hard-nosed Marines.

May sunshine blasted against the window, splintering like a prism as it poured into the room. A wisp of ocean air swept beneath the partially opened window and carried the faint sounds of marching men and women. The distant rumble of a jet taking off from the San Diego airport sounded like the far-off stirrings of thunder.

"I don't want you to misunderstand, Rogan," the Colonel said. "My daughter is a...remarkable person."

"I'm sure she is, sir," Kevin answered politically, though inside, he wondered just how remarkable a woman could be if her own father had to practically force a man to keep her company for the month she'd be in town. He slanted a glance at the other man's desk but found no framed pictures on the cluttered surface. No help there. Already, he wondered just what he'd gotten himself into. Was she nuts? Obnoxious? A one-eyed troll?

But even as those thoughts went through his mind, he reminded himself that he knew *exactly* what she was. The Colonel's daughter. And because of that, Kevin would do everything he could to see to it that she had a good time while she was here.

Even if it killed him.

Dammit. A Gunnery Sergeant in the Marine Corps, reduced to being a glorified baby-sitter.

Lilah sat in her rental car just outside the gates and told herself she was being foolish. But it was always like this. One look at what she thought of as her father's stronghold and her stomach started the ugly, slow, pitch and roll that felt far too familiar.

She slapped her hands against the steering wheel then gripped it tight. Her stomach did the weird little flip-flop that she always associated with seeing her dad for the first time in too long. But then, she should be used to it, right?

"Wrong," she murmured and let her hands fall to her lap. Unconsciously, she plucked at the soft folds of her emerald-green muslin skirt, then lifted one hand to toy with the amethyst crystal hanging from a chain around her neck.

As she fingered the cold, hard edges of the beveled stone, she told herself she was being silly. "This visit will be different. He thinks you're engaged. No more 'suitable' men. No more lectures on finding 'stability' in your life."

Right.

Like *any* Forrest would give up that easy.

After all, she hadn't quit yet. All her life, she'd been trying to please her father. And all her life, she'd failed miserably. You'd think she'd surrender to the inevitable. But no. Lilah Forrest was too stubborn to give up just because she wasn't winning.

And she'd inherited that hardheaded streak from the man waiting for her just beyond the gates.

A flicker of movement caught her eye and she saw one of the Marine guards move out to give her a hard stare. "Probably thinks you're a terrorist or something," she muttered and quickly put the car into gear and slowly approached the gate.

"Ma'am," he said, though he looked younger than Lilah. "Can I help you?"

"I'm Lilah Forrest," she said, and lifted her sunglasses long enough to smile up into hard, suspicious eyes. "I'm here to see my father."

He blinked. Too well trained to show complete shock, the Marine just stared at her for a long minute before saying, "Yes, ma'am, we've been expecting you." He took a look at her license plate number, jotted it down on a visitor sticker and slapped it onto the windshield of her car. Then he lifted one hand and pointed. "Go right on through there and watch—"

"My speed," she finished for him. "I know." She should know the rules well enough. She'd been raised on military bases around the world. And the one thing they all shared was a low threshold of appreciation for speeding drivers. Creep up above the twenty mile an hour limit and you'd get a ticket. Private or General.

He nodded. "The Colonel's house is…"

"I know where it is, thanks," she said, and stepped on the gas. Waving one ring-bedecked hand at the young Marine she left in her dust, she aimed her rental car and headed off to do battle.

She wasn't at all what he'd expected.

And definitely *not* a one-eyed troll.

Kevin shifted on the dining room chair and covertly eyed the woman sitting opposite him. If he'd had to pick the Colonel's daughter out of a group of assembled women, he *never* would have picked this one.

First off, she was short. Not munchkin short, but a good six inches shorter than both he and the Colonel. Kevin had never gone much for short women. Always made him feel like a damn giant. But even he had to admit that Lilah was round in all the right places and her compact body was enough to make a dead man sit up and take notice.

Her long, blond hair hung halfway down her back in a tumble of wild curls that made a man want to reach out and tangle his fingers in it. She had a stubborn chin, a full mouth that smiled often, a small nose and the biggest, bluest eyes Kevin had ever seen.

She also wore silver stars on her ears and ropes of crystals around her neck. She was wearing some soft-looking dress that seemed to float like a cloud of emerald green around her legs when she moved and her bare feet displayed two silver rings on her toes.

Who would have guessed that the Colonel's daughter was a latter-day hippie?

He half expected her to fold her legs into the lotus position and start chanting.

So now he knew why the Colonel wanted his daughter escorted all over creation. He probably didn't trust her to come in out of the rain on her own.

"My father tells me you're a Drill Instructor," she said and Kevin's attention snapped up from the purple crystal lying just above the line of her breasts.

"Yes, ma'am," he said and told himself to pay no attention to the small spurt of interest that shot through him. It was nothing special, he thought. Just the normal reaction of a healthy male to a pretty woman. And she *was* pretty. In an earth mother, hug-a-tree sort of way.

She waved one hand and he swore he heard bells ring. Then he noticed the tiny silver chimes attached to the bracelet around her wrist.

Figured.

"I thought you agreed to call me Lilah?"

"Yes, ma'am," he said.

"Isn't this nice?" the Colonel asked, looking from one to the other of them like a proud papa. "I knew you two would hit it off."

Then the phone rang and the Colonel pushed away from the table and stood up. "Excuse me for a moment," he said. "I have to get that."

He left the room and silence dropped like a stone in a well. Kevin leaned back in his chair, let his gaze wander the elegantly appointed dining room and wished himself anywhere but there.

"Did he order you to be here?"

Guilt charged through him. Kevin shot her a quick look, darted a glance at the empty doorway, then turned back to her. "Of course not," he said, then asked, "what makes you say that?"

Lilah picked up her fork and used the tines to push a stray brussel sprout across her plate. Leaning an elbow on the table, she cupped her chin in her free hand and stared him right in the eye. "It wouldn't be the first time Dad's assigned some poor Marine to 'daughter duty.'"

He shifted in his chair again, but kept his gaze fixed with hers. Hell, he didn't want to embarrass her, but if she was used to this kind of treatment from her father, then who was he to deny it? "All right, I admit, he did ask me to escort you around base while you're here."

"I knew it." She dropped the fork with a clatter and leaned back in her chair. Crossing her arms beneath her admirable breasts, she huffed out a breath and shook her head hard enough to send that fall of blond curls swinging. "I thought this time would be different."

"From what?"

"From the usual."

Just how many Marines had been "requested" to take charge of her over the years, anyway? Curious now, in spite of himself, he asked, "What exactly *is* the usual?"

She shot a quick glance at the empty doorway

through which her father had disappeared, then looked back at him. "Oh, he's been throwing you guys in my path ever since I hit puberty."

"Us guys?"

"Marines," she said, giving him a look that clearly said, she didn't think he'd been paying attention. "Dad's been trying to marry me off to a Marine for—well, *forever.*"

"Marry?" Kevin repeated, then lowered his voice as he leaned over his now empty plate. "Who said anything about *marriage?*" He hadn't signed up for *that.* He didn't mind showing her around and in general looking out for her interests while she was in town. But as to marriage…well, he'd been there and done that. And no thank you very much. He'd pass.

"Geez, Sergeant," Lilah said, her big eyes going even wider. "Relax, will you? Nobody's sneaking you off to Vegas."

"I didn't—"

"Your virtue's safe with me," she assured him.

"I'm not worried about my 'virtue.'"

"I just said you shouldn't be."

"I'm not—" He stopped, inhaled and blew out the air in a rush of frustration. "Are we arguing in circles?"

"Probably."

"Then how about we call a truce?"

"It's all right with me," she said, jumping out

of her chair to pace the room. Her bare feet made almost no sound at all on the polished wood floor, but her bracelet jingled enough to keep time as she stalked. "But you might as well realize now, that my father won't quit trying. He's obviously chosen you."

"As what?" he asked, even though he had a terrible idea of just what she was about to say.

"As a son-in-law," she said, making a sharp about-face to pace in the opposite direction.

"No way," he said, standing up, not really sure whether to fight or run.

"Yes, way," she said, shooting him a look over her shoulder. "And apparently, the fact that I have a fiancé hasn't changed Daddy's plans any."

"You're engaged?"

"Daddy doesn't like him."

"Does it matter?"

"It does to him," she pointed out all too reasonably. "He likes you, though." The blonde who would soon be starring in his nightmares gave him a brilliant smile. "And in the Colonel Forrest rules of the Universe, who he likes is all that matters."

"Lucky me," Kevin said and wondered if it was too late to volunteer for overseas duty.

Two

Lilah watched her father's latest attempt at finding himself a suitable son-in-law and couldn't help at least admiring her dad's taste.

Kevin Rogan was tall, broad shouldered and his uniform fit him as if designed with him in mind specifically. He looked like a recruiting poster. Perfect. Too perfect, she thought, glancing from his dark brown hair to his strong, square jaw, lips that were now just a grim slash across his face and narrowed green eyes.

She had to give her father points. At least this one was way better looking than the last few he'd thrown her way. But, she reminded herself, handsome or not, he was still a Marine. And therefore out of the running, as far as she was concerned.

Of course, there was no one *in* the running, but that was a different story.

His hands fisted at his sides and she had the distinct feeling that what he wanted to do was bolt from the house and disappear into the fog—or maybe punch a wall. She couldn't really blame him. After all, he was new to the Colonel's husband hunt.

This was old hat for her.

"Really," she said, shaking her head. "You ought to try to relax. All of that tension can't be good for the spirit. Or the digestion."

"Thanks," he muttered, shoving both fists into his pockets, "but I like tension. Keeps me on my toes."

Well then he should be happy to be around her. Because Lilah had the unenviable talent of making most everyone tense. It was her special gift.

Ever since she was a kid, she'd managed to say the wrong thing at the wrong time.

Still, no point in making him any more miserable than he already was. "Don't take this so personal," Lilah told him and was rewarded with a steely glare.

"I shouldn't take it personal?" he asked, incredulous. "Your father, my C.O., sets me up and I shouldn't take it personal?"

She waved her hand just to hear the sound of the silvery bells on her bracelet again. Very soothing. "It's not like you're the first," she said. "Or the last for that matter. Daddy's been lining men up in front of me since I was seventeen." Just saying it made her want to cringe, but she curbed the impulse. "You're just the latest."

"Some consolation."

"It should be," she argued.

"And why's that?"

"Well," she pointed out, "it's not as though he isn't picky when he's looking for a man for me. He only chooses from the best. I am his daughter, after all." Not the son he'd always wanted. Just a daughter with a penchant for crystals and toe rings rather than rule books and sensible shoes.

"So I ought to be flattered?"

"Sort of."

"I'm not."

"I'm getting that." She leaned in and studied his fierce expression. "You know, your mirth chakra probably needs work."

"My what?"

"Never mind."

"I don't get you."

"Join the club."

"Are you always this strange?"

"That depends," she said. "How strange am I being right now?"

"Oh, man."

"Sorry about the interruption," the Colonel announced as he walked back into the room. Both of them turned to face him, almost in relief. They certainly weren't getting anywhere talking to each other.

He stopped just over the threshold and looked from one to the other of them. "Is there a problem?"

"Yes," she said.

"No, sir," he said at the same time.

Lilah turned and fixed the man opposite her with a hard look. The furious expression was gone, replaced now by the professional soldier's blank, poker face. To see the man now, you'd never guess that only moments before he had looked angry enough to bite through a phone book. A thick one.

"Now's your chance, Gunnery Sergeant," she said, urging him to speak up and get them both out of this while there was still time. "Tell my father what you were just telling me."

"Yes, Gunnery Sergeant," the Colonel said, "what exactly were you saying?"

His gaze shot from her to her father and for one brief, shining moment, Lilah almost hoped that Kevin Rogan would stand up and say "no thanks." Then he spoke and that hope died.

"I told your daughter it would be an honor to

escort her around the base for the duration of her visit, sir.''

She sighed heavily, but neither man appeared to notice.

''Excellent,'' the Colonel said, smiling. Then he walked across the room, gave her a kiss on the forehead and turned to face the other man. ''I have some work to catch up on,'' he said. ''Lilah will see you out and you two can make some plans.''

When he left again, Lilah folded her arms across her chest, tapped one bare foot against the floor and cocked her head to one side. ''Coward.''

He actually winced before he shrugged. ''He's my C.O.,'' was his only explanation.

''But you don't want this duty.''

''Nope.''

''So why—''

''I didn't want to go to Bosnia, either,'' he said tightly. ''But I went.''

Well that stung.

Still and all, it was almost refreshing to talk honestly with one of her father's hopefuls. Usually, the men he handpicked for her were so busy trying to win his approval that they were willing to tell Lilah outrageous lies just to score a brownie point or two. At least Kevin Rogan was honest.

He didn't want to be with her any more than she wanted to be with him.

That was *almost* like having something in common, wasn't it?

"So," she asked, "I'm like Bosnia, huh? In what sense? A relief mission or a battle zone?"

A flicker of a smile curved his mouth and was gone again before she could thoroughly appreciate just what the action did for his face.

And maybe, she thought as butterflies took wing in the pit of her stomach, that was for the best. She was only in town for a few weeks. Besides, she already knew that she did *not* fit in with the military types.

"Haven't made up my mind yet," he said. "But I'll let you know."

"I can't wait." Sarcasm dripped from her tone, letting him know in no uncertain terms that she knew exactly what his decision would be. She could see it in his eyes. He'd already come to the conclusion that this duty was going to be a pain in the rear.

And a few days alone with her would only underline that certainty.

"Look," he said, crossing the room toward her so he could lower his voice and not be overheard. He stopped just short of her and Lilah caught a whiff of his cologne. Something earthy and musky and what it did to her insides, she refused to think about.

She blinked and tried to focus on the words coming *out* of his mouth, rather than the mouth itself.

"We're going to be stuck with each other for the next month," he said.

Okay, that helped. How charming. "And your point is?"

"Let's try to make this as easy as possible on both of us."

"I'm for that," she said and inhaled deeply again, enjoying the woodsy fragrance that filled her senses and weakened her knees. She looked up into those green eyes of his and now that they weren't scowling at her, she noticed the tiny flecks of gold in them.

Then promptly told herself she shouldn't be noticing anything of the kind. Marine, she reminded herself. Handpicked by her father.

"You're engaged," he said, "whether your father likes the guy or not."

An image of Ray filled her mind and she had to smile. "True," she agreed and mentally crossed her fingers at the lie in a feeble attempt to ward off karmic backlash.

"And I'm not interested in changing that situation."

"Good." One fake fiancé was about all she could handle at any given time.

"So," he was saying, "we strike a bargain."

She stared at him for a long moment, trying to

figure out just what he was up to. "What kind of bargain?"

He folded his muscular arms across a chest that looked broad enough to be a football field. "We play the roles the Colonel wants and at the end of the month, we say goodbye."

Hmm.

"Sounds reasonable."

"I'm always reasonable," he said and darned if she didn't believe him.

He looked so straight-arrow, gung ho Marine, he wouldn't know a bend in the road if he fell on it. Completely the wrong kind of man for her. Exactly the kind of man she'd avoided most of her life.

In short, he was perfect.

They could get through this month and make her father happy and neither of them miserable. She smiled again as she considered it. For the first time, she and a Marine could be honest with each other. They could form a friendship based on mutual distaste.

This idea actually had merit.

"Well?" he prodded, apparently just as impatient as her father. "What do you say?"

"I say you've got a deal, Gunnery Sergeant," Lilah told him and held out her right hand.

He enveloped it in his much bigger one and gave her a gentle squeeze and shake. Ripples of warmth ebbed through her, much like the surface of a lake after a stone's been tossed into it. She blinked and held on to his hand a moment longer than was necessary, just to enjoy the sensation. Tipping her head back, she thought she noticed a like reaction glinting in his eyes, but she couldn't be sure.

When he released her, she still felt the hum of his touch. And she was pretty sure that wasn't a good thing at all.

Twenty minutes later, Kevin was gone and Lilah was sitting in the living room alone when her father walked into the room.

He moved straight for the bar and poured himself a short drink, then asked, "Would you like something, honey?"

"No, thanks," Lilah said as she studied her father. A tall, handsome man, he had streaks of gray at his temples, smile lines at the corners of his eyes and the solid, muscled frame of a much younger man. Not for the first time, she wondered why he'd never remarried after her mother's death so many years ago. But she'd never asked him. And now seemed like as good a time as any. "Dad, why have you stayed single all these years?"

He set the decanter down carefully, studied the amber liquid swirling in the bottom of his glass, then turned and walked to the couch. Sitting opposite her, he took a sip, then said, "I never met another woman like your mom."

Her mother had died when she was eight years old, but Lilah still had a few memories. Snatches of images, really. A pretty woman with a lovely smile. A soft touch. A whiff of perfume. She remembered the comforting sound of her parents laughing together in the darkness and the warmth of knowing she was loved.

And then there were the lonelier years, when it was just she and her father and he was too busy to notice that his daughter had lost as much as he had.

She shifted, curling up in a corner of the overstuffed love seat. "Did you try?"

Again, he looked for answers in his glass before saying, "Not really." Another sip. "I just decided I'd rather be alone than be with the wrong person."

"I can understand that," she said, meaning every word. In fact, she thought that if they'd had this conversation a few years ago, she might have been able to avoid the series of matchmaking attempts he'd been foisting on her regularly. "But what I don't understand is," she added softly, "if it's all right for you to be single, why is it so important to you that I get married?"

Her father sat up, leaned forward and set his unfinished drink on the table in front of him. Folding his arms atop his knees, he looked into her eyes and said quietly, "Because I want you to be settled. To find someone to—"

"Take care of me?" she finished for him and felt

a spurt of frustration shoot through her veins. To him, she'd undoubtedly always be his slightly flaky daughter. But it might surprise him to know that in some circles, she was actually pretty well thought of. "Dad, I'm a grown-up. I can take care of myself."

"You didn't let me finish," he said and stood up, looking down at her with a fond expression on his face. "I want you to have what I had. What your mother and I had for too short a time."

Hard to be angry at something like that. But it was his methods she objected to.

"If that's what I want, I can find it myself," she pointed out and gave herself points for not raising her voice. After all, he meant well.

"I'm not so sure." He looked at her bare ring finger and Lilah curled her hands under the hem of her shirt. Blast, she should have bought herself a ring to wear. Lifting his gaze to hers, he said, "You picked Ray, didn't you?"

"What's wrong with Ray?"

"Probably nothing," her father allowed. "But he's the wrong man for you."

In more ways than one, she thought, but only asked, "Why?"

Her father reached out and cupped her cheek. "Honey, you'd run him in circles inside a week. You need a man as strong as you are."

"Like Kevin Rogan?"

"You could do worse."

"I'm not interested, Dad," she said, preferring not to think about the flicker of attraction that had licked at her insides when Kevin Rogan was too close. Rising, she stood up straight, though she was still nowhere close to being on eye level with him. "And neither is he."

One of his eyebrows cocked up and then he played his ace in the hole.

"He's a little down on women right now."

"Gee, then thanks for setting him up with me."

He smiled at her. "You'll be good for him, honey. His ex-wife cut quite a swath through his life a couple of years ago."

Instantly, Lilah felt a tug of sympathy she didn't want to feel. And she knew darned well her father had been counting on her natural inclination to want to mend broken hearts. "How do you know?"

"Gossip travels on base as easily as it does in the civilian world."

True. Hadn't she been the subject of enough base gossip to know that for a fact?

"So take it easy on him, huh, honey?" he asked, and bent down to kiss her forehead.

Before she could answer, he left the room and she was alone. Wrapping her arms around her middle, she wandered over to the wide front window and stared out at the encroaching fog. Despite the fact that she didn't want to care, Lilah couldn't help wondering just what Kevin's ex-wife had done. And what she, Lilah, could do to help.

Bright and early the next morning, Kevin reported for "daughter duty." He parked his car in front of the Colonel's house and turned off the engine. Silence crowded him, as for a few minutes, he just stared at the place.

Windowpanes gleamed in the morning sunshine. The lawn was neat, the house tidily painted. And inside, waited a woman who was, he knew, going to be the bane of his existence for the next few weeks.

There was just something about her, he thought, remembering that almost electrical charge he'd felt when he shook her hand the night before. He hadn't been expecting it, and for sure hadn't wanted it. But damned if he hadn't felt something inside him tighten up and squeeze.

Hell. He'd been too long without a woman, that was all. Obviously. If one touch of a hippie's hand could send his hormones into overdrive, he was due for some R and R. Fast.

But, for the next month, his personal life was officially on hold. Although, he admitted silently, his personal life wasn't exactly jumping, anyway. Except for stopping by his sister's house to visit his niece, Kevin pretty much centered his life around work.

Concentrating on his job and the recruits in his charge made for a nice, orderly life. He'd learned the hard way that he just wasn't the "relationship" type. He liked his world to proceed in a precise, military fashion.

And a woman was the surest way he knew to blow that all to hell.

His back teeth ground together and he swallowed the bitter taste of bad memories. It was over and done, he told himself, his hands tightening on the steering wheel until he wouldn't have been surprised to see it snap in two. Deliberately, he forced his grip to relax and reminded himself that ancient history had nothing to do with today. Except of course as a warning to not repeat it.

A flash of movement at one of the front windows caught his attention and as he watched, the curtains were pulled back. Lilah's face appeared and she gave him a quick smile before dropping the curtains back into place and disappearing from sight.

He didn't much care for the jolt of awareness that stabbed at his gut, so he ignored it. Taking the key from the ignition, he opened the car door and got out just as she stepped out onto the front porch.

Today, she was wearing a deep crimson shirt that hugged her curves, tucked into a brown suede skirt that hit just below her knees. A silver chain draped around her narrow waist and dangled about halfway down the front of that skirt. As she waved, the silver swayed and caught the sunlight, flashing in his eyes like a warning beacon.

Warning, he told himself. Good thing to keep in mind.

"So?" she called out, her voice carrying to him on the morning stillness, "do you want some coffee before we head off?"

"No thanks," he answered. Hell, he didn't need coffee. He needed a drink. Or his head examined. "You ready to go?"

She set both hands on her hips and cocked her head to one side as she watched him. That hair of hers fell like a golden curtain to one side of her body and drifted lazily in the soft wind. Kevin's insides did a slow lurch before he had the chance to remind himself that this was the Colonel's daughter for God's sake.

Not only that, she was completely the wrong kind of woman for him even if he was interested.

And he *wasn't* interested.

Dammit.

He kept telling himself that as he watched her walk across the lawn toward the car. That long skirt swayed around her legs and even though he knew damn well that he shouldn't be thinking the things he was thinking, he couldn't seem to stop. His gaze moved over her, from that incredible smile right down to the tips of her black, low heeled, slouchy boots.

Want dug into the pit of his stomach and he did his best to ignore it.

Stepping up alongside the car, she planted both hands on the hood and leaned forward. "My dad's already left for his office."

"Not surprising," Kevin said, deliberately keeping his gaze locked with hers. Way safer than looking at the rest of her. "Half the morning's gone."

She glanced down at a silver-and-turquoise watch strapped to her left wrist. "Gee, you're right. It's almost seven forty-five. Practically afternoon." Lifting her gaze to him again, she said, "Early rising is definitely something I don't miss about living on base."

"I'll remember that," he said. Tomorrow he'd pick her up a little later. The less time spent with her, the better. Hell, at this point, he'd take anything he could get.

Three

***

"**Y**ou cold?" he asked.

Lilah nearly jumped, startled at the sound of his voice. For the last hour, they'd been walking aimlessly around the base and he'd hardly said more than a word or two. And she was pretty sure that if he'd been able to get by with a grunt, that's what he would have done.

"No," she answered a moment later, "I'm fine. You?"

He looked at her like she was crazy.

"Sorry," she said, lifting both hands, palms out. "I forgot, Marines don't get cold."

His lips quirked, but otherwise, there was no shift

of expression. It was like taking a walk with a mobile statue. Any sympathy she might have been feeling for him last night dissolved in the bubbling stew of frustration simmering inside her. Not being one to suffer silently, Lilah, as usual, let it erupt. "What's the deal here, Gunny?"

"What?" he gave her another look, then absently took her elbow and steered her around a parked car.

Lilah ignored the flash of warmth that the slightest touch from him ignited inside her. On top of everything else, she didn't need the distraction of fluttering hormones. Plus, at twenty-six, she was a little too old to be developing crushes that were destined to go nowhere.

Besides. They'd had a deal, hadn't they?

"Excuse me," Lilah said, flipping her windblown hair back out of her eyes, "but aren't you the guy who just last night offered me a bargain?"

"Here I stand."

"Uh-huh." Did he ever, she thought, with a purely feminine glance of admiration. Well over six-feet tall, he looked like a khaki brick wall. With gorgeous green eyes. And that had absolutely nothing to do with anything, she told herself firmly. Taking a deep breath, she continued. "So, what happened to the part about how we're going to get along and get through the month without making each other miserable?"

One dark eyebrow lifted into an arch.

Impressive.

"You're miserable?"

"Gee, no," Lilah told him, sarcasm dripping from every word. "So far, this is better than Disneyland."

He stopped walking, heaved a dramatic sigh and turned to face her. "What's the problem?"

"The problem, Gunny, is that I might as well be by myself, here."

"Meaning?"

"Meaning," she snapped, "you could actually speak occasionally. Or were you ordered to keep quiet?"

A cold blast of air swept past them, ruffling the hem of her skirt, lifting her hair into a tangled mess and sending goose bumps racing up and down her arms. And it was still warmer than the chill she saw in his eyes.

But in a moment or two, that coolness was gone, replaced with a frustration she understood all too well. Heck, she'd been seeing it most of her life. She never had fit in and once again, that was being pointed out to her.

He shook his head, lifted his gaze to a spot inches above her head and stared out into the distance. From overhead, came the distinctive roar of a jet taking off and the sun slipped behind a bank of clouds.

"No," he said, lowering his gaze briefly to hers. "I wasn't ordered to keep quiet. It's just—"

"I know. You don't want to be a tour guide."

"Not particularly," he admitted, and looked directly at her.

"Well," she said, "that's honest, anyway."

"It's not your fault," he muttered, "but this whole thing really goes against the grain."

"Tell me about it," Lilah said, shoving her hair back out of her face. "You think I enjoy being handed off from one Marine to another? I'm like a human hot potato!"

"So why do you put up with it?"

"Have you ever tried to say no to my father?"

"Can't say that I have," he said.

"I don't recommend it." Not that her father ever lost his temper or anything. But he just sort of steamrolled over a person's objections. Especially, she told herself with just a touch of shame, when you didn't speak up and be honest. Heck, she'd called Kevin Rogan a coward for not telling the truth. Yet she hadn't either, when given a perfect opportunity. She pushed that thought aside for the moment. "Don't get me wrong," she added, "Dad's terrific. He's just…how do I say this?"

"A Marine?" he inquired wryly.

"Exactly," she said.

Kevin stared at her. That smile of hers should be classified as a weapon. Top grade. It had the wattage of a nuclear bomb and probably had the same results on most men. Able to leave them flat and whimpering.

He, however, was a different story. Oh, he wasn't blind. And since he was most definitely male, he could appreciate her package. Just like he'd appreciate a beautiful piece of art. That didn't mean he wanted to take her home and hang her on his walls.

And he'd been down this route before, he reminded himself. He'd taken one look at a woman and seen everything he'd wanted to see and nothing he didn't. He wouldn't be making the same mistake again.

"I don't really need a tour of the base anyway, you know," she was saying and he told himself to pay attention. He had a feeling that *not* paying attention around Lilah Forrest could be a dangerous thing.

"Why's that?" he asked. Not that he minded cutting the tour short.

"Because," she said, shrugging, "all bases are pretty much the same." Turning in a tight circle, she lifted one hand and pointed as she counted off, "Headquarters, Billeting, Provost Marshall, beyond that, the PX, Post Office, Commissary. And," she said, turning back to him with another one of those smiles, "let's not forget the theater, rec center and oh, yeah. There're the clubs, enlisted, officers and

Staff NCOs, and last but not least, the all important Recruit Receiving.''

When she was finished, she looked up at him and gave him another one of those smiles. ''Same church, different pew.''

She was right, of course. Hell, she'd been raised on bases around the world. She probably knew her way around as well as he did. Which led him back to the one question that was flashing on and off in his brain like a broken neon light. Before he could stop himself, he asked, ''So what are we doing here?''

''You've got me.''

A simple phrase. So why did it snake along his spine like a red hot thread? Because *having* her implied all sorts of things that his body clearly approved of wholeheartedly. Unfortunately, though, there would be no having of any kind. Not only was she the Colonel's daughter and Kevin's responsibility for the next few weeks…but she wasn't the one-night stand kind of woman and he wasn't the happily-ever-after kind of man.

So that left them square in the middle of ''no touch'' land.

Then she touched him. A simple touch, she leaned into him and laid one hand on his upper arm. Heat skittered through him, but he drew on every ounce of his formidable will and told himself to ignore it. It wasn't getting any easier, though.

"It's weird," Lilah muttered more to herself than to her strong, silent type companion.

"What is?" he asked, but she had the feeling he didn't really care.

"Being back on a base."

"How long's it been?"

Not long enough, she thought. But all she said was, "A year or so."

"Why's that?"

She slanted a look up—*way* up—at him. "Do you always talk like that?"

"Like what?"

Lilah sighed. "In short, three-to-four word sentences. I mean you don't say much and when you do, it's almost over before you start."

"You talk enough for both of us."

She did tend to babble when she was nervous, she admitted silently. Which brought up the question of just *why* she was nervous. It wasn't being on base. Or being around her father. Those things she was used to dealing with. She just plastered on a smile and went out of her way to point out her unsuitability herself to avoid having others do it for her.

An old trick, Lilah had been using it for years. Rather than wait for someone else to make fun of her, she poked fun at herself. Then everyone was laughing *with* her. Not *at* her.

So, if she wasn't nervous about where she was…she must be nervous about who she was with.

Uh-oh.

"Hmm. Talk too much. Where have I heard *that* before?"

"From everyone you've ever met?" he asked, one corner of his mouth lifting.

"Wow." Lilah stared up at him. It was truly amazing what that smile did to his face. No wonder he didn't do it often. The bodies of women would be littering the parade deck. But she didn't have to let him know that. "A smile. This is a real moment. Too bad I don't have my journal with me, I could make a note of it."

"Funny."

"Thanks." She laid one hand on his forearm and felt that jolt of heat again. Okay, she hadn't counted on that. Instantly, she let her hand drop again and took a step back, just for good measure. Couldn't hurt to keep a little distance between herself and the surprising Gunnery Sergeant.

"Well," he asked, "if you don't want the tour, what would you like to see?"

Before she could answer, someone shouted, "Gunny! Hey, Gunny!"

Kevin turned around and Lilah looked past him at the man hurrying up to them. Judging by his Smokey the Bear hat, he too was a Drill Instructor.

He came to a stop in front of Kevin and spared her a quick glance.

"Excuse me, ma'am," he said, "but I need to borrow the Gunny for a minute."

"Sure," she said.

Kevin frowned slightly. "Staff Sergeant Michaels, this is Lilah *Forrest*."

The Marine's gaze widened in surprise. "As in Colonel Forrest?"

Lilah nearly sighed. Happened every time she met one of her father's troops. They looked at her, imagined him, and just couldn't seem to put the two of them in the same family. But she'd long ago quit trying to be what everyone else expected her to be, so she just smiled at him. "He's my father, yes."

"Pleased to meet you, ma'am," he said. His gaze swept over her and as he took note of the crystal around her neck and the silver chain around her waist and her boots, she could almost hear him feeling sorry for her father. A moment later though, he was all business, and turning his gaze on Kevin.

"I need your help tonight."

"I'm off for the next couple of weeks," Kevin told him and Lilah noticed for the first time how rough and gravelly his voice sounded. Must be from all the shouting the D.I.'s did at the recruits. But whatever the reason, it scraped along the back of her neck and felt like sandpaper rubbing against her skin.

"I know that," Sergeant Michaels said. "But Porter's wife is in the hospital. Their first one's about to be born and I've got a busload coming in tonight."

"A busload?" Lilah asked.

"Recruits," Kevin told her with a glance over his shoulder.

"Ah..." Of course. She'd been around the Marine Corps long enough to know that when new recruits arrived at the depot, they arrived in the middle of the night. Bringing them in on a bus in the dark, was sort of a psychological thing, she supposed. Kept them from knowing exactly where they were. Enforced the feeling that they were all in this together. Made them start looking to each other for comfort, for strength.

Because that was the whole point of boot camp. To take individual kids and build them into team player Marines. The military wasn't exactly big on individualism. Which is exactly why she'd always had such a hard time fitting in.

Free spirits in the Marine Corps? She didn't think so.

"You won't have to do anything," Michaels said, talking faster now, "just be there as backup."

She'd never seen the recruits arriving and as long as she was here, it seemed like a good idea. "Can I come, too?" she asked.

Both men turned and glared at her.

"No."

She pulled her head back and stared at them. "Why not?"

"You said you didn't want a tour," Kevin reminded her.

"That's not a tour. That's just observing."

"No observers allowed," he said.

"Staff Sergeant Michaels just asked you to be an observer."

"He asked me to be backup."

From the corner of her eye, she noted that Sergeant Michaels was watching the two of them with fascination. But she paid no attention to him. Instead, she concentrated on the huge man glowering at her.

"And if you're not doing anything but being backup," she pointed out, "what exactly will you be doing?"

"Watching."

"Ah-hah." She folded her arms across her chest, leaned back and gave him a victorious smile. "In other words, *observing*."

She watched him grind his teeth together. Every muscle in his jaw clenched and unclenched several times before he trusted himself to speak.

"Whatever I'm doing, it's my job," he said. "These kids don't need an audience."

"Hardly an audience. One woman. In the background. Watching."

"No."

"Look," Michaels interrupted, apparently sensing that there was going to be no time limit at all to this argument, "all I need to know is if you can do it."

Kevin, still scowling, said, "Yeah. I'll be there."

"Good, thanks." Touching the brim of his hat with his fingertips, he glanced at Lilah and said, "Ma'am, enjoy your stay."

"Thank you," she said, but he had already done an about-face and was striding away, leaving she and Kevin alone again.

Before she had the chance to open the discussion again though, he was looking at her. "Forget about it," he said tightly.

One thing Lilah had never been able to stand was being told what to do. Another reason why she'd never have made it in the military.

"I could pull rank on you," she said.

"You don't have a rank," he reminded her.

"My father does."

"He'd be on my side."

Hmm. She suspected that was true. Her father was a stickler for the rules. Poor man.

"What harm could it do?"

"None, 'cause you won't be there."

"You know," she said, walking again, headed across the grounds toward a patch of grass where several squads were drilling. "I don't need your permission."

"Actually," he said, falling into step beside her, "yeah. You do."

"What?" She looked up, and her hair flew across her eyes. She clawed at it, then reached around, grabbing a handful of hair and holding it in place at the nape of her neck. Hard to argue with a person when your own hair was working against you.

"I'm a senior D.I.," he said and darned if he didn't look like he was enjoying himself, saying it. "I train the instructors. They answer to me. I look after the new recruits. I say who comes and goes." He bent down again, bringing his gaze in a direct line with hers. "And I say you don't go anywhere near the new recruits tonight. Understand?"

Lilah ducked back into the shadows as the bus pulled around the corner and came to a stop. Two in the morning and the faces she could make out through the windows were wild-eyed. "Probably scared to death," she muttered, then slunk farther back into the darkness as the sound of footsteps rose up from close by.

Staff Sergeant Michaels, with Kevin Rogan just a step or two behind him, headed for the bus. The driver slammed the double doors open with a "thunk" that seemed to echo in the otherwise stillness.

Lilah went up on her toes and wished she was five inches taller. She'd never liked being short. People never took short people seriously. They always thought you were "cute." Besides, she'd rather reach her own cereal down from the top shelf at the grocery store, thank you very much. But she'd never been as frustrated with her height as she was at the moment.

"Not bad enough I have to hide like a criminal," she whispered, "but I go to all the trouble of coming down here and now I can't see anything."

Sergeant Michaels vaulted up the three steps into the bus and started his long walk down the narrow aisle. She caught glimpses of pale faces and she could only make out the Gunny's silhouette, but she had no trouble at all hearing him.

"Listen up!" he thundered in a roar that was designed to capture everyone's attention. "When I give you the word, you *will* get the hell off this bus. Then you *will* stand in the yellow footprints painted on the pavement. You *will* then wait for further instructions. Do you hear me?"

"Yes, sir," came a desultory answer from only a handful of the kids trapped on that bus.

"From this moment on," Michaels screamed and Lilah was pretty sure even *she* flinched, "you will begin and end every answer to every question with "sir." Is that clear?"

"Sir, yes, sir!" A few more voices this time.

"I can't hear you."

"Sir, yes, sir!"

With that, he strode back down the center aisle, left the bus and stood just at the bottom of the steps. "Move, move, move, move…" he shouted and instantly, dozens of feet went into action.

Clamoring to hurry, racing to follow instructions, a bunch of kids who only the day before had only to worry about which hamburger joint to have lunch in rushed toward destiny. Lilah winced in silent sympathy for what she knew they'd be going through soon. Boot camp was rough, but if they made it through, each of those kids would be stronger than they ever would have believed possible. Heaven knew she had never really felt as though she belonged, but she respected what the Corps could do. What they represented. What was possible with the kind of teamwork taught in the Marines.

A flash of pride swelled inside her as she listened to those feet hustling off the bus. They were scared now, but in a few short weeks, they'd be proud.

"I should have known," a voice came from right beside her and Lilah jumped, just managing to stifle a screech of surprise.

Grabbing the base of her throat, she half turned and looked up into now familiar green eyes. "Good God, you almost killed me," she said.

"Don't tempt me."

She straightened up to her full, less than impressive height. "Hey, I'm not one of those kids, you can't order me around."

"That seems pretty clear," he muttered, then grabbed her upper arm in a grip that told her his temper was carefully leashed. "Why are you here?"

Lilah flashed him a grin. "Because you told me I couldn't be."

"You know," he said, with a shake of his head, "I never thought I'd feel sorry for an officer. But damned if I don't feel some sympathy for the Colonel."

"I'll pass that along for you," she said.

Four

"**D**o you ever do what you're told?" he asked, voice tight.

"Almost never," she said softly.

And damned if she didn't sound proud of that little fact.

Standing here in the dark with her, Kevin wasn't sure if he wanted to strangle her or kiss her. Either way would only lead to trouble though, so he resisted both impulses.

Still, he felt her warmth, felt it drawing him in. And after being so cold for so long, the temptation to step closer was a strong one. Warning bells went off in his mind, but unfortunately, his mind wasn't in charge at the moment.

Moonlight barely reached into this one little darkened corner of the base. But even in the dim light, he had no trouble making out her delicate features, the paleness of her skin or that wild tangle of hair lying about her face and well past her shoulders. He caught a whiff of her perfume and it tantalized him, making something inside him clutch up tight and hard. And he damn well resented it.

What was it about this one tiny woman that seemed to be getting past every defense he'd erected over the last couple of years?

"How'd you know I was here?" she asked, keeping her voice low enough that no one else would hear her. Especially over Staff Sergeant Michaels's shouting.

How to explain that, he wondered. He wasn't about to admit that he'd sensed her presence. He would cheerfully stand up against a wall and smile at a firing squad before confessing that he'd actually been *looking* for her. So he picked up her left wrist and gave it a gentle shake.

Silvery music tinkled into the darkness from the chimes she habitually wore.

"Ah," Lilah said. "I knew I should have dressed a little more covertly."

"A *little* more?" he asked, letting his gaze drift down her compact, curvy body. Even in the dark, he could see that she wasn't exactly dressed for espionage. She wore some light-colored full-length sweater over yet another swirly skirt and a pale blouse. She couldn't be more noticeable if she were doused in glow-in-the-dark paint.

"So I'm not spy material," she quipped. "Besides, I don't look good in black."

He was pretty sure she'd look good in whatever she wore, but he had no intention of saying so.

"C'mon," he said, still keeping a grip on her wrist. "I'll take you home."

She dug in her heels. "I could just stay here and—"

"Forget it," he said, glancing over his shoulder to where the new recruits were being hustled in out of the damp fog and into the receiving center. "Show's over."

She looked past him, then lifted her gaze to his. "Okay, I'll go. But you don't have to walk me. Sergeant Michaels is probably expecting you inside."

True, he thought, looking from the tiny woman beside him to the well-lit glass doors to his left. But there were more Marines inside who could help out. And he didn't think the Colonel would appreciate his daughter left to walk across the base alone in the middle of the night.

Decision made, he said, "Wait here." Then he dropped her hand and marched off to receiving. It only took a moment or two to tell Michaels that he was taking off and then he was stepping back into the damp night, peering into the mists of fog drifting across the yard.

He glanced at the spot where he'd left her with orders to stay put. Naturally, she wasn't there. Knowing her, she could be anywhere on base by now. "Dammit," he muttered.

She laughed from somewhere just ahead of him. "Have you ever tried meditation?"

"No," he said, narrowing his gaze to stare into the fog, looking for her.

"You should. It would help with that temper."

"You know what else would help?" he asked as he moved forward quietly, scanning the area, searching for a glimpse of that pale sweater.

"What's that?"

"People doing what I tell 'em to do."

"Like giving orders, do you?"

"Better than you like taking them apparently."

Then she was there. Right in front of him. Materializing out of the fog as though she were a part of it somehow. Mist clung to her hair and body and shone in damp patches on her cheeks. She tilted her head back, smiled up at him and he felt a cold, hard fist close around his heart.

"You should keep that in mind then, huh?"

Oh, there were a lot of things he'd have to keep in mind about her, Kevin told himself firmly. Not least of which was the fact that she was the *engaged* daughter of the Colonel and only here temporarily.

"Doesn't it look eerie out here?" she whispered and her voice was softened even further by the heavy mist surrounding them.

"Yeah," he said. "It does."

"Sort of like a horror movie."

He'd never really noticed that before, but got into the spirit of things. "Just before something comes lurching out of the fog?"

She took a step closer to him and let her gaze sweep across the shrouded base. "Okay, bad idea to go down that road."

"Scaring yourself?" he asked, surprised. Hell, he would have been willing to bet that nothing scared her. Certainly not her father. Or him. But apparently, the boogeyman could do it.

She linked her arm through his as he started walking. He knew this base like his own backyard. Foggy or not, he could get her back home with no trouble.

"Not a big fan of scary movies," she admitted. "I get too involved, too drawn into the plot, then it's like I'm the one being chased by a knife-wielding maniac." She shivered. "Nope. Give me romantic comedies."

The fog acted like a blanket, keeping them wrapped in a small cocoon of silence. Only their own footsteps sounded out, like twin heartbeats, thumping in time. The grip of her hand on his arm was strong and warm and damned if Kevin wasn't enjoying it. It had been too long since he'd taken a walk with a woman. And even though this was strictly business so to speak, that didn't mean he couldn't enjoy it.

"Me," he mused aloud, "I'm more of an action-adventure movie person."

"Gee," she said with a half laugh, "there's a surprise."

He chuckled, too. "Nothing better than a few good explosions and a couple of firefights."

"Ah, the romance."

"Ah, the glory."

They walked on in a companionable silence for another minute or two and then she spoke. Kevin had been wondering just how long she could go without talking. Clearly, not very long.

"So what do you do when you're not being Gunnery Sergeant Rogan?"

"When am I not?" he wondered aloud.

"Vacations," she supplied, "days off. R and R."

It had been so long since he'd taken any personal time, he couldn't remember what he'd done. Of course, before the divorce, he'd had plenty of plans for vacations and even retirement. Maybe buy a boat and run a charter fishing service off one of the islands in the Caribbean.

But then, his neat little world had dissolved and so had the plans.

Her question was still hanging in the damp air

between them though, so he found an answer that would satisfy her curiosity. "I go see my sister and brothers. And my new niece."

Lilah heard the pride in his voice and smiled wistfully to herself. As an only child, she would never get to be Aunty Lilah. And at the rate she was going, she'd never get to be "mom" either. Suddenly, she saw herself thirty years from now, curled up in her same apartment in San Francisco, surrounded by cats and peering through the curtains at the world going on without her.

Not a pleasant prospect, by any means.

"You know," he said, "when you're quiet, it's a little scary."

She chuckled. "A Marine? Scared? I don't believe it."

"Worried more than scared. What are you thinking about?"

Since the image of her older self alone with cats sounded a little too "pity-party," she said, "Just wondering what it was like to grow up with brothers and sisters."

"Loud," he said.

"And fun?"

There was a long pause while he thought about it. Then he said, "Sometimes. Most times, it was work. I'm the oldest, so I was usually left in charge and—"

"So giving orders really comes naturally to you."

"All right..."

"Sorry," she said. "Go on."

"Not much more to tell." She felt him shrug. "I have one younger sister and three brothers. Triplets."

"Triplets. Wow. Identical?"

"Oh, yeah. Almost no one can tell them apart."

"But you can," she said, enjoying that hum of pride in his tone again.

"Sure. They're my brothers."

"And your niece?"

"Ah," he said, his voice warming, "Emily's a heartbreaker. And since she's walking now, she's driving Kelly, my sister, nuts."

Lilah enjoyed hearing about his family. Love filled his voice when he spoke about them and as he painted word pictures, she drew their images in her mind. The brothers looked like Kevin, she guessed, although she was willing to bet they weren't as handsome. After all, what were the odds of having four gorgeous men in one family?

She imagined Kelly and her baby and—

"What's Kelly's husband like?" she asked, assuming the woman was married. She couldn't imagine Kevin Rogan, master of all he surveyed, allowing his sister to be a single mother.

Beneath her hand, the muscles of his arm tensed

slightly before relaxing again. Hmm. Not too fond of the brother-in-law, was he?

"Jeff's a Marine. He's on duty now. Somewhere."

"Somewhere?"

"He's Recon. Kelly doesn't even know where the hell he is."

"And you're not happy about that," she said.

He shrugged again and Lilah wished she could see his expression, but the fog was still too thick, sliding past them like phantom fingers.

"Marines make lousy husbands, that's all."

"Kind of a generality, don't you think?"

"Personal experience."

Ah. She remembered what her father had had to say about Kevin's ex-wife leaving him a mess, so Lilah trod carefully. She didn't want him to know she'd heard anything about his past. He didn't seem the kind of man to enjoy knowing that his private life was still being talked about.

"So you were a lousy husband?"

His footsteps faltered slightly, then he went on and if she hadn't been paying such close attention, she might not have noticed the hesitation at all.

"My ex-wife must have thought so," was all he said.

"Was she a good wife?" She probably shouldn't have asked that, but Lilah's nature was something she couldn't fight. She didn't mean to be nosey, exactly. It was simply that she couldn't keep herself from trying to help. Whether that help was wanted or not.

"I'd rather not talk about it."

"It might help," she said. "Sometimes telling a stranger your problems makes them easier to solve."

"There's nothing to help," he said, his voice low and sharp as a knife. "It's over. My marriage ended a couple of years ago."

Maybe, she thought. But there seemed to be a part of him that hadn't let go. Though she doubted he'd admit that under threat of torture. And, since she'd been enjoying herself up until this minute, she let the conversation end. No point in starting a fight.

She stumbled over something in the dark and would have pitched face forward into the dirt if he hadn't caught her.

His hands at her waist, he held onto her while she steadied herself and Lilah tried not to feel the heat from his hands pouring into her body.

This was ridiculous. She was twenty-six years old. The last living virgin in California. She had a pretend fiancé and absolutely no business being swept away by a good-looking Marine with a bad attitude and a glorious smile.

And yet...

She stared up at him and the mist enveloping them parted, drifting away on the sea air and leaving them in a patch of moonlight. He hadn't let her go and Lilah felt every imprint of his fingers, right through her sweater and the shirt she wore beneath it. His pulse beat seemed to hammer into her, accelerating her own heartbeat and twisting her stomach into knots.

"This is a bad idea," he said, his gaze moving over her face as if seeing her for the first time.

"Terrible," she agreed.

"We have nothing in common."

"Absolutely zip." She ran her tongue across her bottom lip and watched his gaze follow the action. Her stomach pitched again as though she were on some high-flying roller coaster and taking the long dip in a rush of speed.

"You're only here for a month."

She nodded. "Maybe less."

"You're engaged."

"Oh, yeah."

"And," he whispered as he lowered his head toward hers, "if I don't kiss you right now, I just might lose what's left of my mind."

She went up on her toes, rising to meet him. "Can't have that," she said on a sigh.

Lilah kept her eyes open and watched him come closer. But when his lips came down on hers, her eyes closed and breath left her body. If he hadn't been holding on to her, she would have dropped, because her knees gave out the instant his tongue touched hers.

She groaned and leaned into him. His arms came around her like an iron vise, pressing her to him, holding her length along his. His hands swept up and down her back, stroking, caressing.

His mouth tantalized her, his breath dusted across her cheek and she felt the pounding of his heart slamming against her chest. He explored her mouth, tracing the tip of his tongue along her teeth, her cheeks, drawing the last of her breath from her. She gave as good as she got, returning his caresses while she clung to his shoulders in an effort to keep from puddling on the ground at his feet.

Never, she thought wildly, as sensation after sensation coursed through her body. Never had she felt anything like this. It was as if sparklers had been set off inside her. Her blood dazzled and bubbled in her veins as a low down, deep-seated throbbing pulsed to life within her.

He growled. Actually growled. And tightened his hold on her. His kiss deepened until she was sure he was trying to devour her and Lilah was so afraid he wouldn't.

She wanted more. Wanted to feel his hands on her. Wanted to slide, skin to skin and relish the experience of having Kevin Rogan be the man to finally broach her body's last defenses.

She felt as though she'd been waiting all her life

for this one moment. Here in the moonlight, with the patchy fog drifting like gossamer threads around them, she'd found the skyrockets that all the romance novels she'd ever read had promised.

The question was, what was she going to do about it?

Five

Reason pushed its way into his brain and instantly, Kevin released her and took a step back. His arms felt empty without her. He still had the taste of her in his mouth and he knew that had been a big mistake. And even knowing that, it was all he could do to keep from grabbing her again and having another taste.

He slapped one hand across the back of his neck and rubbed hard enough to scrape skin off. It didn't help.

"Wow," she said softly, her voice reaching out for him as surely as her scent did. "That was some kiss."

"Yeah," he muttered thickly and was more than grateful for the sporadic moonlight. In the darkness she wasn't likely to see exactly how much he'd enjoyed that kiss. But he could for damn sure feel it. And the discomfort was enough to make his tone a little harsher than he would have liked. "I apologize," he said formally. "That was out of line and—look Lilah, it'd probably be best for both of us if we just forget that ever happened."

Silence.

Oh man, she was probably ready to cuss him out, or punch him or best yet, he thought grimly, report this to her father. Great. Just what he needed. What had he been thinking? His Commanding Officer's daughter. An engaged woman.

A nut.

In an instant, he saw the end of his career, or being transferred to some far-flung, ice-covered base, or being busted down to Private. There was no telling what she'd do once the shock wore off.

"I think my toes curled."

He blinked. "What?"

"Seriously," she said. "That was an amazing kiss, Gunnery Sergeant Rogan."

"Thanks." What else could he say? Hell, he should have known she wouldn't react as he'd expected her to. Any sane woman would be either furious or—well, just furious. But then, he told himself, Lilah Forrest didn't even *dress* sane.

"I mean to tell you," she said, admiration clear in her voice, "you could give lessons."

He didn't speak. Didn't trust himself to.

"Forget the Marines," she added, "you could probably make a bundle being an escort."

"What?"

"Just checking," she said with a short laugh that sounded nearly as musical as the bells she wore on her wrist. "You were so quiet there for a minute, I thought maybe you were the first person to ever slip into a coma while standing up."

"You're out of your mind, you know that?" Big surprise there, he thought.

"Why?" she asked. "Because I didn't kick you or run off to daddy to complain? Would you be happier if I was angry?"

"Well," he said, "yeah. At least that I'd understand."

"Sorry to disappoint you," she said and started walking toward home again.

He fell into step beside her.

Even without the fog, the air was damp and carried the scent of the ocean. Shadowy clouds scuttled across a black sky, covering and then displaying the stars as if some giant hand were playing hide-and-seek with diamonds.

"Not disappointed," he said, weighing the words mentally before speaking them, "just...confused."

"I don't know why," she said, drawing the edges

of her sweater closer around her. "You kissed me, I kissed you and it was terrific."

More than terrific, he thought, but didn't say.

"And that's it," he said. "No big deal."

She glanced up at him and in a snatch of moonlight, he saw the smile curving her delectable mouth. "If you want to run get a sword, I'll fall on it for you."

"That's not what I meant," he said tightly and wondered why in the hell it bothered him so much that she wasn't bothered.

"Just what did you mean then?" she asked as they came up on the low, three-foot-high brick wall that surrounded the backyard of the Colonel's house.

He grabbed the regulation cover off his head and ran the flat of one hand across the top of his high and tight haircut. For the first time in too many years to think about, he almost wished his hair was longer. At least then, he'd have something to grab hold of and yank.

"I don't know what I meant. All I'm sure of is, I don't get you at all."

"Ah," she said and he heard the smile in her voice. "The mystery that is Lilah Forrest."

"You are that."

"Because I didn't swoon or run off screaming into the fog because of one kiss?" Lilah shook her head and stared up at him. Her knees had quit shaking and she was pretty sure her heart wasn't going to climb out of her throat. But her stomach was still pitching and quivering with excitement and it felt as though every one of her nerve endings was standing up and shouting, "Ooh-rah!"

She shook her head. "If that's the case, then you think either very highly of yourself or very little of me."

"Neither," he said. "You're just…surprising, is all."

"Is that a good thing or a bad thing?"

"Not sure about that, either."

"You'll let me know when you figure it out?"

"You'll be the first," he promised. "But don't hold your breath. You're only going to be here four weeks and something tells me it'd take years to understand you."

"And sometimes," she said softly, thinking now of her father, "not even then."

A moment later though, she pushed those thoughts aside. They were old aches and there was no need to reexamine them again tonight. Besides, she'd much rather think about what had happened to her only a few minutes ago.

Granted, she wasn't exactly the most experienced woman around, but Lilah had the distinct feeling that even if she had been, Kevin Rogan's kiss would have stood out from the crowd. The man was an absolute master at lip manipulation. She ran her tongue across her bottom lip as if she could still taste him there and just the thought of that sent a shiver of expectation shooting down the length of her spine.

She wanted to kiss him again and even admitting that silently, she knew just how dangerous this was. After all, he was career military. A Marine, for pity's sake. A man, for all intents and purposes, exactly like her father. The two of them were like peas in a pod as far as their views, their goals and no doubt, the kind of woman they approved of. And that kind of woman was definitely *not* her kind. She'd been the bane of her father's existence for as long as she could remember. She had no reason to think that Kevin Rogan would be any different.

How could she be interested even slightly in a man hand-chosen by her father? This had never happened before. Every other time her dad had tossed a Marine in her path, she'd either frightened them off or been bored silly.

Wouldn't you know that the one time she'd come prepared—armed with a pretend fiancé—*that* would be the time she'd meet a man who set off alarm bells throughout her body? The key word in that sentence being *alarm*. If she had any sense, she'd go inside and tell her father that she couldn't stay after all. Then she'd pack up and go home to San Francisco. Back to the world where she felt comfortable and wanted and respected.

But she knew darn well that she wasn't going anywhere.

Not after a kiss like that.

She wanted another one and then, maybe, another one after that.

And giving in to that thought, she looked up at him, went up on her toes and slanted her mouth against his. He went rigid, as if suddenly called to attention. But electricity hummed between them, lighting up Lilah's insides and pushing her to go for more. She wrapped her arms around his neck and tilted her head to one side, giving him more and silently asking him to return the favor.

Moments ticked past and still she waited for a response. When it finally came, it was more than she had hoped for. His arms went around her middle, his hands fisting at the small of her back, pulling her tightly to him. She felt his need pulsing through her as he parted her lips with his tongue and reclaimed her mouth.

Lilah sighed into him and she heard him swallow a groan that rumbled up from deep in his chest. He yanked her flush against him and instantly she became aware of the rock-hard proof of his desire for her. A flicker of something damp and hot and unbelievably exciting settled and pooled deep within her and Lilah wanted nothing more than to give in to it.

His breath puffed across her cheek, his warmth and strength surrounded her. The silence of the night crept close, making their rapid heartbeats and ragged breathing the only sounds she heard.

Then he tore his mouth from hers and stared down at her with wild-eyed, deep-rooted shock. But despite the denial she knew was coming, he couldn't disguise the passion she saw in his gaze. Not to mention the fact that his body was telling her all she needed to know about whether or not he wanted her.

"Why'd you do that?" he demanded, sliding his hands from her back to her upper arms. His fingers pushed into her flesh, but in spite of his strength, or maybe because of it, his grip was still gentle. "Didn't we just say that it would be better if we both forgot about that other kiss?"

"Actually no," she said, and took a deep breath in a futile attempt to slow down her heartbeat. "*You* said that."

"Whatever."

"And," she went on as if he hadn't spoken at all, "I figured if you're going to forget something, might as well make it memorable."

"Memorable? If it's memorable, you *don't* forget."

"Good. I don't want to."

"What kind of game are you playing?" he asked, releasing her and taking a long step backward.

"Who's playing?" she asked and locked her knees to keep them from liquefying.

"Look," he ground out, "you're here for a few weeks. You're my Commanding Officer's daughter *and* you're engaged to some poor guy who probably thinks you're missing him."

She imagined Ray, no doubt at home, having dinner with Victor and not giving her a second thought. Ah, the old "tangled web" parable about deception had just risen up to bite her in the rear.

If she told him that she wanted him, then she was a cheating fiancée. If she told him the truth, that she wasn't engaged to Ray, then she was a liar. Hmm. No way to win there.

Which was probably for the best, she told herself as her blood cooled and her brain cleared. No matter how good a kisser Kevin Rogan was, the plain fact was that there could be nothing between them. He was military and she just didn't do military very well.

Nodding to herself, she said, "You're right."

"I am?"

"Don't sound so surprised," she quipped. "Even a blind squirrel finds an acorn once in a while."

"Thanks," he said dryly.

"So we're agreed then?"

"On?"

"On the fact that there's going to be no more kissing between us."

He nodded shortly. "Yeah, we're agreed."

"Okay then."

"Fine."

"Fine." She looked up at him, then shifted her gaze to the house behind her. "I guess I'd better go inside."

"Yeah, you probably should," he said.

She was freezing on the outside and bubbling hot on the inside. It just didn't seem fair. But then, this was probably just punishment for allowing herself to get so turned on in the first place.

After all, she should know better. She'd long ago accepted her unofficial title of the Last Virgin in California.

She sat down on the edge of the low wall, swung her legs over and stood up in the middle of her father's rose bushes. A stray thorn or two tugged at the folds of her sweater, but she ignored them.

"I'll see you tomorrow?"

He took a step back from the wall. "I'll be here."

"All right then. Good night." Lilah turned, paused, then looked over her shoulder at him. In the indistinct wash of moonlight, with the fog stretching out behind him, he looked impossibly gorgeous and as unreachable as the stars overhead. So she couldn't resist saying, "Just for the record, you're a great kisser."

He scowled at her and she headed for the house. She could feel Kevin's gaze locked on her. Heat blasted through her as surely as if she'd been standing with her back to a roaring fire. It was all she could do not to shiver again.

She was in some serious trouble, here.

So it was a good thing she didn't hear Kevin mutter thickly, "You're not a bad kisser yourself."

One week.

She'd only been on base one lousy week and Kevin's world was pretty much shot to hell. He wasn't even getting any sleep. Every time he closed his eyes, he saw her face, heard her voice, listened to the faint sound of those blasted bells that were as much a part of her as that long blond hair.

Scowling fiercely enough to keep all but the bravest souls at arm's length, Kevin stepped into the PX. He nodded to the cashier, then walked straight to the back of the room. He opened the refrigerator door, pulled a soda off the shelf and turned to leave.

"Hello. Gunnery Sergeant Rogan, isn't it?"

He froze, looked to his right and managed to give the older woman striding up to him a tight smile.

If not for Lilah, Frances Holden wouldn't have known him from Adam. But because the Colonel's daughter had insisted on touring the child-care facility on base, he was now acquainted with the gray-haired woman in charge of the place.

She had a no-nonsense walk, a twinkle in her eyes and a short, square body that the base children seemed to love to cuddle up to.

"Ma'am," he said, gripping the neck of his soda bottle in one tight fist, "it's good to see you again."

She laughed, a booming sound that he swore rattled some of the glassware on the nearby shelves. "Liar." She held out her right hand and he took it in a firm grip. When she let him go again, she said, "Right now you're thinking, 'what does this old bag want and how long will it take.'"

"No, ma'am," he argued quickly, though he was wondering if the nursery school teacher did a little mind reading on the side.

"I won't keep you but a minute," she said, lifting one hand to wave away his objections. "When I saw you, I just had to say something."

"Ma'am?"

"The next time you see Lilah, will you thank her for me again?"

"Again?" he asked, before he could help himself.

"Oh, yes," she said. "I thanked her once, but it

just isn't enough, though she'll argue with me on
that point, I'm sure.''

Oh, he was pretty sure Lilah would argue with
anyone about *anything,* but that wasn't the point
here, was it?

His grip tightened on the soda bottle until he
wouldn't have been surprised if the glass had shat-
tered in his hand. Why was it women talked *around*
something instead of simply spitting out what they
wanted to say? Now a man would have stepped up
to him, said what needed saying and been on his
way.

Much simpler.

The woman in front of him was still talking and
to dam up the flow of words, he held up a hand.
When her voice trailed off, he asked one question.
''What exactly are you thanking her for?''

The older woman blinked up at him. ''She didn't
tell you? Isn't that just like her? Such a sweet girl.
The Colonel can be proud of that one, I'll tell you.
So thoughtful and she didn't have to do it, frankly
I don't even know *how* she did it, though Lord
knows—''

''Ma'am,'' Kevin interrupted the flow again and
smiled to take the sting out of his cutting her off.
''Just what exactly did Lilah do?''

''Oh, for heaven's sake,'' she said, shaking her
head, ''didn't I tell you? She went to a local chil-

dren's store and somehow convinced them to donate new winter jackets for the children. *All* of the children. Most of their parents are enlisted and don't make much money." The older woman beamed at him. "She really is a wonder, isn't she?"

Before he could answer, Mrs. Holden was off, leaving him standing there wondering what else he didn't know about Lilah Forrest.

Six

"Do you know I've *never* seen you out of that uniform?'' Lilah said, giving him a quick look up and down while he stood on the front porch.

His eyebrows shot straight up and she realized just how that had sounded. And though she was intrigued by the notion, she had the feeling he was not.

"I *meant*,'' she said, stepping out of the house and closing the door behind her, "I've never seen you in civvies.''

He took her arm and led her down the short flight of steps to the path leading to the driveway. "Yeah, well, I'm more comfortable in the uniform.''

Lilah shot him a look from the corner of her eye. She didn't believe him one bit. She'd never met a Marine who didn't wear civvies off the base if he could. A uniform always attracted attention and most Marines would rather blend in than stand out. So it wasn't comfort Kevin was looking for, here.

It was a barrier.

A fabric wall standing between them.

He probably figured that if he wore that uniform, it would serve as a reminder that he wasn't with her by choice, but because her father had asked him to be there. As if she needed reminding.

Heck, Lilah'd never exactly been at the top of the dating food chain. Even in high school, she'd been just a little too weird in a world where everyone else was trying to fit in. College had been no better. She'd actually gone to class rather than the latest fraternity bash, so she'd pretty much been on the outs there, too.

Which really explained the whole ''virgin'' issue.

Hard to lose something nobody wants.

A brisk wind shot across the base and tugged at the hem of her sapphire blue skirt, rippling it around her calves. She wore a knee-length blue sweater atop the white cotton blouse that was tucked into the waistband of her skirt. Pulling the edges of that sweater around her more tightly, she glanced at Kevin and asked, ''Don't you ever get cold?''

"Nope," he said, his grip on her elbow firm, but gentle. "But if I ever do, you suppose you'll be able to find me a jacket?"

"Huh?" she asked, watching him instead of where she was going. She didn't see the rise in the sidewalk and the toe of her boot caught it just right. She stumbled and would have fallen except for the strength of his hold on her. Once she had her feet steady beneath her again, Lilah asked, "What are you talking about?"

He led her to the car, released her and opened the door. Then leaning both forearms atop it, he kept his gaze on her and said, "I just ran into Mrs. Holden at the PX."

"Ah..."

"She said to say thank you again."

Lilah smiled. "Tell her she's welcome." She gathered up her skirt, preparing to slide onto the front seat.

"Why'd you do it?" he asked.

She stopped and stared up at him. "Do what? Get the jackets for the kids?"

"No," he said dryly. "Invent penicillin."

"Funny."

"Thanks. So...why?"

Lilah shrugged, trying, unsuccessfully, to make light of the situation. "The kids needed the jackets and it was a good deal for both sides. The store gets a tax write-off and is able to do something for the community and the kids get new winter jackets. Everybody wins. Why wouldn't I do it?"

"Most people wouldn't have gone out of their way to go and talk some department store into donating clothes."

She smiled at him. "As you've already pointed out more than once, I'm not 'most people.'"

"Point taken," he said and watched her as she sat on the seat and swung her legs inside. He closed the door, walked to the driver's side and got in himself before looking at her again and saying, "All I wanted to say was, it was a nice thing to do."

Just a little uncomfortable, as she always was when being thanked for something, Lilah pulled her head back and stared at him in mock amazement. "Gee...is this a compliment I hear?"

"Could be."

"And me without my journal again."

"You keep surprising me," he said.

"Good. I do hate being predictable."

"I *like* predictable," he said and fired up the engine.

"Now why doesn't that surprise me?" she murmured. Quickly, she hooked the seat belt then turned her head to look out the side window. He put the car into gear and backed out of the drive onto the road.

Lilah barely paid attention to the passing scene.

Instead, her mind rattled along at its own pace, dredging up one thought after another. She'd been happy to arrange for the new jackets for the kids. It hadn't taken much effort—if there was one thing Lilah was good at, it was talking to people—and after all, it had worked out well for both sides.

But she never had been comfortable with compliments. She preferred doing her volunteering and then slipping away into the mist—like the Lone Ranger, she thought with an inward smile.

They drove through the main gate, and waited for a break in the cars to join the traffic. Once they were a part of the streaming line of lemmings, Kevin spoke up, breaking the silence in the car.

"At least Sea World shouldn't be crowded. This time of year and all, there aren't many tourists."

Grateful that he'd apparently decided to drop their earlier conversational thread, Lilah looked at him and smiled.

He was right. When they pulled into the parking lot twenty minutes later, they had their choice of slots. The weather probably had something to do with that, she thought. Leaden skies and a cold, wintry wind would keep even the locals away from the park. It was almost as if they'd been given the place to themselves for the day.

Kevin watched her as she studied the pamphlet and decided what she wanted to see first. Something inside him shifted uncomfortably. She was just so damned...tempting.

She always had a rumpled, tousled look that made him think of rolling her around on silky sheets—and as that thought strolled through his mind, it was all he could do to keep from reaching for her. But it wasn't just what she did for his body. He liked how her mind worked. Even when it frustrated him. Talking to her was like walking in circles and her sense of humor was a little unsettling at times, too. But the sound of her laughter was enough to set off sparklers in his bloodstream.

And now he knew that she was thoughtful enough to arrange for kids to get brand-new jackets. And that she was selfless enough to be embarrassed about it when he found out and faced her with it.

She couldn't be more different from his ex-wife. Alanna couldn't see further than her own reflection. She'd tossed him over without a thought, to get the one thing she'd wanted and wasn't able to get without him.

Entrance to the United States.

Old hurts rippled through him, but he buried their memory into a dark hole in the corner of his heart and hoped they'd stay there for a while. It wasn't often he thought about Alanna. And he liked that she was becoming more and more a part of his past. Though even he had to admit that she'd influenced his present and certainly his future. Never again

would he trust that "head over heels" feeling.
Never again would he believe a woman when she
told him that she loved him more than life itself.

And most importantly, never again would he allow himself to be as vulnerable to pain. If that
meant living alone, then that's just how it would
have to be.

Grumbling to himself, he pushed thoughts of
Alanna aside and concentrated on the woman standing in front of him. Lilah tossed her head to one
side, swinging that long, glorious fall of hair back
over her shoulder and he studied the line of her
throat, the delicate curve of her jaw. Air jammed
up in his lungs and he had to fight for his next
breath. Not a good sign, he told himself, but didn't
know how to keep from feeling that nearly electrical jolt of awareness.

Especially when memories of that kiss kept
plaguing him.

She turned those big blue eyes on him and gave
him one of her damn near nuclear smiles. And
Kevin knew for sure that he wanted her more than
his next breath. His entire body was practically
humming with a kind of need he'd never experienced before. Not even with Alanna.

And that fact worried him.

"What time is it?" she asked.

Why wasn't she wearing a watch? Crystals, yes.

Silver bells, of course. But a simple watch? No way.

"Ten hundred," he said with a quick glance at his left wrist.

"Ten o'clock," she said and checked the pamphlet again. "Good." She lifted her gaze to his and dazzled him with a smile bright enough to start a fire. Then she grabbed his hand and tugged at him. "We just have time to make it to the dolphin show."

Obediently, he followed after, trying to keep his gaze from settling on the curve of her behind or the damn near delicious sway of her hips.

Dolphins.

And that's how it went all day. They hurried from one show to another, stopping only for lunch. He'd never seen a woman so completely entranced by the little things. She loved cotton candy and hot chocolate. She dipped her French fries in ranch dressing and ordered a diet soda with an ice-cream sundae. She laughed easily and teased him mercilessly and he enjoyed it all.

By late afternoon, Kevin had seen enough fish and sea-going mammals to last him a lifetime. But Lilah showed no signs of slowing down. Damned if she wasn't as fresh and enticing as she had been at the beginning of the day. With her endurance, she'd have made a helluva Marine.

And she wasn't about to leave until she'd seen

what she laughingly referred to as "The Big
Guns."

Shamu.

The arena was practically empty, but still she insisted on sitting down on the azure benches—despite the clearly painted warning that the first five
rows might get wet.

The water was incredibly blue. Nearly as blue as
her eyes and as Lilah applauded and laughed and
oohed and aahed at the whale and its trainers, Kevin
was watching her. Everything she felt registered on
her face. Her expressions shifted constantly and he
felt as though he could watch her forever.

Such a contrast, he thought. She fired his blood
and kept him on his toes when she argued with him.
Yet here she sat, as excited as any of the kids in
the arena. There were so many sides to Lilah Forrest, he had a feeling that even if he knew her for
years, she'd be able to keep him guessing.

Years, he thought and waited for the inward
shudder that usually accompanied such thoughts,
but it didn't come. That alone should have worried
him.

"Look at him," she said in an awed whisper.
"Isn't he amazing?"

Dutifully, Kevin tore his gaze from her to look
at the huge tank in front of him. The huge black-
and-white whale did a quick circuit of its tank, creating waves that crashed and broke in its wake. The

trainer was treading water in the middle of the pool, shouting instructions and slapping his open palm on the surface of the churning sea water.

Lilah's excitement was damn near contagious. Even he got caught up in watching that mammoth creature swimming so gracefully. But a moment later, Kevin saw it coming. Knew what was going to happen the minute the killer whale made its first leap out of the water. On the far side of the tank, it lifted its huge body clear of the pool, then slammed home again, sending a wall of water swooshing over the clear side of the tank and onto the benches.

Before he could grab Lilah and make a run for it though, Shamu was upon them. Again, the whale rose from the depths, seemed to pause briefly in midair, then crashed back into the water. Instantly, a regular tsunami swelled over the lip of the clear tank wall and slammed down onto Lilah and Kevin, drenching them both instantly.

Sputtering and blinking, Kevin stood up and looked down at the laughing woman beside him. Her hair was absolutely soaked, hanging down on either side of her face like blond seaweed. She laughed and the pure, warm sound of it slid down inside him, taking the chill from his blood and lighting up his soul.

Then his gaze slipped from her face to her chest and just that fast, his body went on full alert. Her plain, white cotton blouse had suddenly become transparent. And the white lace bra she wore hid nothing from him. He saw her every curve. Her erect nipples peaked against the fabric and it was all he could do to keep from reaching out and cupping her breasts in his palms. He wanted her more than he'd ever wanted anything in his life.

His mouth went dry and when he lifted his gaze to hers again, he saw knowledge in her eyes. She knew just what he was thinking. But even better, she seemed to be thinking the same thing.

"You're all wet," she said.

"Yeah," he said, his voice sounding rusty even to himself. "You, too."

She glanced down at her shirtfront briefly, then swung her hair out of her face as she looked back up at him. "Guess you can pretty much tell I'm cold, too."

"Pretty much," he admitted, though her being cold was making him hotter than he'd ever been before.

Then she shivered and his hormones slipped a notch. Wrapping one arm around her shoulders, he pulled her in close to his side.

"You're as wet and cold as I am," she said, looking up at him even as she snuggled in, looking for warmth.

"Oh, I'm wet," he said, then muttered, "but cold? I don't think so."

He led her down and out of the arena, and instinctively headed for the front gate. The sun was already sinking behind a low-lying bank of clouds on the horizon. Streaks of rose and violet burst along the edges of those clouds and spread across the sky like a spill of paint. A cold, ocean wind blew past them and Lilah pressed herself to his side, wrapping one arm around his waist.

"It'll only take a minute to get to the car. We'll get the heater on and thaw out."

"Heat," she repeated, her teeth beginning to chatter. "Good."

His hand rubbed her upper arm, and held her tightly to him and Lilah felt the ice chips in her bloodstream beginning to melt. She ran her hand up and down his back, pretending to help keep warm, but really, she was simply enjoying the feel of his back. Hard, muscled flesh lay just beneath a soaking wet uniform blouse and Lilah wanted more than anything, to slip her hands beneath that shirt and feel his skin against hers.

A feeling that had been building inside her for days, erupted with his nearness and she gave in to it, enjoying the hum of desire pulsing within. There was just something about this man. Something strong enough to have her thinking about him at odd moments, dreaming about him at night and worrying about the dreaming during the day.

A flicker of emotion flashed inside her and Lilah

wondered just what it was. More than passion. More than simple desire. This was something she'd never felt before. And rather than try to put a label on it, to try to understand it, she decided to simply nurture it.

He stopped alongside the car and reached into his pocket for the keys. The instant his arm left her shoulders, the cold slipped into her and Lilah hugged the edges of her sodden sweater across her middle.

Glancing at her, he opened the door and said, "Get in. Quick, before you freeze."

Lilah nodded and slid onto the seat. He closed the door after her and as he walked around the back of the car toward the driver's side, she told herself that here was her chance. With this man. At this moment. She was finally going to lose her title as the Last Virgin in California.

He climbed in, settled behind the wheel and turned the key in the ignition. Flipping a few dials, he had the blower going and the rush of air quickly shifting from cool, to warm, to positively toasty.

With the engine purring, she turned toward him and found him staring at her. Those green eyes of his looked stormy, dark with a desire she recognized and shared.

A muscle in his jaw clenched and released. He swallowed hard and said, "Get your seat belt on."

"In a minute," she said, leaning closer.

His gaze shifted from her eyes to her mouth and back again. He shook his head. "Don't be starting this, Lilah. We both know it would be a mistake." He was saying all the right things, but hunger colored his tone and boiled her blood.

"And we both want it anyway." She tilted her head and leaned in farther, closer to him. She could almost hear his heart pounding.

He reached up, stroked her cheek with the tips of icy fingers and reaction shimmered up and down her spine. Then he speared his fingers into her hair and pulled her to him.

His mouth came down on hers and stole the last of her breath. Her heart hammered in her chest, her stomach did a quick jig and when he released her, Lilah looked into his eyes and knew without a doubt that this was right.

Even if it was wrong.

Seven

Outside, the wind was cold and fierce. Trees along the highway twisted and danced in the ocean gusts, bending low, their leaves breaking free and pelting the passing cars like oversized raindrops. But inside the car, heat roared into life and had nothing to do with the blast of forced, warm air rushing from the heater.

Lilah's heartbeat quickstepped until breathing became a near Olympic sport. Her hands fisted in her lap, she kept her gaze locked on the view through the windshield and told herself she was being foolish. None of this made sense. She wasn't the type to fall for a Marine, for pity's sake. Hadn't she proved that over the years with a succession of failed attempts? Hadn't every Marine who'd ever crossed her path eventually run for the hills?

Oh, this was a mistake.

And any minute now, she'd say so.

Or he would.

She slanted a glance at him from the corner of her eye and felt her heart beat even faster. That strong jaw of his, those green eyes. The full curve of his mouth. She licked her lips in anticipation of another kiss and wondered when it had all come to this. When had she become so attached to this normally stoic, hard-lined Marine? Was it his seemingly unbendable nature combined with a smile that tugged at her insides and promised intimate secrets and shared laughter? Was it his generous heart contrasted with his love for rules?

What was it about this one man that had allowed him to slip past her well-honed defenses to lay siege to a heart that hadn't been touched in years?

And what was she going to do now that he had?

"Lilah?"

She turned to face him and felt her breath catch in her throat. His gaze flicked to her briefly, then shifted back to the road in front of him.

"What?" she asked, when she could get her voice to work.

He opened his mouth, then shut it again, as if

he'd wanted to say something, then changed his mind. But a moment later, he asked, "Still cold?"

That wasn't what he'd wanted to say. She knew it. Felt it. But maybe he, too, was suffering pangs of doubt. That would be about right, wouldn't it?

"No," she said, shaking her head. "Not cold."

He nodded as if she'd just said something profound.

And after another long silent minute passed, he added, "I'm taking you back to your father's house."

A small curl of disappointment unwound inside her. Going back to the base and her dad's house meant that nothing was going to happen between them. He *had* given in to his second thoughts. He had decided that the two of them surrendering to the fire building between them would be a colossal error in judgment.

She wasn't even surprised.

But the jab of hurt caught her off guard.

"I don't want to," he said and his voice sounded tight and harsh, strained nearly to the breaking point. She watched his hands clench and unclench on the steering wheel until his knuckles went white. "You've got to know that. What I want is to take you back to my place."

His place. Her insides thrummed with a low, pulsing need that threatened to swamp her with a desire that rushed up to choke her breath and strangle her heart. Instantly, images clouded her mind and filled her thoughts. Kevin, bare chested, leaning over her, running his hands up and down her naked body. She could almost feel the gentle scrape of his calloused hands on her skin. Almost taste his kiss. Almost smell the soft, male scent of him as he leaned in closer, closer.

Her body flickered into a life that was, she knew, doomed to wither away into the unsatisfied, incomplete state with which she was all too familiar.

"But I can't do that." He didn't sound any happier about it than she did, but at the moment, that was small consolation.

"Oh, naturally you couldn't do that," she said. "That would be breaking some kind of rule, wouldn't it?"

"You're engaged, dammit," he said.

Ah, she thought, Ray. She should have known that lie would come back to haunt her. It wasn't even her status as the Colonel's daughter that was keeping Kevin at arm's length—instead it was the pretend fiancé she'd invented as a safeguard.

"I almost wish you weren't," he added.

Her gaze shot to him. "You do?"

"Hell, yes," he snapped.

"And if I wasn't?" she asked, and probably shouldn't have. After all, why torture herself?

"If you weren't—" He shook his head. "No point in going down that road, is there?"

"I suppose not," she admitted, and had to grind her teeth together to keep from blurting out the truth. Because it wouldn't get her anywhere. If he knew the truth now, he'd think her a liar or worse and race her back to the base.

She laughed shortly and he heard her.

"What can you possibly find funny in any of this?"

"Are you kidding?" she asked, leaning her head against the seat back. "Here we are, two consenting adults, hot as a couple of teenagers and instead of doing anything about it, we're running for safety."

"We're supposed to be smarter than teenagers."

"Yeah, well, maybe *smart's* not all it's cracked up to be."

Not when she was feeling like this, anyway. She didn't want to be logical. What she wanted, no. What she *needed,* was to feel. To feel everything. To finally and forever lose her virginity crown to a man she was willing to bet would make the losing of it memorable.

He made a sharp left turn and she looked at him. "What are you doing?" Lilah stared out the side window at a residential neighborhood, noting the lamplight glowing from behind windows and the children playing on neatly manicured lawns.

"Being stupid," he muttered.

"What happened to being smart and you taking me back to Dad's house?"

"Yeah, well," Kevin said, telling himself what an idiot he was, "I changed my mind. We'll go to my apartment first. Get you dried off before you get pneumonia." Damn. Even *he* didn't believe him. But he had to say something. Engaged or not. Colonel's daughter or not. He wasn't ready yet to take her back.

So he'd torture himself just a bit longer by taking her to his place.

"That's probably a good idea," she said and her voice reached down into the depths of his soul and warmed him through.

Dammit.

"No," he said, keeping his tightfisted grip on a steering wheel that somehow kept from shattering, "it's probably a lousy idea. But I'm not taking you home dripping wet, either."

"Sounds smart to me." Easing back into the car seat, she kept her gaze locked on the passenger side window until he pulled into the driveway of the duplex he rented from Mrs. Osborne. Nosiest woman on the planet.

This should just make her week.

Him showing up with a soaking wet woman.

No help for it, though.

"I kind of expected something a little more red, white and bluey," she said. "Or maybe khaki."

"I don't own it," he said. "I just rent the back apartment."

He barely glanced at the single story, white wood-framed bungalow. But he knew what she was seeing. A small place, with green shutters and two emerald-green doors. Mrs. Osborne was proud of her Irish heritage and didn't mind showing it off at every opportunity.

"It suits me," he said simply, not bothering to tell her that it gave him a break from the world that was his life. He loved the Corps, couldn't imagine living any other kind of life, but at the same time, he enjoyed having a home off base. "Come on."

He hopped out of the car and walked around to her side. Before he got there though, she had the door open and was climbing out. He told himself not to glance down at her white shirt, still wet in patches that seemed to be strategically placed to drive him insane. His gaze dropped anyway though and his body went hard and tight.

Kevin swallowed a groan and ground his back teeth together. This was asking for trouble, he knew. Being alone with her right now was definitely not a good idea. He was hanging on to his self-control by a ragged thread that was disintegrating with every passing second.

A blast of wind slapped at them, Lilah shivered and Kevin called himself a thoughtless bastard. Here he was thinking about getting her into his bed while she was turning into a gorgeous blond icicle right in front of him.

"You're freezing," he muttered and laid one hand against the small of her back.

"Not too bad," she said.

"Yeah, right. And your teeth chattering? That's just for show?"

"A turn-on, huh?" She flashed him a smile and just that quick, his hormones kicked into overdrive again.

"Oh, yeah," he muttered, guiding her up the drive to his front door. "Nothing I like better than a blue woman."

"You're a strange and twisted man," she said.

"Tell me about it."

"I like it."

Oh, man.

She stood closely to him while he shoved the key in the lock and turned the knob. He hustled her inside and as soon as he had the door closed, he reached over and adjusted the thermostat on the wall. The far-off, subtle roar of the heater jumping to life was a comforting sound, but they needed more heat. Fast.

"Take that sweater off," he ordered as he crossed the small foyer into an equally small living room. Walking to the fireplace, he knelt beside the hearth, snatched up the nearby matches and set fire to the kindling he always had ready. In a few minutes, the newspaper and wood shavings had

caught and were already licking at the log lying
across the grate.

Satisfied, he turned around and saw her standing
just as he'd left her. "You keep that soaking wet
sweater on and you'll never get warm."

"I'd love to accommodate you, especially since
you're so used to having your orders followed."
She shrugged and laughed shortly. "But my hands
are so cold, I can't get the darn thing off."

Dammit. Rising, he walked back to her side and
stood behind her, scooping the sodden wool off her
shoulders and down her arms. Instantly, she shivered again, wrapping her arms around her middle
and hanging on tightly.

This wasn't going to be enough, he told himself.
"All right." He took her by the shoulders, turned
her around and pushed her through his bedroom.
"The bathroom's in there. Go inside, and take a
shower. There's a robe hanging on the door that
you can wear until your clothes are dry."

"Uh…" She stopped dead and looked from him
to his bed, neatly made and way too inviting and
back again. "Is this some kind of roundabout seduction? Give a freezing girl a shower, just to get
her naked?"

"No."

"Rats."

He gave her a gentle nudge toward the waiting
bathroom, reminding himself that the most impor-

tant thing at the moment was simply to get her warmed up again. "Just take a hot shower, all right? And when you get those clothes off, toss 'em to me. I'll throw them in the dryer."

"Smooth talker."

"Knock it off."

"Thought you wanted me to 'take it off.'"

Kevin gave her one of his best D.I. glares and she didn't flinch. "Are you *trying* to make me nuts?"

"Apparently I don't have to try," she said, smiling despite her chattering teeth.

"Look, I'm not trying to seduce you. Trust me, you'll know when I am."

Both blond eyebrows lifted. "*When*, huh? Not *if?*"

Definitely not "if." He knew as well as she did exactly where they were headed. All he could hope for at this point was to put it off as long as possible and pray that he regained his senses before it was too late.

Slim hope, but he'd take it.

"Get in the damn shower, will ya?"

She nodded and laughed, though he was pretty sure he heard a thread of nervousness in the sound. And that surprised him. Hell, he would have bet that *nothing* made Lilah Forrest nervous.

He watched as she headed for the green tiled bathroom and listened, though it pushed every one

of his already too sensitive buttons, as she fought
her way out of her wet clothes. Then what seemed
just moments later, she poked her head around the
side of the door and held out those wet things.
"Here you go."

Kevin stepped up close and took her clothes in
one tight fist, trying desperately not to think about
the fact that only one small door was separating him
from her naked body. His fingers curled into the
wet fabric and squeezed.

And just like that, the memory of that kiss they'd
shared slapped into his brain with the force of a
train wreck. He recalled her taste, her smell, her
breathy sighs and those memories fanned the flames
licking at his insides.

"I'll be out in a few minutes," she said.

He looked right into those big blue eyes of hers
and said, "Take your time."

For both their sakes, he hoped she stayed in
there, under a spray of hot water, for at least an
hour. And even then, it probably wouldn't be long
enough.

When she stepped out of the bathroom, Lilah
paused briefly to look at his bed. Neat. Tidy. Like
the rest of the small space. She was willing to bet
that she'd be able to bounce a quarter off his mattress, too, since the bedspread was tight and wrinkle
free. Yep. He was Marine to the bone. He kept his

apartment clean enough to pass a surprise inspection.

But then, it probably wasn't hard to clean a place that held almost no personal items. Oh, he had the necessities. But nothing extra. No pictures hanging on the wall. No extra rugs. No throw pillows.

He lived as though ready to walk out the door and never come back.

And darned if she didn't find that a little sad.

Pushing that thought aside, she yanked the belt on his too big, blue robe tighter around her middle and headed for the living room. Here at least, she spotted a few framed photographs lining the mantle. Above the fireplace, hung a mounted, ceremonial sword, with a small, brass plaque beneath it.

But it was the man kneeling in front of the fire that caught her attention. Kevin had changed, too. In jeans and a red sweatshirt, he looked less formidable and Lilah knew instantly that she'd been right about why he wore his uniform around her all the time.

He heard her come into the room and stood up, turning to face her.

She pushed her damp hair back behind her shoulder and said stupidly, "I'm finished. Shower's all yours if you want it."

"No. I'm fine."

Yes, he certainly was, she thought, her gaze sweeping up and down those long legs of his. Her stomach jittered nervously, but she ignored it. "Well, the hot water felt great," she said. "Thanks."

"No problem." He shoved his hands into the back pockets of his well-worn jeans and said, "Your stuff's drying. Shouldn't be long."

"No hurry." She was warm and cozy and completely naked under her borrowed robe, but no hurry.

She walked around the edge of the sofa and took a seat in the corner, curling up, tucking her bare feet beneath her. Then looking up at him, she noted his gaze and followed it. The edges of the robe had gapped, giving him a tantalizing peek at her breasts. Lilah swallowed hard and pulled the gap closed.

"I made you some tea," he said, pointing to the cup waiting on the low table in front of her.

"Thanks." She reached for it, took a sip, then gasped, blinking. "Wow. That's some kind of tea."

"Rum. To take the last of the chill off."

"That ought to do it," she assured him as a fire crept down the length of her throat to settle in the pit of her stomach.

"We should probably talk," Kevin said and Lilah lifted her gaze to his.

She knew that tone, Lilah thought. And the words. It was the beginning of the "Gee, I think you're swell, but let's just be friends" speech.

Heck, she'd heard it so often, she could deliver it for him and save him the effort.

Just for a little extra courage, she took another healthy sip of the rum-laced tea, then set the cup down on the table again.

"Sure, why not?" she said, then added, "what say I get you started?"

"What?"

She folded her hands at her waist, tipped her head to one side and staring at the ceiling, said, "You're a terrific woman, Lilah. But I'm (a) not good enough for you, (b) seeing someone else, (c) being transferred to Greenland, (d) all of the above."

"What are you talking about?"

"The speech," she said, shrugging as if it didn't mean a thing to her. "I've heard it all. Whatever you're about to say has already been covered. Trust me when I say that no matter what excuse you have lined up, I've heard it. Up to and including, 'You're just too weird.'"

Suddenly, she couldn't sit still. Hopping up from the couch, she walked toward him and stopped just in front of him. Lifting one hand, she poked his broad chest with the tip of her index finger and said, "A little while ago, you were talking about seducing me. And now you want to back off fast." She threw her hair back when it fell across her eyes. "Well, trust me, Marine. I've seen sparks fly from the heels of guys getting away from me. So you can't surprise me.''

And then he did.

Grabbing her, he pulled her to him, planted his mouth across hers and gave her a kiss that singed the ends of her hair. His fingers dug into her upper arms and he literally swept her off her feet, lifting her from the carpet and drawing her close enough that her heart pounded against his.

She couldn't breathe.

And even better, she didn't care.

Eight

Kevin wrapped his arms around her and held on tight. His good intentions fell by the wayside as he felt her breasts push into his chest. He parted her lips with his tongue and at the first taste of her, his blood boiled and his heart staggered.

Better, he thought. Better than he remembered. Kissing Lilah was enough to feed and sustain a man for the rest of his life. Groaning, he shifted his hold on her and swept her up into the cradle of his arms. He held her fiercely as if someone might rush into the house demanding that he let her go.

And just now, with his mouth on hers, with her breath brushing across his cheek, he knew he couldn't do that. If a full battalion came crashing through that front door, he'd find a way to stand them off.

He had to touch her. Had to have her.

Walking to the sofa, he sat down and settled Lilah on his lap. Her arms came up around his neck and held on tight. She gave as good as she got, kissing him with an abandon that threatened to rock his world. And still it wasn't enough.

He tore his mouth from hers only to trail his lips down the line of her throat. He paused at the base of her neck to taste the rapid thump of her pulse beat, then went on, moving down into the V of fabric caused by the parting robe.

She sucked in a gulp of air as he slid one hand beneath the blue terry cloth to cup one of her breasts.

"Kevin," she whispered, her voice straining, rising.

"I'm right here, baby," he assured her, then took her nipple between his thumb and forefinger, tweaking, tugging, pulling gently at the sensitive flesh until she was squirming on his lap. Her bottom ground against his arousal until Kevin was nearly afraid he'd explode like some hormone-driven teenager. Finally, he held her still, clamping one arm around her waist and hips. The delicious pressure of her body nestled so closely with his drove him wild even as he dipped his head to taste her nipple.

The moment he took her into his mouth, she groaned and pushed herself into him.

"Kevin, yes," she said, swallowing hard after choking the words out. "Oh, yes, do that some more."

He planned to. He planned to taste and lick and suck on her flesh until neither one of them could think rationally again. But the best-laid plans were bound to come undone.

Her eager responses raged inside him, making him impatient and too hungry for her to wait another moment.

Sweeping one hand down her body, he found the juncture of her thighs and with his fingertips, gently parted the delicate flesh there. She planted her feet on the sofa cushion and rocked against his hand. He watched her eyes glaze, her mouth open, her tongue dart out to lick her bottom lip.

He slipped a finger into her warmth and almost came undone. So hot. So wet. So tight. Her legs parted, granting him access and he looked down, enjoying the sight of his hand on her body. She rippled in his arms like a ribbon cut free of its spool. He dipped in and out of her body, teasing, taunting, pushing her to the edge of sanity and then pulling her back, refusing to let her find the release she was chasing.

"Kevin, help me…oh, my…it's so…"

"Come, baby," he said, slipping inside her

again, rubbing that one small, sensitive nub with the pad of his thumb. "Let go and come."

"I can't—" Her head twisted from side to side. "I can't—oh!"

He knew it the moment the first tremor claimed her. Her interior muscles clamped around his fingers and he felt each tiny convulsion as it rolled through her. Her breath gasped in and out of her lungs, she clutched at his shoulders, her fingers digging into his body like talons.

Emotion, raw and rich filled him and Kevin realized that he was finding as much pleasure in giving to her as he would have in taking. That fact stunned him. He'd never felt this before. Never enjoyed so much bringing a woman to a staggering, mind-numbing climax.

But Lilah was different, as he'd already guessed. Her emotions, her feelings were right out there for all to see. She held nothing back. There was no coyness. No false embarrassment. No shyness. No lies. There was only her and the incredible fascination he had for her.

And just when he thought he could watch her pleasure forever, it was over and she lay limp and spent on his lap. Gently, he shifted her in his grasp and tugged the edges of the robe together across her body. Lilah turned into him, burying her face in his chest.

"That was…"

"Good?" he asked, running his fingers through the soft, silky strands of her hair.

"Oh, there's got to be a better word than that." He smiled down at her and she tipped her face up to his. Passion colored her eyes. "I'll let you know when I think of it."

"You do that," he said and bent to kiss her. As his lips came down on hers, she ran the flat of her hand up his chest and even through the red sweatshirt he wore, he felt the heat of her touch. Her palm settled over his flat nipple and he crushed her to him, to ease the flash of need that rose up inside him.

Breaking the kiss, he stared down at her and knew he'd never wanted a woman more. He had to have her. Had to be inside her.

"Make love to me," she whispered, reaching up to cup his cheek in her palm.

"Oh, yeah," he said. All doubts, all worries were banished to a dark corner of his mind. There'd be time enough later for recriminations. For regrets. But for now, all he needed was to be able to feel her skin against his. Feel her warmth surround him, and take him into her depths.

And he needed it more than air.

The phone rang and Kevin swallowed hard, muttered a curse and shot a glare at the damn thing lying on the table beside him. He thought about ignoring it. But duty was too well ingrained.

He snatched it up and brought it to his ear. "Hello?" he barked, just a shade more aggressively than usual.

Lilah had scooped her hands beneath his sweatshirt and he felt her touch singing along his skin like tiny electrical pulses. He fought to concentrate, when all he wanted to do was pitch the phone through a window and carry her off to his bed.

Then the voice on the phone registered and it was as effective as a bucket of cold water crashing down on his head.

"Colonel Forrest, sir," he answered sharply, sitting up straight.

"Gunnery Sergeant Rogan," the other man said and his voice was like a buzzing in Kevin's ear. "I don't mean to disturb you at home, but I was wondering if Lilah might be there with you."

Dammit.

Easing Lilah's bare legs off his lap, Kevin stood up, putting as much distance as possible between him and the nearly naked woman.

"We had a dinner reservation at the club tonight and—"

The Colonel's voice droned on, but Kevin hardly heard him. His gaze fixed on Lilah, he watched as she tugged the robe into place and stood up in front of him, smiling. How in the hell she could smile was beyond him, though. Hell, it felt to Kevin like the Colonel was right there in the room with him.

That he could see them both. And knew damn well what Kevin had been doing to his daughter.

There was a thought.

"Yes, sir," Kevin said, letting his gaze slide from Lilah to something a lot less hot. The fire. "She's here. I was just about to bring her home and—"

"Fine, fine," the Colonel interrupted. "Just wanted to make sure. I'll see you both soon, then."

"Yes, sir, Colonel." Kevin hung up, setting the receiver back into place then turning to face the woman watching him.

"That was your father."

"I got that much."

"Something about a dinner reservation?"

"Oh, my," she said and shot a look at the clock hanging near the front door. "We're going to be late."

"That's the impression I got."

She turned back to him and gave him a slow, secretive smile that he would have been willing to bet one female taught another, generation to generation. It was a powerful thing, that smile, designed to bring even the strongest man to his knees.

"It was worth it, though," she said and walked up to him, sliding her arms up until she could wrap them around his neck. She went up on her toes and brought her mouth to within a breath of his own.

He figured he knew what she was doing to him.

And by the looks of it, she was enjoying it.

He set his hands at her waist, lifted her and then set her down again, at a distance. "Your clothes should be dry by now," he said, hoping to God he was right. A few more minutes with naked Lilah and he would forget all about the dinner reservations, the Colonel, and anything else that wasn't soft, warm, Lilah.

Dammit.

"Just like that, huh?" she asked, tipping her head to one side and looking at him.

He shoved one hand along the side of his head, mainly to keep his brain from exploding. "No, not 'just like that.'"

"Seems that way to me," she pointed out. "You darn near saluted the phone."

"It was your father."

"On the phone," she told him. "Not actually here."

"Don't even say that." He was having a hard enough time as it was.

"You're amazing," she said, tossing her hands high, then letting them fall to her sides. "How do you do that?"

"Do what?" he muttered, wishing she'd just go get dressed and put him out of his misery.

"Go from hot to cold so fast," she said.

"Trust me," he managed to grind out, "I'm a long way from cooled off. If you think it's easy for me to just stop what we were doing," he snapped, "you're wrong."

"Then why stop?"

"Because," he pointed out as he stalked across the living room toward the kitchen, "none of my sexual fantasies include having an armed Colonel break in and shoot me for sleeping with his daughter."

"What kind of fantasies *do* you have?"

His steps faltered, but he didn't turn around. If he looked at her now, he was a goner. "Never mind."

"No, there's something else going on here besides my father calling."

"Nope. That's it," he called, opening the dryer and rummaging around inside. Her clothes weren't completely dry yet, but they were better than they had been and they'd just have to do.

"Are you sure this isn't about your ex-wife?"

"What?" Stunned, he stood up and looked at her, the clothes momentarily forgotten.

She picked up the terry cloth belt and worried it between her fingers. Dipping her head briefly, she looked up again quickly and watched him as she said, "I, uh, heard that you and your wife, well—"

Bitterness charged through him, but he choked it off almost instantly. "I can imagine what you've heard."

"I don't listen to gossip."

"Really?"

She ignored the ring of sarcasm in his tone and said, "I was just wondering if maybe you're pulling away from me because you're not entirely over your ex-wife."

"Alanna and I were over a long time ago," he said flatly. "This has nothing to do with her."

She stared at him for a long, silent moment before nodding. "Okay then," she said, and Kevin was grateful that she was apparently going to drop it.

Bending down, he grabbed her clothes and walked back to the living room. Tossing them at her from a safe distance, he said simply, "Get dressed."

She clutched the pile of warm clothes to her chest, snapped him a salute and clicked her bare heels together. "Sir! Yes, sir!"

Then she laughed and left the room. And he was alone with a rock-hard body screaming for release and no end in sight.

A week later, Lilah was still kicking herself.

She never should have mentioned his ex-wife. She still wasn't sure why she had. But it had seemed pretty reasonable at the time. Although looking back now, she could admit that her brain had been so fuzzy, she wouldn't have known "reasonable" if it had strolled up and bit her.

She sat at her father's dining room table, cradling a cup of coffee between her palms. Staring out at the windswept base and the gunmetal-gray sky hovering over it, she really wasn't seeing any of it. Instead, she saw a strong jaw, narrowed green eyes and a mouth that looked stern until you kissed it.

Taking a sip of her coffee, she let it slide down her throat and ease away some of the chill within. He hadn't called. Hadn't come by. And was probably determined to stay far, far away from her.

And a part of Lilah knew that would no doubt be for the best. Unfortunately, a bigger part of her wasn't about to let that happen. She'd found something in Kevin Rogan. Something she hadn't been looking for. Something she'd given up hope of *ever* finding. She'd be a fool to turn her back on it now. She had to at least take it as far as she could, discover if there was more out there just waiting for her.

For them.

"'Morning, honey," her father said as he came into the room.

She jumped, startled, then turned her head to give him a smile. "Hi, Dad."

Taking a seat opposite her, he glanced at his wristwatch, then looked at her. "So what's on your agenda for today?"

Well, she was thinking very seriously about hunting Kevin Rogan down like a dog. But she didn't think her father would want to hear that. So instead, she said, "I thought I'd go over to the base school. Look around."

"Uh-huh," he scanned the stack of papers in front of him and took a gulp of his coffee. "And Gunnery Sergeant Rogan? Will he be taking you to the school?"

"I don't know. Haven't seen him in a few days." Look at me, she thought, willing her father's gaze to shift to her. A moment later, she was almost convinced she had psychic powers when he did just that.

"You two have a disagreement?" he asked, frowning. "Already?"

Already. Naturally, he'd have expected trouble. Hadn't every Marine he'd ever set her up with eventually run for cover? But this time it was different. This time, the Marine in question wasn't running because he couldn't stand being around her—this time it was exactly the opposite.

"No," she said, setting her cup down onto the table, she wrapped her arms around her up-drawn knees. "Surprised?"

He drew his head back and looked at her. "Why would I be surprised? You're a lovely woman."

Just a little flaky, she silently finished for him. And once again, she wished he could love her for who she was, not who he wanted her to be. She wished she didn't feel the sting of his disappointment in her. She wished she had the guts to come flat out and ask him what she had to do to make him proud of her.

But she didn't. So instead, she stood up, crossed to him and kissed his forehead. "Thanks for the vote of confidence, Dad."

As she left the room, she heard him say, "Have a good day, honey."

When she glanced back at him though, she saw he'd already turned his attention back to the work in front of him.

Nine

One week and he hadn't been able to get her out of his mind. Request from the Colonel or not, Kevin had steered clear of the man's daughter, figuring they both needed a cooling-off period. Not that it had worked. In his case, anyway.

Hell, for all he knew, Lilah Forrest hadn't given him a second thought. But he didn't believe it. After the way she'd come undone in his arms, he knew she too would be remembering those stolen moments in his apartment. She too would be hungering for more.

Which is exactly why he'd kept his distance.

Until now.

From the inside of the PX, he watched her walk past. Chin up, that long hair of hers blowing in the same cold wind that whipped her sapphire-blue skirt around her short, shapely legs. A flash of sunlight dazzled off the silver stars in her ears and he could almost hear the tinkle of bells at her wrist.

How had this happened? he wondered. How had he allowed himself to become *attached* to her? She'd somehow sneaked up on him, like an attack at midnight. Blowing past his guards, infiltrating his inner circle, she'd slipped beneath his defenses and left him wide open for assault.

All with a smile and a toss of her head.

Dammit.

He was supposed to be immune to this sort of thing. Would have bet cold, hard cash that Alanna's betrayal had wiped the ability to love right out of his soul.

Love?

That one little word brought him up short.

Did he love Lilah?

No. Even the possibility of such a thing was too hideous to contemplate. He wasn't going back down that road. Not again. He wouldn't give a woman everything he had just to watch her throw it in his face. He wouldn't trust anyone again the way he'd trusted Alanna. Hell, maybe he learned the hard way—but he learned. He felt something for Lilah, but it wasn't love. It was lust, pure and simple. He wanted her. No, needed her. And that was it.

For the first time since Alanna, Kevin had found a woman who interested him. One who challenged his mind even while tormenting his body. He could enjoy it, he told himself, without making more of it than it was. They were two consenting adults.

One of whom was the engaged daughter of his Commanding Officer, but that was a different story.

The point here is, he told himself as he walked closer to the window to get a better look at her as she went past, they both had itches that needed to be scratched. Now all he had to do was figure out if he was going to allow the scratching to pick up again.

Allow. He chuckled to himself and walked to the shop entrance. Pushing through the door, he stepped into the bite of the wind and ducked his head slightly. As he started after her, he reminded himself that anyone trying to ''allow'' Lilah anything had better be girded for war.

Lilah heard him approaching. Well, she heard the heavy click of footsteps behind her. It could have been anyone. But the rush of her blood told her instinctively that it was Kevin.

Strange that just by being near, he could light up her insides and set a rumbling need rolling through her body. Instantly, memories came crashing back. She remembered lying across his lap, naked. She remembered vividly the feel of his hands on her. The heat of his mouth on her nipples. The soft slide of his fingers as they entered her.

Her mouth went dry and a dull, throbbing ache settled between her legs.

"Lilah."

She stopped and tried to work up enough saliva to make it possible to talk. Of course, when she turned around, all it took was one look at him and she was practically drooling. Problem solved.

"Hi, stranger," she said and silently congratulated herself on her mature, adult behavior. Especially when all she really wanted to do was throw herself at him.

He squinted down at her and she wished she could read his emotions. But like all good Marines, he kept them hidden behind a mask of professionalism.

"Where you headed?"

"To the school."

"I'll walk with you."

Avoid her for a week and then show up out of nowhere and offer to escort her to the school. If she wasn't so glad to see him, she'd tell him to take a hike. But since he looked way too good to send on his way, she glanced around furtively as if searching for eavesdroppers, then tipped her head back and met his gaze. "Are you sure that's safe?"

"What?"

"You know," she said, beginning to enjoy herself. Really, the man's sense of humor was buried so deep it would probably be a full-time job to resuscitate it. Not a bad job, she thought as she continued, "Being alone with me. I mean, I might just throw you to the ground and have my way with you."

One corner of his mouth tilted. "Good one."

"Don't think I could do it?" Nothing she liked better than a challenge.

He shook his head, took her elbow and turned her around, pointing her in the direction in which she had been walking a minute ago. "I wouldn't put anything past you," he admitted. "But I'm willing to take my chances."

"Gee," she said, concentrating on the warmth of his touch on her arm, "and they say there are no heroes anymore."

He laughed and Lilah luxuriated in the sound. "You really ought to do that more often," she said.

"What? Laugh?"

"Yeah," she said, glancing up at him, "it does great things for your face."

Instantly, the easy smile faded away to be replaced by a flicker of desire that shot across his features so fast, she would have missed it if she hadn't been studying him so closely. And if she hadn't been so affected by the hunger in his eyes, she probably wouldn't have said, "I've missed you."

His grip on her elbow tightened. "I thought it would be easier if we had a little space."

"Easier for whom?"

He glanced down at her. "Damned if I know."

Good. Then it hadn't been easy for him to stay away from her. He'd missed her, too. Small consolation, but at this point, she'd take anything she could get. And somehow, it helped knowing that he'd been as affected by her as she had by him.

"So," she asked, wanting to actually hear him admit it, "you missed me?"

His back teeth ground together and his squint narrowed so tightly, she would have thought he couldn't see at all.

"Yeah," he said on a grunt of sound. "I guess I did."

"And you sound thrilled about that."

He looked down at her briefly again and his green eyes shone like streetlights from beneath the shaded brim of his Smokey the Bear hat.

"It shouldn't make either one of us happy."

"Why the heck not?" she asked, waving her hand, making the bells at her wrist jangle noisily.

"Because we have nothing in common, for one," he pointed out.

"Oh, I think we were doing pretty well a few

days ago,'' she said and instantly felt a renewed flush of heat swamping her.

"Yeah, too good.'' His fingers tightened on her elbow until she squeaked in protest and he relaxed his grip. "Sorry.''

"No problem,'' she said. "I bend, I don't break.''

"I'll remember that.''

"I probably shouldn't ask,'' she said, knowing she would anyway, because she needed to know, "but did you stay away because I mentioned your ex-wife?''

He actually went even stiffer than usual. She felt tension crowd him and spill over onto her. "No.''

"Hard to believe, judging by your reaction.''

He sighed, glanced at her, then shifted his gaze forward again. "Look, I don't know what you heard, but—''

"I didn't hear much.''

"Surprising,'' he said, "since it was the talk of the base a year ago.''

"I'm sorry. I know what it's like to be gossiped about.''

He gave her a quick look and a half smile. "Yeah, I guess you do.'' Then speaking quickly, he said, "The short version is, I met Alanna in Germany when I was doing embassy duty. She knocked me off my feet, I married her and as soon as we got back to the States, she split.''

"What?" Worlds of hurt were crouched behind his words and Lilah was almost sorry she'd brought it up. Almost.

"She wanted to get into the U.S. and couldn't. So she married me and when we got back here, she disappeared."

"So she's here illegally."

"Yeah. But that's her problem."

"And she's yours," Lilah said thoughtfully.

"What's that supposed to mean?"

"That she still haunts you."

"No way."

"Just talking about her makes you all snarly."

"I'm *not* snarly."

She laughed. Couldn't help it.

He scowled at her, then gave her a grudging smile. "Okay, maybe I am a little,"

Lilah pulled her elbow free of his grasp, then linked her arm with his. "You're allowed, I guess," she said, looking up at him and holding his gaze with hers. "But you shouldn't waste too much time and effort on such a stupid woman."

"Stupid?"

"She left you, didn't she?" A flicker of pleasure lit his eyes and one corner of his mouth lifted in a half grin. Lilah answered that grin with one of her own. "And look on the bright side. Maybe she'll get caught and deported."

"I like the way you think," he said in a low, rumbling tone.

"Thanks," she said as they turned into the school yard.

Crowds of kids played on the grass and blacktop. The noise level was incredible and Kevin told himself if they could only find a way to bottle the sound, the Marines would never have to invade another country. All they'd have to do was put these kids on a loudspeaker and any enemy in their right mind would surrender.

Lilah though, didn't seem to mind the cacophony a bit. She smiled at the kids, paused long enough to toss back a stray dodge ball, then headed right through the crowd of children toward the front door. She grabbed hold of the doorknob, then looked back at him over her shoulder. "You could wait for me out here."

"Are you nuts?" he asked, appalled at the idea. "It's got to be quieter inside."

She thought about it for a moment, chewing at her bottom lip. "Okay, come on."

Once inside, he removed his cover and tucked it beneath his left arm. Following behind Lilah, he couldn't help noticing the sway of her hips or the way her hair moved with every toss of her head. The sounds of their heels on the floor were the only sounds and as she stepped into the principal's office, Kevin took up a post just outside the open doorway.

While she did whatever it was she'd come here to do, Kevin let his gaze sweep down the length of the hallway. Bulletin boards were tacked up to the wall and crowded with notices of bake sales and movie nights and parents' night and PTA meetings. Kevin shook his head and thought for the first time in a long while that if Alanna hadn't betrayed him, then left him, he might have felt more at home here. In this school. He might have, one day, had a child himself enrolled in a base school.

As it stood now though, he'd forever be an outsider in halls like these.

Still, he thought, thanks to Lilah, the last of the cold, hard knot he'd been carrying around in his guts since Alanna's betrayal was gone. He sucked in a gulp of air and enjoyed the sensation of freedom that coursed through his veins.

Meeting this woman had changed him in ways he hadn't expected. Who would have thought that doing a favor for his Commanding Officer would lead to this? Shaking his head, he stepped across the threshold into the office in time to hear a woman saying, "Miss Forrest, it's amazing."

"It's nothing," Lilah assured her. "Honestly. I was happy to do it."

"It's much more than nothing," the woman, whose picture hung on the wall and identified her as Katherine Murray, Principal, went on. "When Computer Planet called this morning and told me they would be donating three of last year's models, well I—'' the woman held up both hands in surrender, apparently unable to think of anything else to say.

Lilah smiled, reached across the wooden counter and took one of the woman's hands in hers. ''Trust me, Mrs. Murray, it's a good deal for them. They get a write-off and get to make room for newer models they can sell for more money.''

The older woman shook her head. ''I still don't know how you managed it, but I thank you for it. This will mean so much to the computer lab class.''

Kevin looked from one to the other of the women as they chatted, and he felt a swell of pride fill him. Lilah Forrest was really something. She continued to surprise him and that ability intrigued him. Too often, he was able to look at a person and pretty much sum up who and what they were. But Lilah...she was so much more than the flighty, flaky woman she appeared to be.

Hell, she wouldn't even take credit for doing something incredibly generous. First, the jackets she'd had donated and now apparently she was playing computer fairy. But she seemed bent on brushing these things aside as if they were nothing. Yet how many people, he asked himself, went out of their way for others? Not many. Lilah, he was beginning to realize, was one in a million.

Mrs. Murray caught his eye and smiled before

looking back to Lilah. "It seems you have someone waiting for you, so I'll let you go. But I do want to thank you again."

"Enjoy the computers," Lilah said, looking at Kevin with twin spots of embarrassed color staining her cheeks. Amazing. Not only did she run around acting like Santa, she didn't want anyone to know about it.

When she turned and left the office, Kevin was right behind her. Her soft leather boots barely made a sound on the linoleum floor. Her spine was so stiff, it was a wonder it didn't snap. And knowing her, Kevin was pretty sure this awkward silence between them wouldn't last.

He was right.

She stopped suddenly and turned around. He was so close, she almost smashed her nose into his chest. She backed up a step, planted her fists on her hips and looked up at him. "Not one word, Kevin."

"Not even if it's a compliment?"

"Especially then," she said and paused to take a long breath. "I didn't arrange for those computers so people would thank me."

That he believed, but it led to another question. "Why then? Why did you do it?"

She tried to shrug off the question, but he wouldn't let her. She'd delved into his life, now it was his turn to ask the questions.

"Why, Lilah?"

She blew out a breath and shifted her arms to fold across her middle. "Because I could. Because the school needed the computers."

"So you just went out and got them?"

"It's easy for me," she said and almost sounded apologetic. "I like talking."

"God knows that's true."

She smiled a little. "And most people are more than willing to help if you tell them exactly *how* to do it. That's my job. I run fund-raisers and arrange donations and well..." She finally ran out of the steam and shrugged.

Oh, he'd be willing to bet that she excelled at that part of the job. She had a way of talking to a person and somehow reaching down inside them to find things they hadn't known were there. She'd probably gotten donations from companies who had policies *against* charitable donations.

"Somehow, you convince them that they wanted to do it all along, don't you?"

"Sort of." She reached up and fingered the amethyst crystal hanging from around her neck.

"You do this all the time?"

"Is there something wrong with that?" she asked just a bit defensively.

"Not wrong," he said. "Just...unusual. Jackets, computers, anything else you're arranging for?"

"Turkeys for Thanksgiving, Toys For Tots,

blood drives, Make-A-Wish Foundation…'' She shrugged and asked, "Anything you need?"

He grabbed her and pulled her around to face him. His gaze swept over her features, her eyes, her mouth and when he looked again into her gaze, he actually heard himself say, "You, Lilah. I'm beginning to think I just might need you."

"Wow," she whispered. "I do believe we're having another journal moment."

Ten

―――

Something indefinable had changed.

Kevin could almost *see* his words hanging in the air between them. Too late to call them back—even if he wanted to and he wasn't altogether sure he did want to. It had been so long since he'd felt this...*alive.* Just looking at Lilah Forrest was enough to fan the flames inside him.

The way she moved, the way she thought, intrigued him. Her touch, her laughter, aroused him like no one ever had. Being near her and not being able to hold her, kiss her, taste her, was a sweet kind of torture that kept his body humming and his blood racing.

And he didn't know what in the hell he could do about it.

Lilah pulled in a deep breath and blew it out before saying, "Would you like to come to dinner tonight?"

Dinner. With her and her father. Instantly, he imagined sitting across the table from Colonel Forrest, while trying to hide the desire he felt for the man's daughter. Not exactly his idea of a good time.

But he couldn't go anyway. "I can't," he said, "have to be at my sister's house for dinner tonight." Disappointment flickered across her expression and before he could stop himself, Kevin blurted, "Why don't you come with me?"

Surprise widened her eyes and he enjoyed seeing it. Nice to be the surpriser for a change instead of the surprisee.

"I'd like that," she said.

"Good. Pick you up at six."

His words were still echoing in Lilah's mind hours later. Her heart quickened every time she recalled the look in his eyes and the soft strength of his touch.

He needed her.

But did he love her?

Well, he'd brought her here, hadn't he? That had to mean something.

The Rogans, taken in a bunch, were a little over-powering.

Even Kelly, the only girl in the family, more than held her own in the pitched battles that passed for dinner table conversation. Kevin and his brothers took turns passing Kelly's daughter Emily around, each of the big men becoming cooing imbeciles as soon as the little girl smiled up at them.

The dishes were washed and put away by every-one, with all of them bumping into each other in the small kitchen. Laughter and arguments punc-tuated the air and Lilah felt, oddly enough, com-pletely at home.

She envied the easy love the siblings shared and wondered if they'd ever really stopped to appreciate the closeness that was so clearly a part of them all. As an only child, Lilah had longed for brothers and sisters and now she could see how much she'd missed in her solitary childhood.

And seeing Kevin in his element only made her admire him more. With his family, he became the man that she'd only caught glimpses of in the last couple of weeks. Here, the starch came out of his spine and he was open, reachable to these people he obviously loved so much.

An ache settled around her heart as Lilah realized that she wanted to be important to him, too. She wanted to be a part of this family. And yet, in less than two weeks, she'd be leaving. Going back home. To her apartment. To her job at Charity Coalition. To loneliness.

Her gaze shifted, moving over the Rogan brothers until it stopped on Kevin. One look at him and her blood simmered in her veins. Every nerve ending stood straight up and screamed. He laughed at something one of his brothers said and her breath caught. He cradled his niece in his arms and Lilah's insides melted. He gently ran one hand up and down little Emily's back and all Lilah could remember was his touch on her skin. His hands. His mouth. And she wanted him so badly, it was all she could do to stay in her chair.

"I know that look," Kelly said and took a seat close by.

"Hmm?" Startled, and just a little embarrassed to be caught drooling, Lilah turned her head toward Kevin's sister. "What look?"

"Oh, the one you get every time you stare at Kevin."

So much for a poker face. "No, I..."

Kelly shook her head. "I get that same look on my face whenever Jeff comes home."

"I didn't realize I was being that obvious."

"Don't worry," Kelly said smiling, "you're not. I doubt if any one of the guys noticed. Including Kevin."

"Swell."

"Hey, don't get me wrong," Kelly said, reaching

out to pat Lilah's hand. "There's definitely something up. Heck, this is the first time my big brother's brought any woman to meet us since—"

Her voice trailed off and she paused uncomfortably.

"Alanna," Lilah finished for her. "He told me about her."

"He did?" Kelly grinned and sat back, giving Lilah a look of approval. "The plot thickens."

"She hurt him."

"Big time," Kelly agreed. "But he got through it. And I can't tell you how glad I am he's dating you."

Dating? Well, they were doing something, but she didn't think dating was the word to describe it. Still, she didn't correct the other woman, mainly because she enjoyed the notion of *really* belonging with Kevin.

He's so much more than she'd suspected when she first met him. Not just a D.I., he's patient, even when she flabbergasts him. He's gentle with his niece and protective of his family. He's loyal and kind and despite the stern expression he habitually wears, he's a marshmallow inside, where it counts.

But on top of all that, the irritatingly logical side of her brain reminded her, he's a Marine to the core. He's responsible and organized and dutiful. He's as orderly as she is chaotic. And a part of her, despite the wild yearnings of her heart, wonders if he wouldn't, one day, be as impatient with her flakiness as her father generally was.

"Telling lies about me?" Kevin asked as he walked up to join them.

Lilah forced her mind away from the train wreck of her thoughts and looked up into forest-green eyes that sparked with a desire that churned up the embers carefully banked inside her.

"Hah!" Kelly said, taking her daughter from him. "No need for lies. The truth is hard enough." Then she went up on her toes and kissed his cheek.

"And very interesting," Lilah teased.

"Okay," he said, his gaze shifting nervously between the two women before settling on Lilah. Holding out one hand to her, he helped her up and said, "Think I'll take you home before Kelly has the chance to talk too much."

She stood up, but kept her grip on his hand. Grinning, she said, "But we were just getting to the good stuff."

"Uh-huh," he said. "Maybe next time."

"Oh, definitely next time," Kelly said, reaching out to give Lilah a hug.

And as they said their goodbyes, Lilah hugged the words "next time" to her. They implied a longer relationship than the next couple of weeks. And for now, that was good enough.

Kevin walked her to the car, unlocked the door

and opened it. But before she could slide onto the seat, he stopped her, one hand on her forearm.

"Gonna make me walk?" she asked, looking up at him. Moonlight dazzled her skin, making it glow like fine porcelain. Her long blond hair twisted in the wind, and her big blue eyes fixed on him. Kevin felt their impact even in the dim light. He dreamed about her eyes every blessed night. All day every day, he carried her image in his mind. And now, he would have other pictures there as well. Mental snapshots of her with his family. Laughing, joining in the arguments, holding Emily while she slept. He would think of his brothers' approving smiles and Kelly's instant rapport with her.

And from this night on, whenever he was with his family, if Lilah wasn't a part of it, he would miss her. He would notice her absence and wish she were there.

So much had changed for him the last two weeks, he hardly recognized his own life. But the need inside him, he knew. It had become a living, breathing thing that threatened to consume him. And the only way to conquer it was to surrender to it.

"I don't want to take you home," he said and he had to force the words past a throat nearly too tight to breathe.

She licked her lips and he followed the motion with his gaze. His body tightened even further and he flexed his fingers on the car door, to keep from snapping.

"I don't want to go home," she said. "Not now. Not yet."

"Not yet," he agreed and snaked one arm around her waist, pulling her to him, pinning her body to his. She tipped her head back and he swooped low, taking her mouth in a kiss designed to push them both over the edge of the cliff they'd been dancing on for a week now.

She gasped into his mouth and he swallowed her breath, exchanging it for his. He tasted her, sweeping his tongue into her mouth and caressing her warmth with long, deliberate strokes. And it wasn't enough. He needed more. Wanted more. Wanted to touch her, hold her, explore every inch of her body with the tips of his fingers. And when he was finished, he wanted only to begin again.

Lilah leaned into him, relishing the hard, solid strength of him. The night air pushed at them, damp fingers trying to pry them apart, but the heat they shared withstood it. She kissed him, tangling her tongue with his, enjoying the rush of desire, the heart pounding thrill of being in his arms again. She didn't want to think about tomorrow. Or next week. Or the week after.

All she wanted now, was to be beneath him. To feel him join his body with hers. She wanted to at last know what every other woman her age had long since discovered. The magic of becoming one with the man you loved.

And as that word rose up in her mind, she clutched at it. True, she thought. Love had happened where she had least expected it. A Marine, of all things, had stolen her heart. Now she wanted to give him her body.

He broke the kiss and gulped for air like a drowning man rising to the surface of a freezing lake. His gaze swept over her features, then zeroed in on her eyes. Voice ragged, he asked, "My place?"

Lilah swallowed hard, nodded and said, "Fast."

It wasn't fast enough.

As if fate was taunting them, Kevin hit every red light on the drive to his apartment. Lilah's nerves jangled like the bells on her wrist and she squirmed in her seat in a futile attempt to ease the throbbing ache settled between her thighs.

"I don't believe this," he muttered thickly as he came to a stop again. One hand fisting around the steering wheel, with the other, he reached across the seat for Lilah. She grabbed his hand and held on, her fingers threading through his.

A short, tight laugh shot from her throat. "Think someone's trying to tell us something?"

"If they are," he said, throwing her a glance, "I'm not listening."

"Good to know," she managed and gave him a

smile that felt as tight as the knot lodged in the pit of her stomach.

He disentangled his fingers from hers and reached up to briefly cup her cheek. "You do something to me, Lilah. Something I never expected. Something I'm not real sure what to do about."

A long breath staggered into her lungs and she wasn't sure if it was his touch or his words having this effect on her. And she didn't care. "I know," she said, swallowing hard. "I feel the same way."

His jaw clenched and his finger curled into his palm. Then he let his hand drop to her lap and Lilah groaned, closing her eyes, concentrating only on the feel of him. Even through the fabric of her emerald-green skirt, his hand was warm, strong. His fingers played on her thigh and she leaned her head against the seat back, trying not to move.

"Finally," he whispered and she opened her eyes long enough to see the light had turned green. Instantly, the car jumped forward and while Kevin steered the car through traffic with one hand, he used the other to begin the seduction they'd both waited for.

His fingers inched up the hem of her skirt and she felt the soft fabric sliding up her calves, across her knees and up her thighs. And when he stroked her bare flesh, she almost came off the seat. The lightest of touches, the gentlest of caresses, tingled her skin and set off a string of fireworks in her bloodstream.

"How much farther?" she asked and thought she sounded pretty good, considering the fact that she couldn't breathe.

"Couple of blocks."

"Too far."

"Yeah." His hand came down on her thigh and she felt as though his palm had branded her with the heat pouring from his body into hers. Then he slid his hand higher up, to the very heart of her. Her own heat seemed to call to him and he cupped her, pressing his fingers tight against her center. Lilah fought the constraints of the darn seat belt, lifting her hips into his touch, wriggling against his hand, creating a delicious friction that shimmered along her nerve endings.

"Soon, baby," he ground out tightly.

"Soon," she said, clinging to that one word as if it were a life raft bouncing on a churning sea. Her mind raced, her heart pounded and then he touched her again, this time dipping his fingers beneath the elastic band of her panties.

She gasped and let her legs fall apart, opening for him, welcoming him. She wanted to feel it all again. Experience that wild rush to completion that he'd shown her just a few days ago.

Cars flowed past them. Streetlamps became a blur of yellowish light flying by the car like streamers in the wind. The night crowded in around them, making the inside of Kevin's car a refuge—a private retreat where only they mattered. Only the next touch. The next kiss. The next unspoken promise.

His fingertips stroked her and Lilah felt herself quickening. Just like the last time, it wouldn't take long. She grabbed hold of the armrest and braced herself for the explosion she felt coming.

But Kevin pulled his hand free with a muttered curse and before she could moan her disappointment, he turned his car into the driveway. "We're here," he said, and shot her a quick, desperate look.

"Then why are we still in the car?" she asked and yanked at the door handle, swinging the door wide.

"Right." He climbed out of the car and was to her side before she'd righted her skirt. Holding out one hand to her, he helped her up, slammed the door and stalked toward his front porch, keeping a tight grip on her hand.

Lilah's breath felt strangled in her chest. Her heartbeat thudded painfully against her rib cage. Her legs were weak and her insides seemed to be pitching and rolling. She'd never felt so wonderful.

He had the door unlocked and open in a matter of seconds and still it wasn't fast enough. He drew her inside and just as the front door swung closed again, Kevin pulled her close and claimed her in a back-bending, mind-boggling kiss.

His hands were everywhere. She felt surrounded by him, enveloped in his strength, his warmth. Desire swamped her, dragging her down even as he took her higher, higher.

"I have to be inside you, Lilah," he whispered and his words dusted across her skin, spilling goose bumps along her spine.

"Oh, yes," she said, tearing her mouth from his and tipping her head to one side, inviting his kisses along her neck. His lips trailed across her flesh, tasting, exploring, driving her closer to the brink of madness and she didn't want him to stop. She never wanted him to stop.

"Come with me," he murmured, close to her ear.

She nodded and stumbled after him as he drew her down the hall and into his bedroom. She didn't see the room. Couldn't see anything beyond his eyes, looking at her, devouring her.

Hands moved in a blur of motion and in a breath of time, they were naked, flesh to flesh, strength to slim, hard to soft. Her breasts ached for his touch and when he lifted her, scraping her nipples gently against his chest, she moaned softly before meeting his kiss again.

He laid her down on the mattress and covered her with his body. Her body hummed for him. Her legs parted and he came down between them, positioning himself to take her and Lilah held her breath. At last, she thought. At last, she would leave the virgin crown behind her and know what it was to be with a man completely.

And all she could think was thank heaven she'd waited. Thank heaven that this moment, with this man, was as special as she'd always dreamed it would be.

"I need you, Lilah," he said, through clenched teeth.

"Now, Kevin," she whispered brokenly, staring up into his eyes, willing him to see her need. "For pity's sake, now."

"Yes," he assured her and pushed himself home.

Instantly, Kevin felt as though he was drowning in her heat. She filled him up, easing away the dark shadows inside him, lighting up every corner of his heart and soul. He felt invincible and yet humbled. Here, in her arms, was the world. A world he'd never thought to find again and now that he had, he never wanted to lose it.

He rocked his hips against hers, relishing the sweet torture of her body cradling his. He looked down into her eyes and saw the past, present and future and wondered if it had always been there. If he simply hadn't seen it before because he'd been too afraid to look.

Then she reached up, entwining her arms around his neck, pulling him down, offering her mouth for his kiss and he took all she offered. Giving her all he had.

Lilah felt the first tremor rock her soul and it was more, so much more than what she'd felt that day in his arms. It built slowly, wonderfully, teasing her with its nearness and then backing away again, continually urging her on. She labored for it. Worked for it, moving her body with his, finding a rhythm and keeping it. She luxuriated in the feel of his body actually *inside* hers and silently told herself to remember it all. Every touch. Every kiss. But she knew she would remember. This night would be etched in her memory for all time. Even when she was old and gray, she would be able to reach back and remember exactly what it had been like to feel Kevin's body pushing into hers.

And then it was upon her and all thought ended. Tiny splinters of light and heat rocketed throughout her body as she clung to him, riding the wave of sensation that carried her beyond anything she'd ever known.

Kevin sent her over the edge, and when the tremors eased and her eyes glazed, he surrendered to his own need and found a completion he'd never felt before in the arms of the one woman he couldn't have.

Eleven

―――――

When her brain unfogged, Lilah said the first thing that popped into her head. "Wow. That was *way* better than I expected."

Kevin rolled to one side, bringing her with him until she lay stretched out atop him. "Just what I was thinking," he said and pulled her head down for a kiss. After a long, satisfying moment, he said, "But that was just for starters."

Lilah's heart skipped. "There's more?"

"Oh, yeah."

Instantly, heat flooded her and she was more than ready to go on that wild ride again. Boy, once the whole virgin thing was behind you, a person could really catch on quick. "Well don't just lay there, Marine," she said, "if there's a job to be done, get on with it."

"Ma'am, yes, ma'am," he said with a grin and flipped her over onto her back.

A whoosh of air escaped her at the unexpected movement, and a moment later, she was breathless for an entirely different reason. He bent his head to her breasts and as she watched, he took first one, then the other nipple into his mouth.

Her stomach twisted and her lungs collapsed. Over and over again, his mouth worked her erect nipples. His lips and tongue tormented her, sending her on a roller coaster ride of sensation. His left hand swept down the length of her body, his calloused palm scraping gently against her skin. She gulped for air and when he suckled her, she groaned and arched into him.

"Oh, my," she said on a sigh. Holding his head to her breast, she writhed beneath him, giving herself up to the amazing feelings he evoked within her. Bright colors flashed behind her eyes and she felt as though the world was exploding around her. Too many sensations. Too much pleasure. She fought for breath and when it didn't come, she didn't even mind. All she needed—all she wanted—was Kevin's mouth on her breasts.

Moonlight dusted the room with a silvery light that seemed to shimmer around them. Except for the ragged sounds of their breathing, the world was silent. As if it belonged only to the two of them. And in the dim light, Lilah almost believed it did. There was only Kevin, looming over her, taking her places she'd never dreamed existed. There was only this night. This place. This wonder.

His hand swept lower, across her abdomen, beyond the triangle of soft, blond hair to the secrets beyond. And with his first touch, she felt herself dissolve. She puddled on the bed and wouldn't have been surprised if she had simply oozed off the mattress.

Love rose up inside her, strangling her with its sweet, unexpected beauty and she held him even tighter, hoping to keep him with her always. She wasn't sure when it had happened. Didn't care to figure it out. All she was sure of, was the fact that she loved him.

Kevin took his time with her. He reveled in the taste of her, the feel of her beneath him. He felt as though he'd been waiting for this moment a lifetime and now that it was here, he didn't want to waste any of it. Their first joining had been fire and frenzy. This time, there would be tenderness.

He felt her tremble and knew her body was as ready as his. He lifted his head to look down at her and saw the glazed sheen of passion clouding her blue eyes. Something inside him shifted, twisted, creating an ache that tore at his heart and raged at his soul.

She was so much more than he'd thought. So wild and open and beautiful. His heart trip-hammered in his chest and he knew for the first time that despite his reservations—despite the defenses he'd erected and defended so zealously—he loved her.

"Please, Kevin," she said, lifting her hips into his touch. "Please." She licked dry lips, caught his face in her hands and whispered, "Be inside me. Complete me again."

A hard, tight fist clenched at his heart and Kevin couldn't speak. Didn't trust himself to be able to form words. Instead, he only nodded and moved over her, positioning himself between her legs, covering her body with his and laying siege to her one more time.

He entered her on a soft sigh of fulfillment. This is where he belonged. With her. In her. A part of her. Always. He felt the *rightness* of it and sent a silent thank you to whatever Fate had brought them to this point.

There was no past, no future. There was only now. And Lilah.

Her legs and arms came around him, enveloping him in her warmth. He held her tightly, watching her eyes, staring down into her soul and as the first tremors began to course through her, he surrendered to the inevitable himself. Cradling her, he went with her as she took that long plunge into oblivion.

She cried out his name and Kevin clung to the sound of her voice as the world around him fell away.

When the room stopped spinning, Lilah stared up at the darkened ceiling and smiled to herself. Running her hands up and down his back, she realized that he was as unmovable as a dead man.

"Strange," she said quietly, "you're exhausted and I feel like I have enough energy to run a marathon. If I enjoyed running, that is. Which I don't, because really, what's the point? Why would anyone run unless someone was chasing them with a knife or something?"

He laughed shortly, the sound muffled against her throat. Then slowly, he lifted his head, looked down at her and asked, "Absolutely nothing shuts you up, does it?"

She grinned. Hard to be insulted when you were just feeling so darn good. "Nope."

"Didn't think so," he said, still smiling.

Lilah studied his face and lifted one hand to trace the line of his jaw with her fingertips. He turned into her touch, brushing his lips against her hand and she shivered just a bit. "I have to say this," she said, meeting his gaze and holding it. "Even if your ego blows up to the size of Cleveland."

He propped himself up on one elbow, but made no move to disentangle their bodies. And she was glad of that. She wasn't quite ready yet to lose the feel of his weight atop her.

Staring down at her he said, "Well now, I'm intrigued."

"Thought you might be." She shifted just far enough so that she could rub one foot up and down his leg, enjoying the closeness. "It's just that, I waited a long time for this night and I want you to know that you made losing my virginity a real event."

"What?"

She sensed the change in him more than felt it. He hadn't moved. Hadn't even shifted position, and yet, it suddenly seemed that he was far out of her reach.

"Well heck," she said, "I didn't mean that as an insult."

"You were a virgin?"

She blinked up at him. "Yep. You and me. The Drill Instructor and the Doomed Virgin. Well, until tonight, that is. You mean you couldn't tell?"

"No, I couldn't tell."

"Well that's disappointing." In every book she'd ever read, the hero *always* noticed a thing like that.

"Disappointing?" His voice was a low rumble of sound and as he rolled off of her, she felt the coldness begin to seep into her bones. "It's crazy.

What the hell's the matter with that fiancé of yours?'' As soon as he said that word, he groaned. ''Fiancé. Dammit, you're engaged. Engaged *and* a virgin. This never should have happened.''

Guilt pooled inside her and Lilah cringed. She'd known this moment would have to come, but now didn't seem like the right time for it. On the other hand, what better time?

''Actually,'' she said, sitting up and reaching for the blanket he'd tossed to the end of the bed. Clutching it to her, she swung her hair out of the way and said, ''There's something else I should tell you.''

He shot her a look from the corner of his eye. ''What else could there possibly be?''

''I'm not really engaged,'' she blurted and watched his face to judge his reaction. Funny, but she'd expected anger—followed by the pleasure of knowing that she was free and able to love him. She hadn't expected the cold fury that slowly crept over his features, obliterating any lingering tenderness.

''You're not—''

''Engaged, no.'' Then she started talking, instinctively knowing that she had to get it all said. Quick. Before he stopped listening altogether. ''See, I was just trying to get my father off my back. Get him to quit trying to set me up with Marines.'' He didn't speak, so she went on in a rush. ''So I told him I

was engaged to Ray. But Ray isn't my fiancé. He's
my friend. And actually he's gay, too.''

A muscle in his jaw twitched. "You have a gay
fiancé?"

She nodded. "And Ray's partner, Victor, wasn't
any happier about the idea than you seem to be.''

"So you lied."

"Lied seems harsh."

"But true."

"All right, yes." She flinched at his harsh tone.
A bitter pill to swallow. Ordinarily, she didn't believe in telling lies. She lifted one hand to push her
hair back again and the faint, tinkle of bells broke
the silence before she said, "I want you to know,
I never lie. Usually. It's bad for the karma and besides, it just gets too tiring, trying to remember
which lie you told to which person. Much easier to
just tell the truth.'' She blew out a breath and
sucked in a new one. "I feel so much better now
that you know.''

"Great," Kevin muttered, and rolled off the bed,
energized by the rush of anger pulsing inside him.
Emptiness opened up inside him and the warm
glow of completion he'd felt so brief a time ago
was gone. Crushed under the knowledge that he'd
done it again. Picked another woman who was
ready to lie and cheat to get what she wanted. Damn
he was an idiot. Even monkeys learned from their
mistakes.

"Kevin?"

Her voice sounded small, distant. Only moments ago, he'd been ready to admit his love for her. Now all he could think to do was get her dressed and the hell away from him.

"I'm glad you feel better," he said, turning for a look at her even as he grabbed his pants up from the floor. Even now, even knowing that she'd lied, he still felt a hard, solid jolt just looking at her. Her hair tumbled around her shoulders and in the drift of moonlight spilling through the window, it looked nearly silver. Her eyes were wide and even in the half light, he read the hurt glimmering there. It jabbed at him, but did nothing to ease the ache that seemed to sink right into his bones.

His hands clenched on the waistband of his jeans and as he stepped into them, he kept his gaze fixed on her. "Get dressed. I'm taking you home."

"Home? But I thought we—"

"Look," he snapped, reaching for a sweatshirt lying on a nearby chair. "Let's just forget all about tonight, all right?"

"Forget about it?" she repeated, clambering off the bed, still holding the stupid blanket to her chest like some sort of shield. "I don't want to forget about it. I lo—"

"Don't." He cut her off, holding one hand up to keep her from finishing that sentence. Man, if she said she loved him, he wasn't sure what he'd do.

He'd been close. So close to something he hadn't thought he'd find. Now that it was gone, the ache of it tore at him. And he wanted to hurt her in return. Wanted her to know the pain that was rising and falling inside him with every breath he took. "I don't want to hear it." Wouldn't hear it. He towered over her, leaning in until she had to tilt her head back to keep from slamming her forehead into his. "You lied to me."

"Yes, but—"

"You used me. Just like Alanna." A short, harsh laugh shot from his throat and the sound of it stabbed at Lilah's heart. Pain rippled through her as she watched him look at her as though she was a stranger.

"I'm nothing like her," she argued.

"No?" He pulled the sweatshirt over his head and jammed his arms through the sleeves. "She lied to me to get into this country." He paused for the greatest effect, then said the one thing he knew would cut at her. "You lied to me to get laid."

Lilah sucked in a gulp of air that fed the outrage and guilt erupting inside her. Before she could say anything though, he went on.

"I've been suckered again," he said and reaching out, chucked her chin with one finger. This pain went so deep, cut so wide, he didn't think he'd be able to draw breath much longer. Strange, he told himself. This kind of thing should get easier with practice. But it didn't. His only defense now was to act as though it didn't matter. To not let her know just how badly this hurt. He steeled himself, forced a smile that felt as cold as it looked and said, "Thanks, honey, for reminding me what a lousy judge of character I really am."

He should have known she wouldn't take this lightly.

Lilah smacked his hand away, stepped up to him and jabbed her index finger into his chest as if it were a bayonet and she could simply skewer him. "I resent that. Don't you dare compare me to that treacherous bitch you married. All I did was tell a simple lie to placate my father. Somehow, you got drawn into it and for that, I'm sorry. But I am *not* Alanna."

"And lying to your father makes you a great person?"

"No, but—" she swallowed hard. "It doesn't put me in the same class as your ex-wife."

"Close enough."

"If you think that, then you are an idiot."

"Lady," he said, bending down to scoop up her clothes from the floor, "we finally agree on something." He tossed her stuff at her and headed for the bedroom door, snatching up his shoes as he went. "I'm taking you home. Now. And by the way, maybe it's time you talked to your father like the adult you claim to be. Tell him the truth for a change. Then you won't end up suckering the next poor Marine who gets stuck with escort duty.''

Tears stung the backs of her eyes, but she blinked them back, refusing to let them fall. Instead, she lifted her chin and watched him as he stepped through the doorway. So she saw the look of disgust on his face when he glanced back at her and added, ''If you need any more escorting the rest of the time you're on base, find someone else. I'm through being used by the Forrest family.''

She stepped into her father's house and slammed the door, but it didn't help. And she was pretty sure nothing would.

''Lilah?''

The Colonel came around the corner of the living room and stopped just in the foyer, looking at her. His gaze narrowed and he frowned. ''Are you all right?''

''No.'' Shaking her head, she wondered if she'd ever be all right again. Pain splintered through her, like broken glass, sending millions of tiny shards of misery to every corner of her body and soul.

Hard to believe that only an hour ago, she'd been wrapped in Kevin's arms silently planning their future.

''What is it?''

Lilah looked at her father and said the words she'd wanted to say to the man who'd practically pushed her out of his car a moment ago. "I love Kevin Rogan."

A grin touched his face briefly then disappeared. "And yet you've been crying. Am I going to have to kill Gunnery Sergeant Rogan?"

"No," she said on a half laugh at the ridiculousness of the idea.

"Then everything's all right," her father said. "You'll be breaking up with the little artsy guy, right?"

"Oh, Dad," she said, walking up to him and taking both his hands in hers. "I was never engaged to Ray. He's my friend. Plus," she added, "he's gay."

Confusion flashed across his features, followed quickly by a dawn of realization. "So you lied to me," he said tightly.

Disgusted, she said, "Boy I can't hear enough of that tonight." She let him go and wrapped her arms around her middle. Shaking her head, she swallowed hard and said, "Karma. I knew that lying wasn't healthy. But who knew it would create such a hideous mess?" Lilah grabbed the amethyst hanging from the chain around her neck and held on tight, squeezing the stone as if she could eke out any healing powers that might be locked in the cool, purple quartz.

"What are you talking about? Why did you lie

to me about Ray?'' He took her hands in a firm grip. ''What's going on around here?''

Lilah flashed him an irritated glance. ''It's really your fault, Dad.''

''Excuse me?'' Both eyebrows lifted into high arches and he gave her a look she hadn't seen since she was sixteen and had crashed his car into the garage. ''You lie to me and it's *my* fault?''

Tears blinded her momentarily, but she blinked them back and stood her ground. ''Kevin was right about one thing anyway,'' she said. ''It *is* time to tell you the truth.''

''I'm all for that,'' he said, drawing her into the living room. He took a seat and said, ''Talk.''

So she did. She told him everything. How she'd felt his disappointment over the years. How she knew that she wasn't the kind of daughter he wanted. She let him in on every one of the fears and insecurities that had dogged her for years and by the time she finally ran down, Lilah was exhausted.

Lying wasn't good for the soul, but truth could be very grueling.

''I love you so much, Dad, but I'm tired,'' she finished, and heard her voice break. There'd been too many emotions tonight, she thought. Too many heartbreaks. ''So tired of you always trying to make me something I'm not. Why can't you just love me the way I am—crystals, incense, scented candles and all?''

A long minute of silence passed with her father staring at her as if he'd never seen her before. Lilah braced herself but was still shaken when he spoke.

Pushing himself out of the chair, he crossed to her, placed both hands on her shoulders and said, ''Lilah, I do believe that is the *dumbest* thing you've ever said to me.''

Her mouth dropped open but before she could speak, he continued.

''I have loved you from the moment the Navy doctor laid you in my arms,'' he said, his gaze boring into hers, willing her to believe. ''You looked up at me with eyes so much like your mother's, you stole my heart and you've had it ever since.''

Lilah actually felt years of secret sorrows melting away, but she had to say one more thing, no matter what it cost her. ''Daddy, I know you always wanted a boy. A Marine.''

He laughed and shook his head, reaching out to take her face between his hands. ''I wanted a Mustang convertible, too, but that doesn't mean I didn't like driving a jeep.''

''What?''

''Oh, Lilah, honey,'' he said, pulling her into the circle of her arms and holding her as he had when she was a child, ''I wouldn't trade one of your silver toe rings for a son. You're all I ever wanted, sweetie. I love you.''

Finally, the tears that had threatened all night spilled free and she let them come. For the first time in years, Lilah felt completely secure in her father's arms. Completely loved. And as his hands smoothed up and down her back in comforting stroked, she nestled in close, held him tight and asked, "Dad, how am I ever going to convince Kevin that I love him?"

His sigh ruffled her hair. "Ah, honey, I just don't have an answer for that one."

Neither did she.

Twelve

———

Three days.

Three days without her and it felt like a year.

Kevin cursed under his breath and told himself to keep his mind on the recruits. His gaze scanned across the different squads drilling on the field and while one corner of his brain kept time with them and their instructors, another corner was somewhere else entirely.

As it had so often in the last few days, his mind turned to that last night with Lilah. Instantly, memories of holding her, loving her rose up inside him and damn near strangled him with their power. But just as suddenly, he turned his mental back on them, preferring to remind himself how that night had ended. With shouts. With the sharp slap of betrayal. With slamming doors and banked tears.

His insides shifted and he folded his arms across his chest, lowered his chin and peered out at his world from beneath the wide brim of his D.I. cover. To look at him, no one would guess anything in his life had changed. And that's just how he wanted it. He wasn't the kind to wear his heart on his sleeve. He didn't want to moan to his friends or whine to his family. And he damn sure didn't want to be the hot topic of conversation on base again. Been there, done that.

What he wanted to do was forget that night had ever happened.

But his body wasn't about to let him get away with that. And neither was his heart.

"Dammit," he muttered, doing a quick about-face and striding toward the lot where his car was parked. He needed to get off base for a while. And since he was still officially on leave, he'd do just that. Clear his head. See his family. Maybe then he'd get a little peace.

Maybe then he could forget the sound of the musical bells Lilah wore on her wrist. But it wouldn't be that easy, he thought. Already, he missed hearing her voice, her laughter. He missed seeing the way her eyes lit up when she was excited about something. And damned if she didn't get excited over the dumbest things, he thought with a wry smile that faded as quickly as it was born.

He unlocked his car, slid onto the seat and buckled the belt. There was an emptiness inside him now that yawned wide with a blackness more terrible than anything he'd ever felt before. And Kevin knew that only Lilah could fill that void.

Steering his car toward the main gates, he shot a glance at the street leading to Colonel Forrest's house and had to fight his own instinct to turn onto it. Driving past, he tightened his grip on the wheel, clenched his jaw and told himself to get over it.

"You can't get over this that easy," Kelly said, once he'd taken a seat in her small, toy-strewn living room.

"Watch me," he said and congratulated himself on keeping his voice more firm than he felt.

"Just like that?"

He shot his sister a look that clearly told her to knock it off. Naturally she didn't pay the slightest bit of attention to it. Before she could get going again though, he said tightly, "Back off, Kel."

"Sure," she said, handing him a baby bottle filled with juice. As he offered it to Emily, she went on. "I'll stay out of it, just like you did when Jeff and I were having problems."

"That was different," he grumbled, keeping his gaze locked on his niece's beautiful face.

"Yeah," his sister said, "different because it was me, not you."

"Damn right."

"You sure talk a tough game."

"I'm not the one playing games," he said, flicking her a quick look, "that would be Lilah."

Kelly leaned back in her chair, crossed her arms over her chest and gave him the glare that told him he was in for either a fight or a lecture. Turns out it was the lecture.

"You're an idiot, Kevin."

"Hey…"

"Ever since Alanna, you've been shut down inside. You locked yourself away because that woman sucker punched you."

"Let it go, Kelly."

"Why?" she asked. "You haven't."

Yes, he had. Once Lilah had captured his mind and heart, Alanna had become nothing more than a bad memory. He was a different man, now. And a lot of that was due to Lilah. Dammit. He'd trusted her. "This is about Lilah. She lied to me."

"She lied to her father," Kelly pointed out. "You got sucked in."

"God, you sound just like her."

"She called today."

His heartbeat thudded. "You?"

"No, the mailman. He told me about it."

He gave her a tight smile. "What did she want?"

"To say goodbye." Kelly watched him as she said, "She's going home tomorrow. Back to San Francisco."

He wouldn't have thought it possible, but that emptiness inside him blossomed until it felt as though he was being swallowed by darkness. She was leaving.

"And let me tell you something, big brother," Kelly was saying and he heard her voice as if from a distance. "If you lose the best thing that ever happened to you, because of the worst thing...then you'll deserve exactly what you get."

Next morning, Lilah sat outside Kevin's apartment, staring at the emerald-green door, trying to imagine what he was doing inside. Cursing her? Missing her?

She'd waited three days, giving him every opportunity to come to her. To tell her that he understood.

But he hadn't come.

She clutched the amethyst hanging around her neck and told herself she should just go on to the airport. Get on the plane and go back to her life. Obviously, he wasn't interested. What they'd shared these last couple of weeks—and the other night—didn't mean anything to him. At least not what it had meant to her.

But she didn't believe that. Not really.

"Lady?" the cab driver half turned in his seat and looked at her. "We staying or going?"

"He should have come," she said. "The least he could have done was come over to shout at me."

"Right."

She met the cabbie's disinterested gaze. "I mean, if a person cares about another person and that person lies to the person then shouldn't the person at least care enough to tell the person how they feel?"

His brow furrowed. "Huh?"

"Never mind." She grabbed the door handle and yanked it. "Wait for me, okay?"

She climbed out of the cab, stalked up the driveway, her long skirt flapping about her legs, the bells at her wrist keeping time. When she reached his door, she stepped up onto the porch and, loud enough to wake the dead, rapped her knuckles against the door.

When it was wrenched open, she almost stumbled backward. Kevin looked fierce. Barefoot, he wore faded jeans that were ripped at the knee. Whisker stubble shadowed his cheeks, his eyes looked wild and the red Marine T-shirt he wore looked as if he'd slept in it. But a closer look at his bloodshot eyes told her he hadn't been sleeping at all.

That was something, she supposed.

She stared at him for a long minute, and felt her heartbeat stagger. Her first instinct was to go to him, put her arms around him, hold him. But an instant later, she shoved her hormonal reaction to one side and pushed past him, marching into the apartment. Breath quickening, mouth dry, she kept walking until she was in the middle of the living room. Then she turned to face him as he followed after her.

It was so hard to be here again. To be with him and still be alone. Why couldn't he just see that she'd never meant to lie to him?

"I'm leaving," she blurted, hoping to see some reaction in his eyes.

"I know."

Pain slammed home and weakened her knees. He'd known she was leaving and still he hadn't come to her? "And you were just going to let me go?"

He opened his mouth, but she spoke up quickly, not entirely sure she wanted to hear his answer.

"Fine. You know I'm leaving. But there's something you don't know. And I came here to tell you. I love you," she said and relished the taste of the words on her tongue. She'd given up hope of ever being able to say those three simple little words. And now that she had, the feeling was bittersweet.

"Lilah…"

"No," she said, lifting one hand and only half listening to the chime of the bells around her wrist. "You had a chance to say what you wanted to."

"When was that?"

"The last three days," she snapped, giving into the temper rising within. "I waited for you. Thought you'd come. But you didn't."

He shoved one hand along the side of his head, then let it drop to his side again. He looked miserable. Well, good.

Tipping her chin up, she straightened to her full, less than impressive height and said, "I'm sorry I lied. I should have told you the truth. But the lie really didn't have anything to do with you—at first." She started pacing, needing to move, needing to do *something*. "And by the time it *did* concern you, well, it was too late to tell you without proving myself a liar."

"You did lie."

"And you never have?" she snapped a furious look at him. "Saint Kevin, is that it? You've never made a mistake?"

"Yeah, I made a big one a couple years ago," he reminded her.

"Oh, right," she said, nodding. "You trusted the wrong woman and now you don't want to trust the right one. Clever."

"Look, Lilah,"

"I'm not finished," she said hotly.

Kevin could only watch her, fascinated. She was so full of fire. Full of the life she'd brought into his world. Just marching up and down in his tiny living room, Lilah Forrest made the whole place seem bigger, warmer.

Seeing her again, here, in his house, made him want to grab her, hold on to her and never let her go. Her blue eyes flashed with indignation, words kept spilling from her mouth in a tumbling stream. Dammit, she was magnificent, he thought and knew without a doubt that he couldn't let her leave him. He had to be with her. Had to be a part of her life. But she was still on a tear and wouldn't give him the chance to say so.

"I talked to my father," she was saying. "Really talked. You were right about that. So thanks. Things are…*good* between us for the first time in a long time."

"I'm glad." And he was. He didn't want her hurting. Ever.

She stopped suddenly and stared at him through narrowed eyes. Hands at her hips, the toe of one suede boot tapping against his floor, she said, "You're glad now, but soon, you're going to be sorry."

"About what?"

"You'll regret letting me go, Kevin," she said, meeting his gaze and holding it. "And you know why? Because you love me, that's why."

He opened his mouth to agree, but there was no stopping her. Frustration simmered inside, but a part of him was really enjoying hearing her argue for their love.

"If I leave, you'll miss me forever." Folding her arms across her chest, she continued. "And once I do leave, it'll be too late for you to change your mind. So you have to decide now, Kevin. Right this minute. Are you going to let me walk out of your life because of something stupid? Or do you want to admit you love me—because I know darn well you do—and take a chance on what we could find together?" Pulling in a long, deep breath, she said simply, "Decide."

That decision had probably been made from the first moment he'd seen her, Kevin thought. He hadn't stood a chance. Not from the beginning. And to prove it to both of them, he stepped forward, yanked her into his arms and lifted her clean off the floor before kissing her long and hard and deep.

When he was fairly sure that she was dazed enough to keep quiet for a minute or two, he lifted his head and stared directly into her eyes. "I *do* love you."

"Hah! I knew it!" She wrapped her arms around his neck and grinned at him.

"My turn to talk," he told her and tightened his grip around her waist. "I didn't plan on loving you. Didn't want to."

"Gee, thanks."

"Is kissing you the only way to keep you quiet?" he muttered, then kept talking before she could answer that. "I don't *just* love you though," he said. "I need you. I've been up all night thinking about this, Lilah. And dammit, I *need* you. Need you to light incense and hang crystals. Need to help you with all of the charities you've got running. Need you to be the chaos in my *way* too boring life." He planted a quick, light kiss on her mouth and added, "You've given me laughter. You've given me a new life. And I can't stand the thought of losing it or you."

She smiled at him and a single tear escaped the corner of her eye to roll along her cheek. "Oh, Kevin…"

"*But,*" he said, knowing that this was important, too. "I'm a Marine, Lilah and I can't change that. Won't change that. It's who I am. It's as much a part of me as you are."

"I know that," she said.

"Are you sure you're willing to reenter a world that didn't make you happy before?"

Another tear joined the first, but she nodded fiercely and gave him that blinding smile that he would never tire of seeing.

"It wasn't the military that made me unhappy, Kevin," she said and stroked his cheek, sending tendrils of warmth into a heart that had been like ice for three long days and nights. "It was trying to be something I wasn't. And as long as you love me for who I am, I'll always be happy."

"Who you are," he said, "is exactly *why* I love you. Never change, Lilah. I'm actually getting to be pretty fond of chaos."

"Then kiss me, Gunnery Sergeant," she said, holding him tightly enough that he knew he'd never be lonely again, "and let's start talking weddings."

"My suggestion?" he whispered, bending his head to taste her neck, her jaw, the corner of her mouth, "small and fast."

"Good idea," she murmured, tipping her head to one side, to allow him access. Then, just to tease him a little and prepare him for their life together, she said, "You know, I've been thinking about starting a petition."

"For what?" his voice came muffled against her throat.

"I think maybe it's time the Marines stopped using such a dreary green for their uniforms." She paused for effect. "I'm thinking maybe a bright, cheerful red."

He pulled his head back and stared at her, appalled. Then when he saw her smile, he laughed aloud and said, "If anyone can bring it off honey, it's you."

Her heart filled until it felt as though it might burst from her chest. And as she pulled his head closer, she said, "Forget it. The only Marine I'm interested in is the one who'd better start kissing me, quick."

"Ma'am, yes, ma'am," he said and lowered his mouth onto hers.

A moment later, a car horn honked and Lilah pulled away. "The cabbie."

Guiding her mouth back to his, Kevin muttered, "Let him get his own girl."

Epilogue

Two months later…

The scent of sandalwood hung in the still air and Kevin smiled to himself. Candlelight flickered from nearly every corner of the room. And outside the bedroom window, delicate music lifted from the wind chimes dancing in the breeze.

Everything in his world has changed since meeting Lilah. And every night, he thanked God for it. He couldn't even remember anymore what it had been like to live here alone. He didn't *want* to remember.

The bathroom door opened suddenly and a pie

wedge slice of light fell across the bed. Going up
on one elbow, he stared at Lilah silhouetted in the
doorway and wished he could read her expression.
But with the light dazzling all around her, that was
just impossible.

"Well?" he asked when she didn't speak.
"What's the verdict?"

Instead of answering, she flipped the light off,
bolted across the room and jumped onto the bed.
She straddled his hips and Kevin's body leapt into
action, just as it always did when she was anywhere
close. But there was something he had to know.

"Come on, Lilah," he said, voice tight, "out
with it."

She laughed and the sound of it lifted up and
settled down on him again like a gift. What had he
ever done in his life to deserve such a woman?

Laying her palms against his chest, she leaned
down, letting her hair fall like a dark blond curtain
on either side of his face. She kissed him then. Tiny
kisses scattered in between her words. Kiss—
"The"—kiss—"verdict"—kiss—"is"—kiss—
"*yes*." Big kiss.

"Yes?" he repeated, when she lifted her head to
grin down at him. "You're sure?"

"Way sure," Lilah said. "Very sure. Totally
sure."

His heart kicked into high gear and his hands at
her waist tightened before easing up again just as

quickly. "Sorry," he said, wincing and held her more carefully.

Lilah shook her head and felt her love for him rise up inside her like a tide. "I'm pregnant, Kevin," she said softly, "not made of glass."

"Yeah, I know," he said, "it's just—"

"New?" she asked, still relishing the results of her pregnancy test.

"Yeah, I guess so."

"You're happy though?" She had to know he was as happy as she.

"Definitely."

She squirmed on his lap and felt his body tighten beneath her. A slow smile curved her lips as a deep, delicious tingle began to build and grow within her. "Well," she said, wriggling again, harder this time, pressing her warmth against his strength, "you *feel* happy."

"Baby," he said on a groan, "you ain't seen nothing yet."

Going up on her knees, Lilah slowly, seductively, pulled her night shirt up and over her head, then tossed it aside. In the flicker of candlelight, she watched his eyes darken as he reached to cup her breasts in his palms. His thumbs and fingers tweaked at her nipples and she threw her head back even as she arched into him. Every night it was the same and yet always different. Each time he touched her, it was like the first time. Fires quickened within. Her body raced—hot and wet and eager for him.

And she hoped it was always this magical between them.

"I've got to have you," he murmured.

"You *do* have me, Marine," she whispered and slowly lowered herself down onto his body. Inch by glorious inch, she took him inside her. Tantalizing them both with her restraint, she watched his features tighten as he fought for control.

He dropped one hand to her center and while she eased down onto his arousal, he rubbed her damp, wet heat until she was swiveling her hips back and forth into his touch and moaning his name like a chant.

And then he was fully craddled within her. His body locked with hers. His soul entwined with hers. He touched her again, rubbing that one tight, sensitive spot, and Lilah exploded. Shivers wracked her body, and she called out his name and swayed with the convulsions ripping through her.

Kevin gripped her hips, arched up, pushing himself deeper into her warmth, then gave her everything he was.

As the last of the tremors eased away, Lilah slumped down across his chest and his arms came around her, holding her to him. Her breath dusted across his flesh and he counted it as yet another blessing.

"You know," she said softly, her voice muffled with exhaustion, "I think I should warn you, I always wanted a big family."

He smiled to himself and planted a kiss on top of her head. "How big?"

"Oh," she said around a yawn as she snuggled even closer to him, "seven's a nice number, don't you think?"

Seven kids?

With Lilah?

His heart filled to bursting, he reached down for the blanket and drew it up to cover them both. "Seven would be perfect," he murmured and held her while she slept.

*   *   *   *   *